太監王國

一個閹出來的王國
一場說不出的汙濁

北極蒼狼 著

「皇上要是無恥了，皇上身邊的人不必有羞恥心。」

在這個皇帝與太子都荒淫無比、昏庸無度的國家，
太監當道，他們不只當了大臣，還當了宮女，當了妃子……

目錄

目錄

第一章　宮禁如囚

「我好煩啊！」太子突然把書擲於地上喊叫。

太傅愕然。

太子呼呼地喘著粗氣。

沉靜。房間中的沉靜彷彿是為了讓太子的聲音在耳中迴響。

太傅默默地把書揀拾起來，但放到了他自己的案子上，沒有敢放到太子的面前。「老臣就陪太子到宮中各處走走吧。」他嘆了口氣，無奈地說。太子越來越像太子，脾氣越來越大，搞得太傅也越來越不像太傅，像跟班的太監。沒有辦法。規勸太子只能讓太子更火，更火的太子會讓你更加難堪。去向皇上反映太子？會冒更大的風險。皇上在忙著，不會有耐心關注太子如何做好太子的。可能會訓斥太子。更糟。太子就會和你這個太傅結仇了！太子會還是太子，你還怎麼當這個太傅呢？要是太子有一天成為皇上了，完全可以為所欲為了，那時候說不上會怎樣修理你！不能冒這個險呀。

太子吁了口氣。太傅的態度至少讓他覺得還不能遷怒於太傅，太傅總是讓太子無法遷怒於他，太傅總是拿他當太子。是的，我是太子。你得時時記住我是太子。時時記住我是你將來的皇上。我拿你當老師是恭敬你，我不拿你當老師也是恭敬你。你很明白這一點，到底是太傅。

「可是，太傅，宮中還有我沒有走到的地方嗎？」太子耷拉著眼皮說。

立著的太傅不知道如何回答。

「我想去和父皇待在一起。可我不知道為什麼總是不讓我去。你總說這會叫父皇不高興。可我是他的兒子呀！我是他的兒子。我不知道為什麼不能和父皇在一起。我不知道。太傅，你能告訴我嗎？我想知道。我很想知道！」

又是沉靜。太傅知道太子盯視著他。太子的眼睛不大，但是眼珠黑亮黑亮的。逼視人的時候尤為如此。「其實太子完全可以像讀書一樣瀏覽這皇宮。一本書讀一次就會有一次心得。而且，這皇宮中的學問比書要深奧得多呀。這學問需要太子一點一點地去領悟。」太傅經過深思熟慮，這樣回答。

太子的眼神轉為嘲弄。「如果什麼都要我去領悟，那幹麼還要你這個太傅？」太子說。

又是沉靜。又經過深思熟慮，太傅說：「太子要學習的是為君之道，這為君之道不是為臣可以妄言的。」

太子斂起嘲弄的神情。「你的話總是滴水不漏。」太子說。

「太子過講了。太子過講。老臣只是說出了一個實情而已。」這回太傅立即就接上了太子的話茬。

「那我們就去領悟皇宮吧。」太子說。

皇宮沐浴在金燦燦的陽光中。彷彿有一種什麼東西扼在太子的咽喉處，使得心中滋生出的憂傷只能一點一點地往外攀。太子彷彿不習慣陽光的金燦燦。太子翻愣著眼睛看世界。

偷瞟一眼太子的太傅，在心中嘆了口氣。無奈地嘆了口氣。這個太子呀，雖然讀書沒有耐心，但口才不比我差。善於應對。而且，從容。天生太子的料。

太子還不是太子的時候，有一天皇上把他懂事的兒子召集到了他的面前。「朕平常難得和你們在一起，也不知道你們書讀得怎麼樣。朕今天要考一考你們。你們自小就生活在這皇宮裡，對這皇宮當熟悉。你們就每個人寫一篇描述這皇宮的文章給朕看。」皇上說。那時候正是皇上沒有決定立誰為太子，但是卻想決定立誰為太子的時候。正是關鍵的時候。

筆墨紙硯很快擺上了案几。皇上的兒子們就了位。

皇上慈祥地望著他的孩子們。

孩子們有的抓耳撓腮，有的凝思苦想。望著他們各異的神態，皇上的心情很好。他慈祥地望著他的孩子們。

那時太傅還不是太傅，但他是尚未成為太子的皇子的先生。皇上的每個孩子都有一個專門的先生。這些先生們都忐忑不安。也是考他們啊。要是所教的皇上的兒子實在不像了話，誰知道皇上會不會遷怒於他們。而且，遷怒到什麼程度難以預測。甚至，不知道能不能掉腦袋！當皇上的兒子的先生，難！先生們急切地在旁邊關注著各自的學生。先生們的神態也是各異。皇上看到先生們的神態也是心情很好。就應該這樣嘛！

開始的時候差一點沒把未來太子的先生嚇死！開始的時候未來的太子在那兒發呆。而且發呆發得還挺從容。沒有急迫的神情。有句話說皇上不急太監急。當時彼刻是太子不急先生急。未來的太傅滿臉是汗。

給的時間是一炷香的時間。半炷香的時候未來的太子才落筆。落筆之後就寫個不停。未來的太傅出了口粗氣。未來的太子不停地寫。而且，好傢伙，是個大篇幅！未來的太傅甚至現出些得意。

「香已經燃盡，交卷！」看著燃香的太監喊道。

就上前了幾個太監收走了卷紙。卷紙合在了一起，恭恭敬敬地擱在皇上的案几上。皇上一份份審視。皇上的眉頭時而皺起時而舒展。皇上的表情豐富多采。晴的時候少。偶爾，有些勉強地點一點頭。皇子的先生們的表情隨皇上的表情而表情。皇上在卷紙上寫著批語。皇上的眉頭忽然緊皺，後來太子的太傅心立即收緊，皇上的目光望向——後來的太子。「倀，你戲弄父皇？」皇上努力讓聲音平和，但誰都能感覺得到那平和遮掩著異常的惱怒。

後來的太子跪移到案几的一側，把頭伏下去說：「兒臣不敢戲弄父皇。兒臣對司馬相如的《上林賦》欣賞至極。父皇命兒臣抒寫皇宮，可司馬相如的《上林賦》充塞兒臣的腦際，揮之不去。面對如此華章，兒臣如何落筆都覺汗顏。何況，兒臣覺得《上林賦》有諷諫帝王豪奢狩獵之意。而父皇不喜攪擾臣民，常居宮中。兒臣抒寫《上林賦》，有禮讚父皇之意。」

皇上努力繃住臉面，不讓笑意溢位。

我的祖宗，你可真能拍！後來的太傅對後來的太子折服極了，真恨不得奔上前去捧住後來的太子使勁地去親。

在場的大臣們交頭接耳，說後來的太子聰明，聰明啊！當然有兩層意思：一是說後來的太子博聞強記，二是說後來的太子立意獨到。

皇上從後來的太子身上收回目光，繼續看後來太子的卷紙。後來的太傅對後來的太子博聞強記方面心裡有底。而且知道後來的太子喜歡《上林賦》，常見後來的太子抑揚頓挫地背誦。皇上放下後來的太子的卷紙，和藹地望向他。而後，目光和藹地掃向其他的孩子們。「父皇對今天的考試很滿意。父皇今天就不給你們分高下了。父皇希望你們都能用心讀書，將來接替父皇治理好我大漢國。你們退去吧。」

不久，佊就做了太子。他的先生就做了太傅。

遇到的太監和宮女，都肅立一邊，等太子走過，才恢復他們的行動。

太子在一處石几前坐下。那石几在一株茂盛的榕樹下。一坐下就感受到蔭涼。太子瞟了眼太傅，心說你怎麼連個屁都不放？跟你在一起真悶。

太傅在太子的面前坐下。太傅知道太子望過來目光的含義。太傅清了清喉嚨，避開太子的目光，向他處張望。忽然太傅的目光凝在了一個方向。太子順太傅的目光望去，就看到了女侍中盧瓊仙向他們走來。她身後簇擁著宮女和太監。她帶著笑意向太子走來。到底是女侍中，氣質就是和宮中別的女人不一樣。她迎著太子的目光款款地走來。他們是路過這裡，看到太子在這裡，就過了來。太傅站了起來。太子也站了起來。太傅斜看了眼太子，心說這種情況可少見。

「瓊仙拜見太子。」女侍中低首說道。

「坐吧。」太子指了下石凳兒說。太傅和女侍中都是剛一做出要坐的姿態就同時望向太子太子就趕緊先坐了下去。太傅還是坐在對面。女侍中坐在太子和太傅的中間。太子的心情忽然好了起來。他特喜歡這位女侍中的氣質。一點兒也不嬌滴滴。總是從容。比那些老爺們兒的官員還從容。也喜歡她的美麗。高挑的個兒，一點兒也不弱不禁風。面目很大氣地美麗。一雙大眼睛，白的真白，黑的真黑。睫毛很長，毛茸茸的。看到女侍中太子就有想去親那雙眼睛的慾望。幻覺中讓女侍中那睫毛摩挲自己的唇和自己的臉頰，渾身顫慄。襠部就有些堅挺。

「取些果點給太子。」女侍中吩咐身後的宮女。

太子嘆了口氣，說：「我覺得這宮中的每一個人都比我快樂。」

太傅現出笑意但立即收回。

女侍中的目光理解地望向太子，太子的目光倒避開了。是的，你將來要做皇上的，這好像是天大的快樂。可是你沒有朋友。所有的人都敬著你，你沒有朋友。你得顧念自己的身價，你身價著自己的時候不會有朋友。你不身價自己人們又會覺得不像太子了。只要太子還不是皇上，太子就得像太子。皇上注定沒有朋友，有的只是臣民。將來要成為皇上的太子也注定要忍受孤獨的。內心的孤獨。

「太子還喜歡下棋嗎？若是還喜歡，瓊仙有時間的時候可以去陪太子下。」

太子立即高興起來：「行，你有空的時候就去和我下棋。」

「你過來吧，太子挺悶的。」太傅有些諂媚地對女侍中說。太子不開心，這叫他這個太傅也是很難受的。能叫太子開心，而且開心的目標又很小，他這個太傅當然也就日子好過了。

兩個宮女各端了盤果點來了。那果點還帶著水珠，給你涼爽的感覺。

「你們兩個就留在這裡侍奉太子。」女侍中吩咐那兩個宮女。隨後她起身說：「瓊仙有事務要處理，今天就不能陪太子了。」

「圍棋的事，一定嗎？」太子起身問。

這一句，問得女侍中很感動。「一定。太子不嫌棄瓊仙，瓊仙一定去陪太子下棋。」她說。其實我的心境和太子是一樣的啊。在皇上的面前，我是侍中。在大臣的面前，我是皇上恩寵的女侍中。恩寵。可是內心是多麼地孤獨啊！沒有人可以說一說心理話。沒有人。內心所想的，也不能夠讓人知道。不能夠。即使是高興了，都要讓笑適度了。否則就不像了女侍中。這女侍中固然叫人榮耀，叫家人跟著榮耀。可我不能總是侍中這個角色呀。我要有做女人的時候，僅僅——做女人——的時候。多麼想有一個人能夠讓我和他溫存。讓我和他溫存。

女侍中走了，太子目送著她。

太子拿起個桃子。太傅就也伸手拿起個桃子。太子瞟了眼太傅，太傅此時的心情挺好。太傅知道太子此時的心情挺好了，太傅就才敢讓自己的心情好起來。讓太傅把自己的心思看得明明白白，這讓太子不舒服。太子一邊吃著桃子一邊思索：老傢伙，我得叫你樂不起來！

「如果說領悟為君之道的話，我應該更多地待在父皇的身邊。」太子慢條斯理地說。

太傅剛咬下一口桃子就聽到太子的話，一驚之下竟把咬下的那口桃子未經咀嚼就整塊嚥了下去。他望著剩下的那個桃子，當即就沒有了口味。

「太傅，我的話沒有錯吧？」

「當然。當然。」

太子端詳吃剩的那個桃子的核，眼睛的餘光則看向太傅。

太傅看著手中沒吃完的桃子沒滋沒味。

太子把桃核放在石几上，起身說到：「我們走吧。」

太傅把沒吃完的桃子放在石几上，趕緊跟在太子的後邊。

太子還真的走往去見父皇的方向。

「其實皇上不叫太子經常地到他的身邊去，也正是念著為君之道呀。」太傅乾澀地說。

「這是什麼道理呢？」太子問得有點陰陽怪氣。太子仍然慢悠悠地走向去見父皇的方向。

太傅急出了汗。太傅翻愣著眼睛看著前邊的太子，心裡恨呀。什麼道理？我吃了豹子膽了也不敢說得明明白白！就是強盜，就是陰險小人，也經常希望他的孩子做個正人君子！此時此刻我敢說這話？你的老爸在放縱著自己，可是他希望太子將來不像他那樣，是個好國君。此時此刻我告訴你這話？這話夠叫我的腦袋掉十回的！

「為君之道不是為臣的可以妄言的，還是太子慢慢領悟吧。」太傅無奈了，無奈的太傅語態平和地說。既然拿太子沒有辦法，何必那麼急。太子總是以和太傅玩心理戰為樂。太傅本來老奸巨滑。

但老奸巨滑的太傅一顧忌到太子的身分，一想到太子的老爸一發了怒，脖頸就涼颼颼的——那是人們對砍頭滋味的痛感。儘管做了太子的太傅，老傢伙時時提醒自己管好自己的嘴巴。有些話嚴防死守，絕不讓溜出半句！你以為太子老師是好當的嗎？只要不是皇上，在這皇宮中你就得有危機意識！

太子被擋了駕，也不能直接就去見皇上，得等太監去通報。這是見皇上的正常程序。太子每次都等。有時候皇上就直接讓太子去。有時候問太子有什麼事沒有，有事再通報。太子能有什麼事？太子的事就是做太子。太子不能操心皇上的事。太子操心皇上的事是最叫皇上反感的事。太子說沒事皇上就說讓太子專心和太傅多讀書。總是說讓太子多讀書。很少的情況是，皇上不問太子有什麼事，直接就讓太子去見他。後來太子就很少去見父皇了。每次沒有見到父皇都令他心情不好。憂傷。父皇離他越來越遠，越來越遠。父皇身材魁梧，父皇在宮中調兵遣將，對外打了幾次大的勝仗，使得父皇在太子的心目中形象更加高大。可是，父皇現在離太子越來越遠。其實太子還是願意和父皇在一起。父皇就像一棵高大的榕樹，可以庇蔭著太子。除了這些，還有很重要的一點：父皇這邊總是有豐富多彩的節目。在這宮中只有父皇可以享受這些節目。太子不能夠。太子究竟還是個孩子，太子還有一顆童心。可太子看父皇有時候也像個孩子。像個大孩子。因為後來父皇做的許多事情太像遊戲。太子多想和父皇一起遊戲啊！可父皇就像孩子一樣玩獨的，就是不帶他。想到這些的太子就惱恨父皇了。此時此刻的太子了，就忽然湧上了這樣的情緒。他止住了要去向父皇通報的太監，說：「我只是隨便走到這裡，你們就不要去通報父皇了。」

太傅一直密切留意著太子的神態。太子的決定令他心中一塊石頭落了地。伶人尚玉樓腦袋瓜兒被開瓢的那一幕經常浮現在他的腦際。一浮現在腦際，他的頭皮就發炸。祖宗，你終於改變主意了！

第二章　百鳥臨朝

那天早晨皇上被鳥的鳴叫聲驚醒。鳥在婉轉地鳴叫。皇上睜開眼來。

「為皇上淨臉。」候在床邊的太監喊到。

這一聲喊叫嚇皇上一小跳。皇上皺起眉頭。昨晚皇上喝得酩酊大醉。所以皇上昨晚沒找女人。所以太監早晨才敢到了皇上的床前。沒讓皇上空生氣，寢室的門開了，走進了幾個侍女。她們端著的清水，有早晨清爽的感覺。皇上望著虛無。慵懶。無力。血液像油脂一樣處於凝滯狀態。敞開的門，洩進了外邊的清爽，洩進了外邊鳥的清脆的鳴叫。

纖指挑去了皇上的眼眵。溼涼的手巾擦拭著皇上的臉頰，擦拭著皇上的手，擦拭著皇上的腳。手巾擦拭腳趾間，皇上痛快地麻酥著。擦拭完，皇上的眼珠靈活了。但慵懶還沒有退去。侍女們按摩皇上的頭部，按摩皇上的雙臂，按摩皇上的腳部。皇上的血脈暢通了。一番折騰，料理出一個精神的皇上來。

「為皇上穿衣。」一邊兒侍奉的太監喊。

皇上被扶起，完成了皇上的形象。

皇上走出了寢室。皇上剛想向燦爛的世界伸個懶腰，侍奉在門外的太監喊道：「百鳥朝聖！」這一聲喊叫把皇上想伸懶腰的念頭給驚了回去。但立時鳥的鳴叫更加喧騰地向皇上襲來。樹枝上，鳥兒們上下騰飛，賣力地鳴叫著。看著看著，皇上就看出了破綻，那些鳥兒都向著一個方向賣力地鳴叫。順著鳥兒們的目光皇上就看到了嘴裡正賣力地忙活著的尚玉樓。

湊上來了太監頭子龔澄樞。「尚玉樓說上次為皇上表演這節目的時候有些緊張，水準沒有發揮出來，老臣就安排了這個機會給他。看來這小子還真有兩下子。」他討好地說。

皇上哦了聲，微微地點了點頭。皇上自己捶打著後腰。剛才的那個懶腰沒有伸出來這叫皇上不舒服。懶腰不是什麼時候想伸就可以伸的。得有衝動的時候伸才舒服。就像打噴嚏。就像打哈欠。

「還有許多鳥兒沒有來呀。」皇上一臉嚴肅地說。

龔澄樞望了望樹上的鳥兒們，望了望仍然正賣力地逗引著鳥兒們的那個伶人，說：「尚玉樓，皇上說了，還有許多的鳥兒沒有來呀。」

尚玉樓停止了逗引。尚玉樓的臉脹得通紅。

皇上笑了。「那些鳥兒尚玉樓是召不來的，得你去召！」皇上對龔澄樞說。

太監頭子終於醒悟過來，太監頭子笑了起來，笑得很厲害，聲音跟哭一樣。皇上只是微笑。龔澄樞止住了笑。

「朕今天與鳥兒們同樂。」皇上說。

「省得他們總抱怨皇上不見他們。」

「讓太子也來吧。」皇上補了一句。

「百鳥朝聖！」太監喊道。

立即，百鳥喧鳴。為了取得這一時刻的效果，尚玉樓已經把鳥兒們逗引了來。但，只是和鳥兒們分別對著話。隨著太監的喊叫，尚玉樓立即逗引全體的鳥兒鳴叫。於是，這回是鳥兒的喧鳴。

皇上出現了。皇上在他的案前坐下。

已經坐在席位的大臣們立即離席叩首，齊聲說道：「皇上萬歲萬萬歲！」之後歸席。他們的席位設在庭院之中。而皇上的席位設在門櫃檯階之上廊簷之下。但大臣們每一個的席位都有碩大的陽傘庇蔭。太子和太傅一個席位。

「太子，到父皇身邊來吧。」皇上和藹地喚。

太子望向父皇，沒動，等著證實有沒有聽錯。

父皇確實是在望向他。「來吧，到父皇的身邊來。」父皇輕喚，和藹地輕喚。

太子起身走到父皇的身邊，幸福地坐下。矚望群臣，他當時就覺得是了真真切切的太子。

「眾愛卿，今天百鳥來朝，朕很是開心。今天朕就與你們同樂！」

眾大臣避席叩首，齊聲說道：「謝皇上！皇上萬歲萬萬歲！」之後歸位。

皇上側首望向一旁侍立的龔澄樞，龔澄樞就上前一步喊道：「在宴席開始之前皇上準備了一個節目給大家。如果有誰能與那籠子中的老虎相搏，並且斃虎於籠中，皇上就將那虎皮賞賜給誰，並且，官升一級！」

群臣的目光就又望向那虎籠。來的時候他們已經注意到那虎。往常皇上宴飲群臣的時候如果出現這獸籠的時候，是皇上親手用箭射死籠子中的猛獸，而後獸肉犒賞群臣。

群臣騷動。這事肯定和文臣無關了。文臣們望向武將。武將們你看著我我看著你。

終於，站起了一個武將，一個青年武將，他來到皇上的面前他向皇上一抱拳說：「臣願與虎一搏！」即使覺得皇上的做法是荒唐的，也有人要證明皇上的手下不全是窩囊廢，也有人要捧皇上的場。要是沒有人站出來與虎相搏皇上多尷尬呀！皇上得多尷尬地自己去用箭射死那隻老虎！

皇上點頭，皇上說：「我大漢還是有勇士的！賜劍！」

就有太監捧劍上前。

「籠中狹窄，臣請賜匕首。」青年武將說。

就換了匕首。

青年武將向虎籠走去。

他縱身躍到虎籠的頂端。

他打開虎籠的蓋子。

尚玉樓停止了對鳥兒的逗引，也專注地望向青年武將。

鳥兒們似乎也在看這個熱鬧。

老虎望著青年武將，轉著圈咆哮地望著他。他忽然縱身躍進虎籠，老虎一聲咆哮撲向他。立足未穩的他想格開老虎老虎的前爪，擊到了他的右臉。他被擊倒，右臉鮮血淋漓。他本能地迅速躍起，老虎轉首又是一聲咆哮，向他猛躍撲來。他左手奮力格住老虎的頸部，右手將匕首刺進老虎的胸膛，再一低首順勢就在老虎身上開了膛。老虎發出牠撕心裂肺的慘叫，樹上的鳥兒們嚇得撲稜稜地飛走，老虎落地，發出一攤肉落地的聲音。老虎拖著腸子爬起還要奔向他，可沒走幾步，老虎就撲倒在地，只是呼哧呼哧地喘氣。青年武將丟掉了匕首。獸籠一側的門打開了，他走了出來，滿臉鮮血地走了出來。

疼痛使他的步履有些踉蹌。他來到皇上的面前。他望著皇上。他應該說：「承渥不辱使命。」但是他尚未說出，就撲倒在地。

太監頭子林延遇上前探了探鼻息說：「李承渥暈了！」

皇上有些感動，對龔澄樞說：「叫最好的太醫幫他療傷！」

李承渥的受傷，讓皇上的面容蒙上了一層陰影。皇上知道，李承渥的受傷，也讓整個宴會蒙上了一層陰影。最理想的結果是，李承渥斃虎於籠中，而後精精神神地走出。這要是李承渥讓老虎給吃了，朕就要落得不珍愛臣下的名聲。這會叫這些大臣在內心與朕疏遠。這是該死的林延遇出的主意。當然，也說不上是誰幫他出的主意。林延遇的說法很動聽的：「大臣久處宮中，文弱之風漸漸濃重。此舉可為宮中帶來些彪悍之風。」朕難道不希望彪悍嗎？朕難道不知道漢武帝曾經與熊相格嗎？但漢武帝與熊相格，大臣們勸他珍愛帝王之軀。我懂得珍愛大臣，珍愛大臣難道不就是珍愛自己嗎？

太傅留意到了皇上的不悅。太傅也相信那不悅和李承渥的受傷有關。太傅掃視了一下群臣，在心中嘆了口氣。已經不能說王公大臣了。王們已經幾乎一個不剩了。幾乎每一個王都可以認為自己也有資格做皇上。皇上果斷地，一個一個地，除掉了他們。現在，除了太子，這些人都和皇位距離著，皇上不用擔心他們有什麼非分之想了。皇上可以放心地仁慈了。放心地仁慈。

李承渥被架走了。

老虎被抬往了御膳房。

宴席當然不用非得等老虎肉上來才開始。

先前，案几上只擺放著水果。

「宴席開始！」立在臺階上的太監喊。「走菜。走酒。」

氣氛活躍起來。端著菜端著酒的宮女們早已經候在了一邊。聽到指令她們立即排著隊走往席間。

尚玉樓又開始逗引鳥兒們。他坐在伶人的席上。伶人的席在大臣們的席位中間。

皇上舉起了杯向大臣們示意。大臣們也都看著皇上呢，看皇上舉起了杯就都舉起了杯。皇上一飲而盡。大臣們就也都一飲而盡。皇上拿起了筷子。大臣們就也拿起了筷子夾菜。

琴師彈起了琴聲。

鳥的鳴叫蓋住了琴聲。

「尚玉樓，你歇著吧。」龔澄樞喊。

琴聲就悠揚開來。那是一首古曲。描繪的是鳳來朝。

太子有些拘謹。太子跟著皇上的舉動而舉動。皇上喝酒他喝酒，皇上吃菜他吃菜。

太子的拘謹令皇上開心。只要皇上還皇上著，太子就應該這樣的。皇上望向太子的目光很和藹。

皇上看到尚玉樓眉飛色舞，一陣厭惡。他在說什麼？他在說今天百鳥面聖的真正含義？我的戲噱被他傳播？

虎肉上來了。

開始擊鼓傳花的遊戲。蒙著雙眼的一個太監擊鼓。一個綢布做成的花在席間傳遞。鼓點一停，花在誰手裡誰就得喝酒。不喝酒也行，就得表演一個節目。表演節目的，有的賦詩，有的唱歌，有的講笑話。

後來，花落在了尚玉樓的手裡。他挺沉著。他甚至是矜持著喜悅。他又有了表現的機會。「我還是為皇上表演個節目吧。我就學個——虎叫。學剛才李承渥與虎相格時的虎叫。」就從老虎開始面對李承渥時情形學起。果然逼真。特別是最後的那一聲淒厲的慘叫再一次驚得鳥兒們撲稜稜飛走。

皇上搖搖晃晃地站了起來。「朕今天高興，也表演個節目給你們看。拿劍來！」皇上喊道。皇上拿了劍，搖搖晃晃地下了臺階。

眾人就以為皇上要舞劍。

「尚玉樓，你到朕的前面來。」

眾人就糊塗。

尚玉樓更糊塗。雖然心裡害怕皇上手裡那劍，也不敢不趕緊到了皇上的面前。

「給他腦瓜頂上放個瓜！」皇上瞇縫著眼睛指著尚玉樓說。

就取來個瓜，放在了尚玉樓的頭頂。尚玉樓兩手扶住。

「你們看著，朕劈那瓜，保準劈不著那腦瓜兒！」

尚玉樓的腿就哆嗦了。

皇上揮劍劈去。劍嵌在了尚玉樓的腦袋上。皇上鬆了手。尚玉樓往後仰去，仰到半空的時候那扶瓜的手才分開，劈成兩半的瓜先落了地。而後，尚玉樓躺到了地上，頭上還嵌著皇上的劍。皇上搖搖晃晃地回到他的席位。「來，喝酒！」他舉起了杯。大臣們剛要舉杯，皇上手中的杯掉了下去。皇上倚在案几上。皇上的頭低垂。

一直侍奉在皇上身邊的龔澄樞立即吩咐太監們扶走了皇上。

第二天早晨皇上醒來說：「叫那個尚玉樓來，叫他今天還和朕飲酒為樂！」

第二天，林延遇來看望太子。「昨天太子受驚了。」林延遇說。他主要負責宮內的日常事物。而龔澄樞則是負責幫助皇上處理政務。

太子看著林延遇的那張胖臉，啥表情沒有，啥話沒有。其實昨天尚玉樓倒下的時候，太子很想到跟前看一看尚玉樓的死相。看看那劍嵌了有多深。反正他隔遠處看躺在地上的尚玉樓沒啥痛苦的表情。尚玉樓的嘴微張著，像是在笑。他很想到近前看一看，尚玉樓到底是不是那種表情。但是看父皇那神態，他不敢。

林延遇有些尷尬。林延遇的目光轉向太傅。

太傅笑笑，說：「太子很好。」

「那個李承渥怎樣了？」太子忽然問。

太子搭理林延遇了，林延遇很高興。「小命倒是沒有什麼。可破相倒是一定的了。也活該！沒有那個金剛鑽，就別攬那個瓷器活！搞得皇上不開心。搞得宴席怪掃興的。」

太子瞅著林延遇，什麼表情沒有。他因為討厭林延遇的說法，而討厭那張胖臉。要是沒人上前才掃興呢！「皇上能為那個李承渥升職嗎？」太子問。

「皇上金口玉牙，這個不會有問題的。這是那小子拿命換來的。皇上哪能不賞！」

「那個尚玉樓呢？皇上怎麼對待？」太傅問。

「沒聽說。他怎麼能和李承渥比！一個戲子！瞧他昨天那個得意樣！真不幫襲澄樞長臉！」

對尚玉樓，太傅和林延遇有同樣的感覺。尚玉樓的結局甚至讓他有一種解恨的感覺。昨天的尚玉樓，完全是一副小人得志的神態！活該！「昨天皇上……」太傅想說的是，昨天皇上是真醉了還是裝醉？但太傅只說出那四個字就用詢問的神情望著林延遇。

林延遇立即就領會了太傅的意思，他詭異地樂了，那聲音立即叫太子的身上起了一層雞皮疙瘩。「昨天……昨天皇上是醉斬優伶！」他說。

太傅跟著笑了。太傅望向太子，太傅希望太子也跟著他笑一笑。可太子不覺得有什麼好笑，太子在那兒木然。太傅就趕緊移開目光，望向林延遇。太傅不希望林延遇順著自己的目光注意到太子冷漠的表情。太傅迎合著林延遇笑。

「到底是他媽的戲子，沒什麼見識！溜鬚不會掌握火候。皇上要是怎麼溜鬚都行那還是皇上嗎？皇上聖明。」林延遇說。

「有理，有理。」太傅點頭說道。

「不是什麼人都可以在這宮中混的。不是什麼人都可以揣測聖意的。您說是嗎太傅？」

「當然。當然。」

太傅對他的態度叫林延遇滿意。他也就淡然了太子的冷漠。太子還嫩著呢。太子不知道皇上怎麼回事。

其實太子因為煩林延遇就走了神。太子在回味宴會時的感覺。坐在父皇的身邊，自然而然地就威嚴。那感覺很好。他看到了大臣中有幾個女官。特別有一個女官吸引了他。那雙眼睛大而黑，黑閃閃的。那女官喝酒的舉止，夾菜的舉止，很優雅。太子挺遺憾那鼓點沒有捉住那個女官。

太傅叫林延遇走得基本滿意，林延遇向太子告辭的時候太子微微向他點了點頭。

林延遇一走，就剩下太傅一個人面對太子的冷漠。太傅寬厚地笑了笑。太傅已經習慣了太子的冷漠。也許，太子的這種表情更合適呢，叫人莫測高深。但是……「太子應該善待林公公啊。」太傅萬分和藹地說。

太子把臉上的冷漠撤去些，做出悉聽指教的表情。

這叫太傅很滿意。「林公公是皇上身邊的人。林公公每天都直接和皇上打交道。太子也需要林公公在皇上面前美言呀。」太傅說得很輕柔。

太子的臉色又陰了。又陰了是因為他直接地就領會了太傅的話。我現在是太子，還不是皇上。皇上可以隨時不叫我做太子。我不是太子，就做不了皇上了。我都做上了太子，幹麼要失去這個位置呢？太子就恨他的兄弟們。要沒有了他們我就沒有這擔心。

太傅嘆了口氣。

太子憂傷。在這皇宮中他形單影隻。

後來他知道，宴會中那優雅的女官叫盧瓊仙。

第三章　初涉龍陽

儘管宴會那天太子對盧瓊仙有印象了，但是太子覺得她離他很遙遠。遠不可及。儘管他是太子。她屬於父皇的那個世界。但是今天和她的相遇，他感覺得到她是願意和他接近的。這令他欣喜。甚至激動。這次相遇，在太子的內心中深刻了她，更具體了她。也正因為遇到了她，太子減少了對父皇那個世界的興趣。有她走近，他可以把父皇的那個世界放得遠一些。或者說，把父皇世界其他的部分放遠。因為可以把她理解為父皇世界的一部分。是的，她現在就是父皇世界的一部分。這一部分，我現在已經嗅到了它的溫馨的氣息。溫馨而爽人的氣息。是的，她身上有一種爽人的氣息。那是湊近一朵鮮花時的感覺。有微微的，淡淡的，爽意。但迷醉著你。

她從父皇的世界向他走來。沒有諛媚。也許正因為沒有諛媚才更增加了她的魅力。

太子覺得微風送來的都是她的溫馨而爽人的氣息。

他很想聽太傅講一講她。但是他知道太傅老奸巨滑。一開口老傢伙就會捕捉到太子的心思。該死的老傢伙！你就不能該聰明的時候聰明，不該聰明的時候就不聰明？

老傢伙在精心地看著我，讓我安全地繼續太子著。我安全了他才安全。為了他自己的安全他得叫我安全。一根繩上的兩個螞蚱！

「太子還喜歡下棋嗎？若是還喜歡，瓊仙有時間的時候可以去陪太子下。」

她知道我下圍棋。她聽人說起過我？她向人探聽過我？她知道我的，比我知道她的多。

太子又站到了那神祕的院落前。大門緊緊關閉著。他駐足諦聽。終於，他又聽到了那撕心裂肺的慘叫。撕心裂肺的慘叫消融在皇宮的輝煌中。金燦燦的輝煌。

太傅陪太子一同聽。

太子總是聽得聚精會神。

你是得常聽聽這聲音。在這皇宮中你得懂的恐怖。就算你是太子也得懂。懂得恐怖你才能找到如履薄冰的感覺。

這夜太子輾轉反側。燥熱氛圍著他。襠部昂然。

他下了床。

他立在夜色中。

他不甘心如水的夜色將自己慢慢冷卻。

「小貴子！」他喚。

隔壁的房間一陣響動。不一會兒一個小太監就提了個燈籠來到了太子的房間。

「你把燈吹了。」太子說。

小太監呆愣。

「你把燈吹了！」太子說。

小太監從呆愣中醒過神來吹滅了燈籠。

「你把衣服脫了。」太子說。

小太監呆愣。

「你把衣服脫了！」太子說。

小太監開始動作。

太子赤裸了自己。太子把赤裸了的小太監拽到了床前，就貼在了小太監的身後。小太監伏在了床上，太子立即就進入了小太監，疼得哎呦哎呦地叫。太子想到了那神祕院落裡撕心裂肺的慘叫，心說你這算得了什麼？太子毫不留情地動作，太子很快就癱趴在小太監的背上，太子呼哧呼哧地喘著粗氣。太子出了一身的汗。但是太子不想出來。

「你給我爬到床上去！」太子命令。

小太監馱著太子爬到了床上。

太子趴在小太監的背上睡著了。他夢見他成了皇上。他夢見盧瓊仙成了他的皇后。

早晨，太子的房間裡就是沒有動靜。侍候起床的太監們等候在門口。再過一會兒御膳房就要送早飯給太子了，可太子那房間就是沒有動靜。太子就是太子。皇上就是皇上。人家皇上那邊門口徹夜守侯著宮女，手擎蠟燭的宮女。天亮的時候，到了吹滅蠟燭的時候，她們齊聲向著皇上的房間喊：「天亮了，鳥兒們已經來問候皇上了。」他們有一個稱呼，叫候窗監。太子不是皇上，夜晚太子的窗外僅有提著燈籠巡夜的太監。早晨也不喚太子。太子多睡一會兒就多睡一會兒。但是侍侯太子的太監和宮女們得候在門外。有時候聽太子喊來人呀，他們就進去。有時候太子沒喊，但他們聽到屋裡有響動，他們也進去。但是這回實在太晚了，太子那屋啥動靜沒有。太監、宮女們等得有些急。有些急地在那兒靜靜地等待。一個老太監覺得義不容辭地上前輕輕地敲了敲門。沒有動靜。老太監就輕輕推開門，放輕了腳步走到太子的床前，於是看到了——兩條赤裸的身體。老太監有些呆。隨即他就命令自己不能呆，趕緊撤。他快速地輕手輕腳地走出，輕輕地關上了門。

太子是忽然醒來的。醒來時的太子是仰臥的姿勢。他的手臂搭放在一個人的身體上。他搞不清楚這個人是小貴子還是盧瓊仙。他轉首去看：小貴子伏臥著，睡得正香。太子的目光掃向小貴子的臀部，那兒有精液的痕跡。太子的目光立即移開。他想把小貴子踢醒，沒忍心。不管怎麼著，也是春宵一夜。而且，還做了盧瓊仙的替身。夢中，太子在錦帳內溫柔地和盧瓊仙皇上著。夢中他噴射著灼熱，暢快地噴射著。他把手重又搭放在小貴子的身體上，他一邊回憶著夢中的暢快一邊拿指甲在小貴子的身上劃著。

小貴子猛地睜開了眼睛，小貴子看到他和太子的情形，猛地坐了起來，捂著襠部下了床，奔向散放在地上他的那堆衣服，並迅速地將它們穿了起來。穿好衣服的小貴子往門那邊剛走了一步就停下了，他立在那裡等候吩咐。

太子慢條斯理地穿他的衣服。太子慢條斯理地穿完了衣服，來到門前打開了門。

「太子早！」齊聲問候。

宮女端進了清水給太子。太子用一個盆子中的水洗了臉，宮女立即把在另一盆水中投溼的手巾遞給太子。太子精神了些。

但是這一天太子在太傅面前一點也不精神。總打瞌睡。置太傅於不顧。

太子怎麼啦？太傅莫名其妙。雖然往常太子也夠悶的，可悶和這種狀態是兩碼事。太子昨晚幹什麼啦？太傅莫名其妙。但太傅不動聲色。

太傅讓太子在那兒聚精會神地打盹兒，太傅出去搞調查研究。太傅不亂問。太傅直接就去找那老太監。太傅向那老太監疑問。

老太監詭異地笑。讓太傅看清楚了他笑中的詭異之後老太監說：「這個嘛，你好好地看看小貴子就知道了。我不亂說，你也別亂問。反正我什麼也不能說。我什麼也沒說。」

太傅翻愣著眼睛看了會兒老太監，沒讓氣憤表達出來。就去觀察與思考。

還思考什麼呀，小貴子也是一臉的倦容，而且那腚總撅著，似有疼痛感。敢情這一宿太子淨忙活他了！太傅有些發傻。平常太子挺討厭太監的，出去的時候也總不叫太監們跟在身邊。有次太傅問為什麼不見太監們跟在身邊，太子說：「我嫌他們身上有臊味兒！」可不是，太監們的身上是總有一股子臊味兒。那有用的傢什給割去了，就削弱了對尿的控制能力，就褲襠總溼溼的，能不臊？但是太子把小貴子給幹了。好像幹得還挺厲害。細一想，這些不是東西的傢伙也該幹！再說了，太子不幹他們幹誰去？何況，就是皇上們不也經常幹他們？但再細一想，太子的幹沒有得到皇上的恩准，太子的幹還沒有開禁！沒有恩准、沒有開禁的幹就是胡幹亂幹，皇上就不會高興的！豈止不高興，可能要動怒！一動怒我們這些太子身邊的人難道不得倒楣？你還跟我神祕！我得把這件事遏制在萌芽狀態之中！我得把這個思想政治工作做得深入細緻。

太傅回去見太子。書房靜悄悄的。太子仍舊趴在案几上睡睡得熱火朝天。嘴微張著，些許的口水掛在嘴角。那嘴角還不時地動，彷彿有蒼蠅在那兒爬動。太傅就油然而生了憐惜之心。究竟是太子之軀呀。太傅想叫太監來把太子扶到臥室去，可一想到對太監的厭惡，就自己對自己搖了搖頭。叫宮女吧，又怕喚起太子對宮女的性趣。太傅輕輕嘆了口氣。

太傅伏下身去輕喚：「太子，太子。」

太子仰起了頭。太子睡眼朦朧。

太傅就往起扶太子邊扶邊說：「沒睡好就到床上睡吧，這麼睡容易做病的。你要是做病了，我可是有責任的。」聲音裡摻和著無限的和藹。

「睏！」太子嘟囔道。

「怎麼能沒睡好呢？沒睡好咱就重睡。」太傅邊把太子往外扶邊說。

太子晃徘徊悠，反正有太傅扶著，太子不必從朦朧的狀態中清醒出來。

一出門太子就被太監們接了過去。有小貴子。太傅就讓他們送太子回寢室去。太傅瞥了眼小貴子的屁股，眉頭皺了皺，嘆了口氣，自己跟自己搖了搖頭。這老傢伙總是自己跟自己搖頭。

太傅回到書房。皇宮中的這一隅靜悄悄的。太傅坐在案几前發呆。皇宮中這一隅的沉靜要把太傅融進。睏意襲向太傅。正在這個時候門開了，盧瓊仙進了來。

「侍中大人。」太傅忙不跌地站了起來。

「怎麼，就太傅一個人？」

「太子昨晚沒休息好，我讓他休息去了。」

「哦。」

「侍中大人請坐。」太傅指著太子平常坐的那位置讓道。

盧瓊仙也不客氣，就入了座。皇上平常坐的座誰敢坐？太子到底是太子。太子究竟不是皇上。

「怕太子苦悶，瓊仙也正好有時間，所以……」

「是啊是啊，太子挺想和你下圍棋的。」

「瓊仙以為，下圍棋是一項很高雅的事情。」

「是的是的。」

「據瓊仙所知，大唐時期宮中就很盛行。而且還設定了官員，叫棋博士、棋待詔。」

「是的是的。」太傅心說你個毛丫頭，和我賣弄這些那不是扯？你不是就想和太子下棋嗎？你不就是想說，你來和太子下棋是一件正常的事情嗎？誰也沒說不正常！難道你是要以國家的名義，或是以天下百姓的名義溜鬚太子嗎？

「太傅想必也會圍棋吧？」

「會點兒，會點兒。」

「那我們來盤吧。」

「好的好的，領教領教。」

書房中備有圍棋。先前有那麼一陣子太子總和太傅下圍棋。太子總悔棋。太子總是瞅著自己的臭棋嘟囔。木無表情嘟囔。太傅總是一臉和藹的微笑拿回自己的子兒說：「重來，重來。」太子總是只悔一個子兒。太子仍然總是輸。太子就覺得沒有意思了，就不和太傅下棋了。有時太傅看太子百無聊賴，就說：「太子，我們下棋？」「不下，下也贏不了你。」太子說。

太傅取來了棋具，擺放在盧瓊仙面前的案几上。下了一局，盧瓊仙告辭。太傅贏。這可是工作時間。陪太子下棋可以視為正常工作。這大臣與大臣之間，這個時候在一塊兒下棋可不行。好在大臣們都在忙著對付皇上，沒有誰注意這個地方。所以才有那一局棋。

下午，太傅告訴盧瓊仙上午來找太子下棋的事，太子當時就惱了：「怎麼不叫我？」

「老臣不敢驚擾太子。」太傅看太子的神態就知道自己做了一件自作主張的事。

太子就又發呆了。他眼前忽閃著盧瓊仙的大眼睛。那豐腴的身段。豐腴而不失窈窕的身段。但是，太子的襠部很老實。太子也奇怪自己的襠部怎麼會老老實實的。

「太子，老臣陪你下棋？」太傅腦袋前探，和顏地說。他知道分寸，他知道他滿臉堆笑此時只能更叫太子反感。

「誰要和你下棋來著！」太子一點好氣沒有。

太傅討了沒趣。太傅就也有些發呆。這回是真的把太子給惹著了。我做了一件特別犯忌的事。我活了這麼一把年紀竟然忽略了這樣一件極敏感的事。這方面的事最敏感。說多敏感有多敏感。我真是老糊塗了。還說我老狐狸呢！是老糊塗！還說我老奸巨滑呢！是老眼昏花！我得趕緊和太子拉近距離，不然我可就看不住太子了。太子要是煩我煩透了還能聽進去我什麼話？搞點感情投資吧。

「我知道太子悶。我知道太子煩。不行老臣去和皇上請示，讓太子出宮去散散心。」

太子望向太傅。太子對這個動議現出興趣來。只不過太傅把太子傷得太厲害了，否則太子一定能現出興奮來。但究竟是太子目光中的冷意少了。

少了就好。太傅受到鼓舞。「老臣去和皇上說。老臣爭取讓皇上同意。」

太子的臉色緩和了下來。太傅這樣想了這樣說了，沒有什麼大問題。

「太子，我們出去走走？」太傅討好地說。

太子吁了口氣，站起身來。

太傅立時心中一輕。

太子和太傅又站在了那個神祕的院落前。傳來慘烈的嚎叫。慘烈的嚎叫。太傅忽然記起了他要做的思想政治工作。何不來個現場參觀？

「太子，進去看看？」

太子挺意外。以前說那地方不潔不叫他去，今天這老傢伙主動說去。討好我！慘烈的嚎叫叫人毛骨悚然。太子有些躊躇。

「去吧，沒有關係的。太子大了，太子也該開開眼界的。」

太子斜了太傅一眼。你咋說咋有理。咋說咋有理的應該是父皇！

太傅微笑地期待。

太子朝那個院落走去。

到了門前太傅疾步上前推開了門推開了門的太傅前腳一踏進嚇了一跳：院中禁軍林立！

而且，近前的兵士擋了上來。驚動來了這裡的太監頭子：「太子！太傅！」

「太子想到這裡來看看。看看。」太傅陪著笑臉說。你是太傅咋的？你管不著這地方！而且，還是領太子來這種地方！

「宮中也沒什麼人來這種地方。太子要看就看吧。」

「太子也是想長一長見識。」

「其實也沒有什麼好看的。我就領太子和太傅按順序看吧。」

「多謝。多謝。」

「太傅用不著客氣。你們能來這裡我還求之不得呢。成天守著這麼一堆人也挺膩味的。」

太傅現出微笑了。外邊的人到這裡叫散心。這裡的人要是能出去，也叫散心。「這地方怎麼擱這麼多的禁軍？」他問。

「原來沒有這麼多的。後來不是出事了嘛。」

「出事？」

「可不是嘛。有一天給一個老小子正要動傢伙，還沒等動，那老小子掙開了繩子滿哪跑，說他不當太監了！大傢伙兒就抓他，院子裡的士兵們也上前抓。誰知那老小子發了瘋一般，搶了兵器，殺死了好幾個人，傷了好幾個人！最後好歹算把那老小子給整死了。那要是讓他跑到宮中去我這腦袋非掉了不可！後來才知道，那老小子會他娘的武！

第四章　藥到病除

他們進了第一間屋子。老大的一間屋子。一張張床幾乎緊挨著。到處都是呻吟。輕微的呻吟。也有的像死人一樣，一動不動地躺著。也有那有些精神頭兒的，或在地上蹓躂著，或倚在床若有所思。

「螞蚱！螞蚱！」有人嚷，就有人去抓。

那螞蚱就被一個人捂在了手中。他望著手中的螞蚱，往肚子裡嚥著口水。那是一隻很大很大的螞蚱。那人忽然拔去了螞蚱的翅膀，把螞蚱放進了口中整個吞嚥了下去！

看到這的太子也不自禁地往肚子裡嚥了口口水。

吞嚥完螞蚱的那人打量著太子，眨巴著眼睛。

太監頭子走了過去，對那人說：「你他娘的也真有能耐，吃了個螞蚱！你還能吃什麼？」

那人瞅了瞅太監頭子，躺到了床上。

「這些個人，等著割傢伙的。他們得在這裡餓上三天，不能吃東西，不能喝水。」太監頭子介紹。

「為什麼？」太子問。

「要是肚子裡有東西，割完了傢伙還沒長好呢就要撒尿那可就遭罪著呢！搞不好就把小命搭了上去。」

到了第二個屋子。「這屋就是給他們割傢伙的地方。那位，就是剛剛割完的。」太監頭子說。是有一個人躺在床上，正被包紮呢，「趕緊再做一個，讓太子看看你們的手藝。」太監頭子吩咐。

就帶來了一位。兩個膀大腰圓的人一邊一個架著那人。那人呼哧呼哧地喘著粗氣表現著他的緊張。那人的衣服被脫光。被脫衣服的時候那人的手幾次去捂他那寶貝。那人被架到了床上。那人手腳被緊緊地捆綁在床上。

太子看見那人的那寶貝最大限度地萎縮，恨不得整個兒地縮了進去。太子忍不住笑了一下。

太傅斜眼看到了太子的笑，太傅順著太子的目光望向那人的那寶貝，太傅也矜持地讓笑意現出一點點兒。一丁點兒。

操刀的在清水中洗著他的刀。洗得慢條斯理從從容容。那是一把彎月形的刀。要是把兒長一點，跟鐮刀沒什麼分別。刀從清水中拿出的時候那人分明特意讓刀帶著水上來而後讓水嘩嘩地向盆中墜落。屋中密不透風。那水聲那水的色澤叫人感覺到清涼。清水也清晰著那刀的清涼感。你甚至會想像那刀嗖地割向你那玩意兒的時候，你只不過覺得嗖地涼爽了一下就完了事。甚至是很舒服的一件事。只不過讓你很深入地涼爽了一下就完了事。於是你甚至會渴望：來吧。來吧！不就是想叫我爽一下嗎？

一個女人端了盆清涼涼的水進了來。馬上就要被割傢伙的那人兩腿大大地岔開著。那女人把水放到那人的兩腿中間。那板床上半部分鋪了個草墊子，下半部分什麼也沒有。那寶貝的那兒，床板有一個洞，對著洞的床下放了個盆。那盆中有一些渾濁的水。主要是血渾濁了那水。那女人細緻地清洗著那人的那寶貝。那寶貝在女人的手中開始堅挺。那女人的手甚至攥著那寶貝上下。那人呼吸急促。

「這女人是從宮外僱來的。就為了能讓那玩意兒堅挺些，動刀的時候好方便些，也少些痛苦。」太監頭子介紹。

「周到。周到。」太傅說。太傅看得目瞪口呆。

看是時候了那操刀的上了前。那女人端著水離去。操刀的把刀放在床上，拿起那根從房頂垂下來的那根繩，麻利地繫在了那個寶貝上。原來房頂有一個滑輪。過去了一個太監，握住了繩子的這一端。上前了兩個太監，一邊一個，死死地按住那人的腰部。操刀的舉起了刀，那人瞪大了眼睛，看著那刀。刀向下落去，還沒有割著那玩意兒，那人就開始了他的嚎叫。手起刀落，那玩意兒當即和身體分離，這邊握繩的太監立即拽動滑輪，那玩意兒高懸在了上方。御醫有一些草藥之類的東西堵在了傷口而後開始包紮。

嚎叫結束了，那人也昏迷了。

真是驚心動魄！

太子和太傅靠前了些。

包紮布中透出一根細木棍兒。

「那棍兒塞在撒尿的地方。要不用木棍塞住，口兒就會長死了，就撒不了尿了。」太監頭子介紹。

「那棍兒怎麼回事？」太子問。

太子就更理解了為什麼要把那些人餓上三天。

包紮完畢，那人被放到了擔架上，捂上了大被。那人被太監抬走。

太監頭子領太子和太傅跟著擔架來到了下一個屋子。

這裡更加密不透風。窒悶。有刺鼻的臊味。床上的人都是赤身裸體。有的昏睡。有的呻吟。有的喘著微弱的氣息。只有少數的人以有些凝滯的眼神看向走進的人。

抬來的人被安放在一個空床上。

「這是最後一關。挺過去了就挺過去了，挺不過去就去給閻王爺當太監了！」太監頭子說。

太子受不了屋中的氣味和窒悶，往外走。

到了那院落大門口的時候那太監頭子說：「太子和太傅——常來。」說到常來兩字聲音低了下去，太監頭子自己也覺著說出這麼一句挺那個的，就讓笑意堆在臉上，那意思是說我這麼說完全是出於禮節而已。

太傅樂了，說：「來。來。」他心說我有僻呀我還來！他感覺自己的那玩意兒不由自主地萎縮。使勁地往裡縮。縮。

這夜，太子夢見密室那婦人的手攥著他的那個寶貝上下。他的那寶貝強勁地堅挺。他一洩如注那液體噴射得老高。就在這時候他聽到了那慘烈的嚎叫。他一下子驚醒。他睜大眼睛瞅著夜。他的褴部黏黏的。他沒有喚太監來。

「這太監呀，是從夏商周的周時開始有的。年頭兒實在太遙遠了。這帝王之家，是要世襲的。父傳子，家天下。什麼叫家天下呢？就是說，誰要是做了帝王，那這疆界之內的一切，就都跟他家裡的一樣。這樣說不對，應該說就都是他家裡的了。秦始皇修長城，其實保護的就是他的家！他自己的家。他做皇上，就可以動用全國的人力修建阿房宮，給他自己修陵墓。最豪華的陵墓。哪一個帝王都希望把那份家當傳得明白。生怕出現什麼閃失。可閃失還是出現了。我先前不是跟你講過嗎？秦始皇就不是帝王的血統！他是呂不韋做下的！這應該說就是誤傳了！誤傳！所以說，維護帝王後代血統的純正是至關重要的。可是這宮中的許多事務是不能全部用女性就能完成的，必須有一大批男人來做許多差務。可是這宮中妃嬪成群，而且春閨怨曠，而且都是天下美色。你想想，讓男人整日處在他們中間，還能不出事？怎麼辦呢？就得把他們騸了！」太子書房內，太傅講得得意忘形。

「騸了？」

「啊，就是你昨天在密室看的，那就叫騸。」

太子微點了點頭。

太傅想太子應該問他那個騸字怎麼寫，就微停頓了下。太子沒問好像挺專注地等著說下去。太傅就說下去：「先前宮中只是把那些做下等活的人給騸了。宮中還有一些士人。他們是高層次的人。

他們在宮中幫助帝王處理政事。就是帝王娛樂吧，也得是有一定層次的人來陪才開心呀。可是這撥子人也有覺悟出問題的！其實好像也不完全是覺悟的事！能做驚天偉業的人有時候他就管不住自己的那雀兒！就出事。到了大漢朝，吸收教訓，盡可能地吸收士人到太監這個行列中來。之後呢，宮中日常起居的事務，就沒有帶把兒的介入了。皇上除了召見群臣，日常辦公也由太監來幫助。太監在大臣中間穿針引線。」說到帶把兒的那幾個字，連太傅自己都被自己的幽默逗樂了。

太子也開心地咧著嘴笑了。

太子的笑愈發調動了太傅的演講欲：「這太監呀，有時候和大臣呀，有時候啊還真難區分。很多的時候呀，太監在做大臣們的事。很多的時候呀，這大臣在做太監們的事。反正你在皇上身邊，反正只要你幫皇上做事，你就得細心、忠心。皇上雖然允許大臣們可以自己養著自己的鳥兒，但絕對要求他們做事要有太監們的覺悟。要不說官場生涯的時候怎麼也總說是宦海沉浮呢！」太傅又忍不住笑了。

「是，總說宦海沉浮！」太子聽得開心不已。

「其實這樣說更符合實情。啥叫主角意識？可不是說讓你做事像幫家裡做事一樣。翁是尊稱。哪有自己尊稱自己的？主角意識是說你做事永遠要想著是幫皇上做事。可不像你做家裡的事。你做家裡的事做的好還是不好有什麼關係呢？皇上是一個大家長啊。臣民們都在給他做事。太子，早晚有一天，我們這個大漢國的臣民就都是為你做事。」

太子斂起笑意。太子憧憬那一天。

「皇上的身體一天不如一天了。不知御醫大人可注意到沒有。」盧瓊仙前來見御醫，斟酌了半天言辭，也只好這麼說了。她見的，當然是御醫中最頂尖的那位。

「到底是負責統管御醫的侍中啊！佩服！佩服！」

「過獎。這麼說，你也注意到了皇上的身體狀況？」

御醫嘆了口氣，說：「是呀是呀。」

「那你怎麼……」盧瓊仙的意思是：「那你怎麼不說？」

御醫當然明白女侍中要說的是什麼。當然知道。他更長地嘆了口氣。

女侍中憂心忡忡。女侍中不滿意御醫的只是嘆氣。

御醫知道女侍中不滿意了，再一次嘆了口氣之後說：「皇上不會覺得他怎麼了，這個時候說皇上身體如何如何，侍中大人應該知道是個什麼結果。」

女侍中默然。她當然知道是什麼結果。皇上會認為御醫胡說八道！其他的人，甚至會有人說他咒皇上！皇上只有到了病入膏肓的時候才會承認他確實有了病！可那時，一切，都晚了。晚了。甚至，就是病入膏肓了，皇上也不一定承認自己有了病！皇上永遠想的是如何長命百歲。可皇上永遠忽略著對身體的日常維護。忽略著日常的點點滴滴。女侍中想起齊桓公的故事。御醫想起了扁鵲的故事。

扁鵲過齊，齊桓公客之。入朝見，曰：「君有疾在腠裡，不治將深。」桓公曰：「寡人無疾。」

扁鵲出，桓公謂左右曰：「醫之好利也，欲以不疾者為功。」後五日，扁鵲復見，曰：「君有疾在血脈，不治恐深。」桓公曰：「寡人無疾。」扁鵲出，桓公不悅。後五日，扁鵲復見，曰：「君有疾在腸胃間，不治將深。」桓公不應。扁鵲出，桓公不悅。後五日，扁鵲復見，望見桓公而退走。桓公使人問其故。扁鵲悅：「疾之居腠理也，湯熨之所及也。在血脈，針石之所及也。其在腸胃，酒醪之所及也。其在骨髓，雖司命無奈之何。今在骨髓，臣是以無請也。」後五日，桓公體病，使人召扁鵲，扁鵲已逃去。桓公遂死。

女侍中長長地嘆了口氣。

御醫長長地嘆了口氣。

「瓊仙沒有扁鵲的洞察力，瓊仙只是從皇上的坐姿上，和皇上的眼神上，覺出了皇上的身體每況愈下。瓊仙剛進宮的時候，皇上的坐姿很是挺拔。兩眼也是炯炯有神。現在總是依歪著。眼神也無光。故此，瓊仙替皇上擔心。」

「我們又何嘗不是如此！」

「皇上不會接受我們的藥，可皇上每天都要吃飯的。大人可以把能給皇上治病的藥滲透到皇上的飲食中去。」

「也只好如此了。可這不能從根本上解決問題啊。」御醫邊說邊搖頭。

皇上縱慾無度又酗酒無度，這是根本。誰能去讓皇上別再縱慾了，別再酗酒了。誰能？這副藥只能皇上自己給自己下。「為臣的，只能勉力為之了。」女侍中說。

盧瓊仙出生在一個郎中的家庭。盧家有兩子，一男一女，男大女小。父親當然要把醫術傳給兒子。父親悉心地傳授。但是父親出去給人看病的時候身後總跟著個丫蛋兒。父親牽著丫蛋兒的手。遇到賣好吃的父親總是給丫蛋兒買。丫蛋兒只要跟父親出去，就手裡總是拿著好吃的。丫蛋兒聰明。父親給人看病的時候她瞪著烏溜溜的大眼睛看著、聽著。耳濡目染。目前空暇的時候，教她寫字，教她讀文章。父親好像在編一本醫書。父親經常在紙上畫那些植物啦，蜈蚣啦，長蟲啦，穿山甲啦，等等。丫蛋兒就跟著畫。開始當然是瞎畫。父親心疼紙，可誰叫她疼愛丫蛋兒呢，就讓瞎畫。讓畫完了這面兒，再在背面畫。畫著畫著，父親落在丫蛋兒畫上的目光就異樣了。敢情丫蛋兒畫得是那麼一回事了。越來越是那麼回事了。後來父親還把丫蛋兒的畫收進了他的那一摞摞的材料中。丫蛋兒不滿足於畫父親畫的那些，丫蛋兒開始畫人物。開始當然把人畫得呲牙咧嘴。漸漸，就像模像樣兒。丫蛋兒最喜歡讀的文章，是那首北魏民歌《木蘭辭》。周圍沒人的時候她常常高聲背誦。滿帶深情地背誦：

唧唧復唧唧，
木蘭當戶織。
不聞機杼聲，
唯聞女嘆息。
問女何所思？
問女何所憶？
女亦無所思，

女亦無所憶。
昨夜見軍帖，
可汗大點兵。
軍書十二卷，
卷卷有爺名。
……

每一次背誦，都深刻著丫蛋兒對木蘭姑娘替父從軍的悲壯，都深刻著對木蘭姑娘的渴慕。多少個夜晚她夢見自己穿上軍裝，驍勇地馳騁在戰場，敵人的頭顱在她的軍刀下紛紛落地。她為自己的悲壯激動不已。激動不已。她夢見凱旋而歸。她夢見親人們為她自豪。特別是，她的哥哥，已經做了掌櫃的哥哥，為她自豪的同時，有一些羞慚。她感覺得出那羞慚。她換上了女裝，天底下最出色的小夥子們向她投來愛慕的目光……她為自己感到無上的自豪，她激動不已，她情不自禁地流下滾滾熱淚，熱淚濡溼了她的夢，她從夢中醒來……醒來的她心中充滿憂傷，為自己是個女孩憂傷。

朝廷沒有叫父親去從軍。倒是叫哥哥去。結果，父親花了錢，仍然把兒子留在了身邊。

父親的生意越來越大。父親開的藥店在都城是最大的。

丫蛋兒變成了大家閨秀。

宮中選秀女，她在了冊。老爸以為他還可以用金錢也把女兒留在身邊。但是沒好使。據說是因為女兒實在太出眾，選秀女的人不敢從中做手腳。她悲壯地接受了這個事實。她沒有落一滴淚。不就是到皇上身邊做事嗎？到皇上身邊做事有什麼不好啊？而且那時候的這個皇上在她的心目中很了不起。雖然，民間也知道他是弒兄自立。可民間也都知道他的那個兄長昏聵、荒淫，就該殺！而且，他登基之後，與周邊的敵國交戰，打了幾場勝仗。雖然不是御駕親征，但可以說是運籌帷幄，決勝於千里之外。為這樣的皇上做事，她心甘情願。

入了宮她當然得從宮女做起。宮女，主要就是侍侯皇上身邊的女人。開始的時候，她們幾天才有那麼一天時間當差。更多的時間屬於她們自己。她在一塊絹布上用綵線一針針地，繡出了威風凜凜的花木蘭將軍。由於她行動敏捷，口齒清晰，她經常被派去服侍皇后。皇上很少去皇后那兒。去了那裡也是很冷漠。當然，對侍侯皇后的宮女就更冷漠。宮中有無數的美女等著皇上去和他們親近。皇上忙都忙不過來呢。皇上身材魁梧。那冷漠，分明是一種君主的氣度。君主，也許就該這樣吧。皇后百無聊賴。看得出來皇后內心很憂傷。憂傷，和無奈。皇后有一天來到她的房間，皇后被那已經繡完的花木蘭將軍吸引。皇后稱讚她。她就把那絹繡送給了皇后。

有一天，皇上召見盧家的這個丫頭。皇上在書房召見她。她確實很激動。很激動。但是她沒慌亂。她從容地來到皇上的面前，向皇上叩首，說皇上萬歲萬萬歲。

「朕看到了你的絹繡。你繡的花木蘭將軍繡得很逼真。很好。朕挺新奇。別的宮女都喜歡繡什麼花呀草的，你卻繡了個花木蘭。」

她就講她對花木蘭的崇拜。無上的崇拜。

皇上聽得頻頻點頭。皇上就問她還會什麼。

她就講起了她的老爸。她說她自幼耳濡目染，她粗識藥理。

皇上點頭，皇上說：「難得你一個小小弱女子竟然有如此的報國之心，理應褒獎。你也不用像花木蘭那樣女扮男裝，你就給朕做一個堂堂正正的女侍中！做一個管理御醫們的女侍中！而且，朕還要賜你一個名字——瓊仙。你就是這瓊樓玉宇中的一個仙女啊！」

「小女謝皇上褒獎。小女謝皇上賜予的名字。但小女有一個請求，請求在瓊仙的名字前加上原來的盧姓。」

「可以呀，從今以後，你就叫——盧瓊仙。」

她易上了官服。易上了官服的她，眼神中立即就生出了威嚴。她自然加入了早朝的行列。她注意到皇上威嚴地掃視群臣的時候掃視到她的時候目光立即就會有了一種和藹的成分。這個時候她總是希望皇上的目光快些移開，皇上的目光叫她不自在。許多大臣的位置在她之上。自己做了女侍中已經就是轟動的事情了。所有的目光都關注自己，這叫她不知所措。她不得不迴避著大臣們的目光。她希望透過自己的努力讓大臣們接受她。

她當上了侍中的消息傳到了她的家裡。連僱工都振奮不已。老娘喜得合不攏了嘴，向老頭子說：「這都是你這老東西積德了！」老東西沒有喜悅在臉上現出。他默默地從歡天喜地的家人面前消失了，他去了供奉祖宗的那屋子。他給祖宗燃了柱香。他肅立在列祖列宗的牌位前。人事傾軋，閨中女流能行？他想起老聃的那句至理名言：福兮禍所依，禍兮福所依。

宮中的御醫又來採購藥材了。大哥接待的。還沒等大哥提妹妹呢，御醫就提到了妹妹。御醫狠狠地訂了一大批藥材。讓明天就送到宮中去。御醫說：「價錢嘛，有侍中大人在那兒，我們就不往下壓了，買別人的多少錢，你這就多少錢。這次我們本來也是衝著侍中大人來的。既然來了，幹麼不把這個人情送到底呢！」御醫走後，大哥歡天喜地地去見老爸，告訴他剛剛做成的這筆大買賣。老爸正在那潛心地研製藥品呢。老爸的臉上沒有喜悅現出。

「這買賣你妹妹知道嗎？」

「不知道知不知道。」

「那就不能做！就是她知道，也不能做！她就不怕別人說三道四？」

隔天，大哥去宮中見訂貨的御醫。

「貨帶來了？」

「沒有。」

「沒湊齊？」

「不是。」

「那咋回事？」

「家父不讓做這筆生意。」

「為什麼？」

「因為我的妹妹在這裡為官。」

「盧大人在這裡為官怎麼著？不從你家進貨我們也得從別人家進貨！有什麼不可以的呀？」

「唉，反正家父不讓做這筆生意。」

「你等著，我們去跟盧大人說。」

妹妹來了。妹妹對哥哥說：「告訴父親，瓊仙贊成父親的做法。」

御醫為龔澄樞看病的時候講起了這件事。龔澄樞說給了皇上，龔澄樞說皇上聖明，看人準！有一天，盧家門前來了一撥子人，抬來了一塊巨匾，上書：皇家大藥房。龔澄樞親自帶隊。盧老爺子跌跌撞撞地被叫了出來。龔澄樞向盧老爺子說：「皇上聽說了盧老爺子的申明大義，親書此匾，以示褒獎。」盧老爺子就看向那匾，這一看不打緊，當時腦門兒就急出了汗：「怎……怎麼，我這裡就……就成了皇……皇家大……藥房？」

龔澄樞大笑，笑聲令人毛骨悚然笑了好一陣子才止住了笑說：「我不是說了嗎？皇上賜匾是褒獎，褒獎！皇上沒跟你們要你們的藥房，藥房還是你的！但是，皇上說了，今後宮中的藥材就從你們家進了，就不從別的地方進了！該多少錢就給你家多少錢。這可是皇上的意思！您老人家就別客氣了。」

盧老爺子就慌忙跪下，向那匾磕了三響頭。

送完了匾回來，盧瓊仙才知道皇上賜匾的事。還不是龔澄樞告訴她的。是別的御醫告訴了她。龔澄樞也是故意製造了這效果。盧瓊仙很感動。她去見皇上。

皇上沒在書房。

看皇上寢室的門前守侯著太監她就知道皇上是在寢室了。皇上要是出去了那太監會跟隨而去的。她走到了寢室的門前她剛想問：「皇上在裡邊休息嗎？」就聽到裡邊傳出了聲音：「皇上……皇上……皇上……」那聲音分明就是快活的呻吟。她臉紅了，她跟太監說：「別打擾皇上了。」

但是皇上對她那麼大的恩她急於向皇上表述她的感激。她等了好長一陣子，她猜想無論如何皇上也該完事了她就又去見皇上。皇上還在他的寢室。通報了之後皇上讓她進去。皇上的大床上有三個衣飾不整的女人。皇上揮手叫她們出去。寢室中就剩下他們君臣了。皇上在床上坐端莊了些。

「臣盧瓊仙叩見皇上。臣盧瓊仙前來謝恩。」

「瓊仙，其實朕很喜歡你。只不過因為你是朕的女侍中，朕受了些拘束。」

「皇上的恩情瓊仙一定銘刻在心。」

「朕真的很喜歡你。你要是想和朕親近你就告訴朕。不，不用告訴，你暗示給朕就行。」

「瓊仙一定盡心盡力做事，以此報答皇上。」

皇上穿上了鞋。皇上在盧瓊仙的面前來回走動。皇上嘆了口氣，說：「宮中女人有的是，朕不願意失去一個女侍中呀。」

盧瓊仙就更覺出了皇上的聖明。

「朕雖然喜歡你，很喜歡你，但朕就是不能像對待宮中別的女人那樣對待你。」皇上說。皇上很想說我雖然喜歡你，可在你的面前我的那玩意兒就是挺不起來！唉，你身上有一種東西能冷卻朕的慾火！

就這樣，盧瓊仙始終是皇上的侍中，而沒有兼職做皇上的女人。或者說，做皇上的女人兼職做侍中。

她聽說了太子在沒當上太子之前，那次以司馬相如的《上林賦》應對皇上的事。這給她的印象極深。聰穎的太子。後來看到太子寡言少語，她覺得太子老成。雖少而有城府。她在太子的眼中讀出了憂鬱。深深的憂鬱。她覺得她理解那憂鬱。深深的憂鬱。那憂鬱中有對父皇的憂鬱吧？應該有。一定有。他和太傅說不清楚誰是誰的影子。反正在宮中總是看到他倆的身影一同出現。太傅的眼神雖然在你的面前游移不定，但那絕對是一雙洞察一切的眼睛。他和太子朝夕相處，他怎麼可能不叫太子領會他的深邃？他怎麼可能就讓他的深邃意義給自己？怎麼可能？再圓滑也不應該如此。他應該知道太傅的職責所在。要是這樣太子的那份憂鬱就和我的憂鬱相通的啊。我們都在替皇上擔憂。無法傳遞的憂慮。

那次皇上暈倒了她帶著御醫火速趕到。御床，皇上已經醒來。皇后守在他的身邊。皇后擦拭著他額頭沁出的虛汗。御醫立即為皇上把脈。皇上向趕來的女侍中現出溫和的笑意。

「皇上無大礙。只是，皇上需要好好地休息。好好地休息。」御醫說。

她當然明白御醫重複地說好好地休息那句話的含義。「瓊仙希望這次能聽御醫的話，好好地休息。瓊仙要在皇上的寢室門前守侯三天，瓊仙希望這三天內皇上好好地休息。」她果斷地說。

皇上微笑。

她就真的守侯在皇上寢室的門前。

皇后當然也明白御醫所說，讓皇上好好地休息那句話的含義，皇后只是在白天，堂而皇之地以皇后的身分來看望皇上，之後要離去。

她守侯在門前。一個案几放在面前，她看書。夜晚，皇上的門前有候窗監，手中擎著蠟燭的候窗監。她的案几上，也燃著蠟燭。實在太睏了，她會伏案而睡。有時候，她的眼睛雖然在書上，心思卻跑得很遠，很遠。

皇上不是暈倒在與女人鏖戰的床上。但是皇上的暈倒無疑和女人脫不了關係。

皇上是父皇的第四個兒子。父皇的大兒子和二兒子早夭。父皇去世後三兒子繼承了皇位。父皇的三兒子自顧自地皇上著。宮中的女人隨便幹還不夠，還在夜間便裝出宮，去幹妓女。幹妓女。白日裡，宮中的樂隊在他的屋外作樂，屋內，他飲酒觀看裸男裸女相交合。他自顧自地皇上著。父皇的三兒子自顧自地皇上著。父皇的四兒子不動聲色。他向三哥獻美女。他向三哥推薦優伶。他知道三哥喜歡手搏。他專門選擇和訓練了五個力士，之後引見給了三哥。三哥留五人為侍衛。一次五力士為三哥表演角抵。老三看得興高采烈。老四忽然把手中酒杯往案几上一摔大叫一聲：「好！」五力士撲向老三五力士把老三抓舉了起來，重重地摔下，而後又撲向前去抓住老三的四肢和腦袋，狠命地拽。一聲慘叫，老三一命嗚呼！五力士與撲上來的宮中侍衛血戰。撲上來的侍衛被殺得一個不剩。混亂中諸王和大臣狼狽逃出。父皇的四兒子號令宮中。當然，痛陳老三的種種罪狀。他就成了皇上。但是他也知道他的那些兄弟們每一個都可以取他而代之。每一個都可能。他十分清楚。十分清楚。他知道他要想把皇位坐得安穩就必須狠得下心。必須狠！十三個兄弟，他盡行加害。陸續設法，全都除掉一個不剩！一個不剩！不剩！

有人向皇上密報：禁軍中的一個武將出入於老五的府中。皇上的眉頭當時就皺了起來那表情分明他在他的飯菜中看到了一粒蒼蠅！他就是這種感覺。父皇曾經就想把皇位傳於這個老五。只不過因為有大臣提出異議才導致父皇猶疑。直到死也沒有拿定主意。

那武將在老五在的時候與老五過從甚密。

那武將立即被投入大牢。

皇上召見刑部官員，讓他們用最殘酷的刑罰將那武將處死。

刑部官員就提到了父皇用過的一種刑罰。

皇上說他親自到場觀看。

水牢。那武將被綁縛在水中的柱子上。

「開始行刑！」刑部官員發令。

就上前了一個人，拎著個袋子。他將袋口打開，將數條毒蛇倒入了水中，毒蛇們立即向那武將游去，那武將瞪大眼睛看著遊向他的毒蛇，毒蛇撲向掙扎的武將，武將越是掙扎，毒蛇越是進攻。武將發出聲聲慘叫。皇上冷漠地注視著他心說你們誰敢造反我就讓你們嘗嘗這種滋味！那武將的一隻手忽然將捆綁的麻繩掙斷，他抓住了一條毒蛇，一口把毒蛇的腦袋咬了下去，就又去抓別的毒蛇。他接連咬掉了好幾條毒蛇的腦袋，終於，他的慘叫微弱了下去，他的手無力地耷拉了下去，他任憑毒蛇盤旋在他的身上。「皇上，慘無人道！」說完這句話，那武將頭一歪，身子就倒了下去，被捆綁的那隻手懸著他的身體。

皇上望著那武將發了會兒呆，就站起來想走。皇上一站起來就一陣暈旋，撲倒在地。

皇上立即就被背到了他的寢室他在床上躺了一小會兒就清醒過來。

皇上把陪他看行刑的那些官員們嚇壞了。

皇上把盧瓊仙嚇壞了。

皇上對她的恩情太大。太大。

她守侯在皇上的門前，整整，守侯了三天。

三天之後皇上從屋內走出笑著向她說：「瓊仙，你該不會讓朕悶死吧？」

於是皇上開始繼續皇上著。

盧瓊仙每個月有兩天的假，在這兩天的假中她可以回家。這是對宮女的安排。盧瓊仙雖然做了女侍中，但是沒有人告訴她可以像男官員那樣每天晚上可以回家。沒有人告訴。所以她就一直住在宮中。而且那兩天假他也很少出宮。不知道怎麼搞的，一出了宮她的心裡就不塌實。生怕有什麼緊急情況她不在了宮裡。即使出現了一次這樣的情況，她也覺得對不住皇上。皇上雖然忱於酒色，但皇上對她恩重如山。誰都可以說皇上不好，她盧瓊仙說不出。說不出。有時候她也想，自己到底是女侍中呢，還是仍然是宮女？高級宮女。她搖頭。我雖然住著宮女們的房間，可我不做宮女們的活。不做。也沒有人讓做。而且，人們尊敬著我呢。他們尊敬的肯定不是一個宮女，而是一個女侍中。一個有職有權的女侍中。可是有的太監也是有職有權的呀？我的作息時間和太監們也是一樣的。在這宮中許多太監是有官職的。我不用閹，我是女的。我是女太監？一個送上門的女太監。這樣想的時候她心中就悽然。她就強迫自己別這麼想。這麼想就會消極下去的。其實多少人羨慕著自己呀。特別是那些女孩子。可我卻在這裡研究自己到底是女侍中還是女太監。多可笑呀。她就始終如一地盡著職。

有一天太傅鬼鬼祟祟地溜進她辦公的房間。她一邊和太傅打招呼一邊望向太傅的身後。但是，太傅的身後沒有跟進太子。

兩人坐定，太傅使勁兒地去看女侍中案几上那冊書的名。太傅好奇。

女侍中樂了，把書拿起，讓太傅看書的封面：班固的《漢書》。

太傅連連點頭：「侍中博學。侍中博學。」

女侍中回應給太傅的笑很有意味：因為我是個女流看這書才獲得這稱讚。《漢書》難道不是一本平常的書麼？

太傅模模糊糊感覺到女侍中那笑的意味。就直奔了主題：「侍中大人，太子還惦記著要和您下棋呢。太子把老臣好頓埋怨，埋怨老臣上次侍中大人去和太子下棋老臣沒有去叫他。好頓埋怨呀。其實太子也挺悶的。成天守著我這個糟老頭子，夠乏味的。」

女侍中就想到了皇上的作為。由皇上的作為想到了太子。她能體會到太子的孤寂。能。但是，她知道自己一個女流如果總往太子那兒跑，會遭致非議。一定會遭致非議。「告訴太子，瓊仙會去的。瓊仙一定會去的。」她說，她堅定地說。

太傅走了，她望著太子居所的方向在心中說：「太子啊，你是了皇上的時候你就不會煩了。」

她在她休假的日子去了太子那兒。

太子見到她立即喜形於色。

棋擺上了，太傅在一邊兒坐下太傅想看熱鬧。

太子直瞅太傅。

太傅覺出了太子眼神的不對太傅立即醒悟。太傅就起身，說他正好有事出去一趟。

一聽太傅這麼說，太子立即又高興了，說：「你去吧去吧去吧。」

太傅向女侍中擠出了一些笑，出去了。

太子的做法叫女侍中慌亂。臉在發燙。她努力鎮定自己她抓了幾粒棋子說：「太子，我們猜子？」就是讓太子猜她手中棋子數目是單數還是雙數，說對了太子就先落子，不對就女侍中先落子。

「你先你先！」太子熱切地說。

她嫣然一笑，放回了棋子，落下了一枚黑子。

太子沒有看棋盤，太子萬般喜愛地看著女侍中呆呆地看著女侍中。

女侍中垂下頭柔聲地說：「太子，該你了。」

太子的眼睛掃了下棋盤，就站了起來。太子走了出去，女侍中聽到太子跟外邊的人說誰也不允許打擾他下棋，誰也不允許！

太子回來了，在女侍中的對面坐下。太子拿起了一枚白子，呆呆地看著棋盤那子兒懸在他的手中。太子無法凝聚心神在棋盤，太子的臉紅了。太子忽然把那枚白子扔回，站了起來，來到了女侍中的身邊，拉住女侍中的雙手，把女侍中拉了起來。他把女侍中緊緊摟住，他親吻她的眼睛、她的唇、她的頸部、她的……他覺得她的衣服礙事了，他一件一件地，除下了女侍中的衣飾。他有些發呆地打量著她的胴體驚異於它的美麗。

「太子，你沒有過女人嗎？」她喃喃地問。

太子飛快地除盡了自己的衣衫，兩個赤裸的身體緊緊貼在一起。太子說：我沒有女人，你就是我的女人。太子把自己的衣衫鋪在了地上，他引領著女侍中躺在那衣衫的上邊。急不可耐的他立即就進入了她的體內，她呻吟起來，很快他便一瀉如注。他趴在她的身體上喘息著。

她幸福地淚流滿面。

他鄭重地對她說：「我一定對你好！」

第五章　庖丁絕技

太傅走出太子書房後在外邊蹓躂了會兒，就決定去見皇上。按照規矩這個時候正是皇上辦公的時間，他要去見皇上沒毛病。皇上雖然很少召見群臣了，但隔三岔五的，皇上召見群臣。但太傅要對皇上說的事太小了，在皇上召見群臣的時候說不合適。所以太傅得單獨去見皇上。去見皇上他先見林延遇。

「見皇上現在可方便？」他問。

「不方便。不過太傅大人可以在這裡候。」太監頭子說。

「那好那好，我就在這裡候著。」

「皇上吃完了早飯覺得沒精神，皇上就去沐浴了。」

水從高處的貯水槽瀉下，皇上站在下邊，水從頭澆到腳下，特別是在這上午，皇上會感到精神一振。皇上爽著，外邊有太監小跑著擔水倒進貯水槽。

有太監來向林延遇稟報：「皇上叫去了黃瓊芝！」

林延遇稍微現出點愣的意思，他望著那太監，等著他說，說得更明白一點。

「皇上讓黃瓊芝陪著沐浴。」

林延遇凝望了會兒稟報的太監，說：「有什麼情況再來告訴我。」

黃瓊芝本來也是宮中的宮女。有次被皇上寵幸了，皇上就也賜了她一個名：瓊芝。黃瓊芝雖然還沒有名分著，但是她已經不用像其他宮女那樣幹侍侯人的活了。黃瓊芝，一個嬌小的女子。嬌小的黃瓊芝陪皇上沐浴。皇上坐在那水流下的凳子上，皇上說：「來，給朕暖一暖身子。」黃瓊芝無限喜悅地奔向皇上，皇上伏身把她抱放在腿上，皇上說好暖好暖啊。小女子說好涼好涼啊。皇上哈哈大笑，就開始親吻她，不一會兒就把她親吻得燥熱了，她呻吟著在皇上的懷中扭來扭去，皇上就把他的那個玩意頂了進去，清亮亮的水中，皇上和小女子興高采烈地啊啊大叫著……

太傅想到了秦始皇。秦始皇在高處看見李斯的馬車馳過，他驚異那馬車的豪華。有人把他的驚異告訴了李斯，李斯趕緊把那馬車毀了。秦始皇知道了李斯知道了他的驚異，就把那天他驚異的時候在身邊的人全部殺掉一個不留！皇上忌諱別人掌握他的全部！

林延遇似乎知道太傅想到了秦始皇的那件事，說：「要照顧好皇上不是一件簡單的事。一熱一冷皇上的身子骨兒最容易出毛病。掌握了這情況，我就可以和盧瓊仙溝通，讓她那邊想法子預防皇上得病。」

太傅馬上就驚異林延遇的細心了。他點了點頭。他嘆了口氣。真難為這些人了。最難管的就是皇上的雞巴事！太傅不自禁地笑了。

林延遇可沒搞清楚太傅笑的含義。他附和地跟著做出了笑意，他覺得應該是苦笑，就苦笑。去檢視皇上動態的那太監回來稟報：「皇上沐浴已完，去了書房。」

林延遇對太傅說：「你可以去見皇上了。」

太傅就起身告辭：「多謝林公公！」

他是得謝林延遇，要是在皇上不方便的時候去見皇上，可不是事兒能不能辦成的事兒了。通常情況下，皇上早飯後要上朝理政，之後呢，批閱奏章。晚飯後或批閱奏章或娛樂。然後有一頓晚點，然後沐浴入寢。這是給皇上定的規章制度。可有幾個人敢監督皇上呢？皇上永遠靈活著自己。

太傅去見皇上。他總是打怵見皇上。他挺佩服那些勇敢地往皇上身邊湊的人。陽光燦爛。太傅覺得自己有點像賊。

那清涼涼的水並沒有把皇上的疲乏沖洗掉。皇上拿手支著頭，躺在案几前他的那個碩大的座位上。奏摺堆在龔澄樞面前的案几上。龔澄樞講解完了一份奏摺的內容，詢問的目光就望向皇上。皇上就表述意見，龔澄樞就往奏摺上寫。有時候皇上想了想，沒有主意，就問龔澄樞：「你說怎麼辦？」龔澄樞就謹慎地表述自己的看法。皇上要是點頭，龔澄樞就往奏摺上寫。皇上要是搖頭，龔澄樞就提筆等著皇上的意見。皇上要是一時還拿不準主意，就說：「先擱那兒。」這份奏摺就壓下了。

並不是龔澄樞的水準有多高，皇上才讓他幹這個差使。反正龔澄樞在太監們中間水準是高的。要不怎麼能做太監們的頭兒呢？皇上知道大臣們中間比龔澄樞水準高的有的是。但他們是大臣。他們和太監不一樣。太監怎麼用都行。怎麼用他們都是太監。沒毛病。要是用大臣，是給他們機會知道皇上的祕密。皇上不能什麼都叫大臣知道。皇上什麼都叫大臣知道，會產生許多消極的影響。大臣們甚至會小瞧皇上。甚至會想皇上稱不稱職！皇上已經不經常早朝了，大臣們一定以為皇上能認真批閱他們的奏摺。要不還怎麼治理這個國度？皇上應該認真批閱他們的奏摺。

皇上這麼做有理論依據。皇上讀過《孫子兵法》。那裡邊講述了一個道理，就是不能叫部下太清楚主帥的意圖。皇上想，我這也是對《孫子兵法》的活學活用。

皇上看龔澄樞辦事有板有眼的，而且在他身邊從不多說話不亂說話，皇上就和他親近。就對他信任。就給了他這個差使。皇上就想讓這樣的人說話。皇上就給這樣的人說話的機會。其實龔澄樞就做他的太監頭子他沒機會壞。其實他可能本來不是什麼壞人，給了他這個機會就壞人了。因為他用的是太監的智慧，太監的眼力。太監的心胸。

太監進來通報：「太傅來了，他要見皇上。」

皇上當時就坐起來了。皇上皺起了眉頭。皇上站了起來。看皇上站了起來龔澄樞麻溜兒也站了起來。皇上看了看那堆奏摺，皇上坐在了那堆奏摺的面前。龔澄樞趕緊把還握在手中的筆放在了皇上的面前。「叫太傅進來吧。」皇上說。

「叫太傅進來。」龔澄樞向進來通報的那太監說。

進來的太傅就要叩拜，皇上不耐煩地說：「免了免了。」

已經跪了下去的太傅就站了起來。

「什麼事？」皇上問。

「太子讀書讀到往時，國君和朝臣微服訪問民間事，很想效法。」太傅審慎地說。

「你是說……」

「太子想體察民情。」

皇上的表情當時就嚴肅。體察民情本身就是一件嚴肅的事。說多嚴肅有多嚴肅。

看皇上嚴肅地凝望自己太傅當時就害怕：我說錯話了？

我大漢稱霸南方，一派昇平，還要體察什麼民情！皇上忿忿然。可他漸漸，平息了自己。態度緩和了下來。太子要認真地做太子那就讓他做好了。「讓太子多長些見識未嘗不是一件好事。可多派些人跟隨。」皇上說。

「可太子說，如果有過多隨從跟隨，會對百姓產生驚擾。」

太傅眼睛的餘光看到皇上眉頭皺了起來。太傅立即更低地垂下頭。

「朕可讓太子按你的主意辦。但是，你就拿你的腦袋擔保好了！」

「臣謝皇上恩准。」

「你還有什麼事嗎？」

「臣沒有事了，臣告辭。」

皇上望著太傅走出。皇上收回目光，落在奏摺上。皇上笑了，說：「龔澄樞，你這字兒越來越像朕的字了。越來越像。」

「皇上誇獎。皇上誇獎。」

太傅來到太子的書房前。他覺得他辦成了大功一件的事，他可以進去看太子和盧瓊仙的對弈了。但是門前的太監告訴他：「太子說了，誰也不能進去。」他正要推門的手就停住了。他尷尬地笑了笑，說：「怕打擾？」他就在外邊甩動他老朽的手臂來回走著。他甚至哼起歌來。他表演寧靜。其實他恰恰表演了內心的不寧靜。他內心一點兒也不寧靜。不寧靜。不寧靜。他哼唱的是：

卿雲爛兮，
糺縵縵兮。
日月光華，
旦復旦兮。
明明上天，
爛然星陳。
日月光華，
弘於一人。
日月光華，
弘於一人。
弘於一人。

太傅唱得很動情。唱著唱著，太傅完全沉入歌中的境界。太傅的嗓音還是不錯的。你彷彿聽到宮廷中那宏偉的和聲。宏偉的和聲。歌者和聽者都肅穆了自己。

屋中對弈的太子和女侍中也側耳傾聽。一枚子兒捏在太子的手中。

太傅的哼唱結束了，但是彷彿還有和聲在繞梁三匝。繞梁三匝。

「這老東西，淨瞎攪和。」太子醒過神來，說。

「太傅挺有清興的。」女侍中說。

「太傅，你進來吧。」太子喊。

外邊沒動靜。太傅一定在等著確認裡邊傳出的消息。

「太傅，進來！」太子不耐煩地喊。

太傅進了來。太傅在一側坐了下來，望向棋局。「怎麼樣？」他問。應該是問太子。

「我贏了一局了。」太子說。

太傅望向棋局。雙方都是破綻百出。「你們繼續。繼續。」他說。

太子瞅了會兒棋盤，把棋子扔進了裝棋子的盒子裡，說：「繼啥續，我的耳朵裡總響著你的歌！」

女侍中笑。

太傅陪著笑。太傅趕緊安撫：「太子，皇上已經答應了讓你出宮的事。」

「真的？」太子大為亢奮。

「我剛才去見了皇上。」

太子站了起來。太子在屋內來回地走動。

「皇上讓老臣一定照顧好太子。」太傅說。他可沒忘記皇上跟他說的話。他必須讓太子處於他的視線之內。他知道太子常常想擺脫他的視線。

「我討厭太監！」太子說。

「皇上說……」太傅想說皇上叫太子按照他太傅的意思辦，可他把話嚥了回去。「那太子可以從禁軍中帶些人。」他說。

「反正我不想帶一堆人，一點兒自由都沒有！」太子忽然向女侍中說：「你跟我去？」

太傅嚇了一跳太傅心嘭彭跳著望向女侍中。

「太子，別讓皇上不高興。我一個女流在外邊跑，是不合適的。」

「你可以化裝呀，女扮男裝！」

女侍中就想到了《木蘭辭》。想到了男扮女裝替父從軍的花木蘭。她真的很想那樣和太子出宮。但是，她注意到太傅那有些驚恐的目光她明白那目光的含義。「太子要是替瓊仙著想，就不能帶瓊仙出去。」她柔聲地說。

「那你就不去吧。」太子說。「我要叫那個李承渥陪我出宮！」太子說。

太傅去見李承渥。李承渥沒在朝中。他的屬下說他經常不在朝中。太傅說那怎麼能找到他。屬下說李將軍成天忙於訓象。訓象？太傅挺糊塗。太傅讓人帶他去見李承渥。太傅和帶路人乘馬出了都城。常處宮中，常處太子書房，常守著那個鬱悶的太子，太傅也悶。但悶得久了，他已經習慣了那窒悶。他學會了平穩地呼吸。彷彿空氣很珍貴似的。細緻地呼吸。但是，他現在縱馬出城，他覺得他生鏽的身子骨鬆動了，靈活了。他不必擔心因為劇烈的運動而導致空氣的供給不足。常在宮中呆，竟然忘記了馳騁天地間的美好享受！怪不得那個李承渥放著皇宮不呆！

李承渥斃虎於籠中，皇上給他官生一級。但是他被虎爪擊傷的下巴永遠地歪了，留下歪嘴將軍的綽號。以前的李承渥可以說透著一股子英銳之氣。但現在的李承渥則眼神中輻射著陰冷的光。陰冷的光。你遇見那目光你會不寒而慄。不寒而慄。他至多向你點一點頭。你難得聽見他開口。但是，他是將軍了。

一處丘陵橫在前邊。隔著丘陵他們聽到那邊傳來大地顫動的聲音聲音中夾雜著一個人的呼喊分明就是李承渥的呼喊：「前進！前進！前進！」大地在顫動大地分明被當成了一面巨大的戰鼓。

他們躍上丘陵，他們看見李承渥率領著象陣向前衝擊。乘象士兵們的兵器在陽光下閃爍著耀眼的銀光。李承渥一像當先。一條大河阻在了前邊。李承渥所乘的象縱身躍入河中向彼岸泅去。它負著李承渥躍上彼岸。但是，那象陣中有的象躍入河中有的在岸邊挺了下來。一片雜亂的催促聲。李承渥的象立在彼岸。李承渥陰冷的目光注視著他的屬下。

太傅縱馬來到河岸。

李承渥看到了他。李承渥似乎向他點了點頭。他的身後簇擁著渡過河去的士兵。他冰冷的目光凜冽地望向沒有渡過河的士兵，那些士兵們不敢與他的目光相迎，他們逼使著所乘的象向大河中前進。河面，一匹匹象泅向前去。全部的象泅了過去。李承渥的目光再一次望向太傅。那目光稍微柔和了些。兩人的目光相遇。太傅趕緊擠出笑。擠出笑表示他的友好。李承渥一拍所乘象的屁股，那象立即躍入河中往回泅來。溼淋淋的象，溼淋淋的人，來到了太傅的面前。李承渥跳下象來。太傅就也趕緊下馬。「太傅是來檢閱將士，還是，另有他事？」李承渥問。

「當然另有他事。另有他事。」

李承渥就期待地聽。

「太子想出宮體察民情，想請將軍跟隨護衛。」

「什麼時候？」

「明天。」

「承渥當然聽命。」回答得不卑不亢。那次與虎相搏，是為皇上挺身而出了一回。但是留下的殘疾成了恥辱的標誌。恥辱的標誌！要是與敵寇撕殺別說是下巴歪了，就是沒了下巴又有什麼！為皇上挺身而出了一回，但是與皇上的距離遠了。他羞於站在皇上的面前，他知道皇上也不願意他站在皇上的面前，他們都不願意想到他的下巴是如何歪的。他知道那天假如他不站出來與虎相博，可能就沒人站出來，皇上會很難堪。他就為了不叫皇上難堪而挺身而出。他知道他可能沒命但是他挺身而出。沒有神聖感沒有莊嚴感。但是他訓練他的象陣，他的兵士，他有神聖感，他有莊嚴感，這個時候他才會讓他的聲音沒有障礙地發出忘記了那恥辱的標記。

太傅的目光移向河的彼岸。士兵們在那裡等候李承渥將軍的命令。「開始聽說李將軍忙於訓象，老臣還真不知道是怎麼一回事。」太傅說。

李承渥的目光也望向他的士兵。他的目光中多了憂鬱。「大唐瓦解，天下分崩。早晚必有一強鯨吞天下！太傅以為，我漢國能避過這一劫嗎？」他問。

太傅默然。李承渥沒說那鯨吞天下的一強，是我漢國或可能是我漢國。他說我漢國只能是鯨吞的對象！提到自己的國度他沒說大漢國他說的是漢國。皇上總說我大漢我大漢的。這種人也不能待在皇上的身邊。待在那兒也不安全。你還是在這裡好好地訓你的象吧。

跟隨太子出宮的就兩人：李承渥和太傅。他們乘著竹轎走在外面的世界。竹轎在轎伕的肩上咯吱咯吱地顫悠著，很舒服，很悠然。太子在前，太傅和李承渥並排著跟在後邊，三人成三角陣勢。

「往哪裡去？」前頭的轎伕問。

「越王府！」太子答。

太傅和李承渥當時就繃直了身子，太傅的臉上罩上了陰影。太傅還不知道禁軍中的那員武將因為出入越王府而被抓被放在水牢中讓毒蛇咬死的事。要是知道非嚇得從轎上跌下來不可！雖然不知道那事兒但他可知道去越王府不是什麼好事肯定不是。可是他找不出可以跟太子說的理由阻止太子。沒有理由就不能阻止太子。也阻止不了。憂慮掛在他的臉上。

李承渥知道那事兒。當然知道。他的臉色一如既往地陰沉著。他掃了太傅一眼，他的臉色一如既往地陰沉著。

轎子咯吱咯吱地顫悠著，太傅的心一上一下地顫悠著，像被帶往死刑場。太傅臉色蒼白，蒼白得嚇死個人。

越王府被一種淒涼的氛圍籠罩。門前沒有了侍衛。大門緊閉。

太子下了轎。太傅和李承渥在後邊下了轎。三個人呈三角陣勢站望著大門。太子回頭望了眼身後的兩人，兩人也沒有動，沒有上前去叫門。太子就自己上前叩門。門上的鐵環被他叩響。半天，門才打開，一個下人把門打開。太子抬腿就往裡走。那下人慌忙攔住：「你……你們是什麼人？」

「躲開！」太子沒好氣地說，把那下人撥拉一邊。

那下人猶疑了下，往裡跑去。

太子進了越王府院落中。太傅和李承渥跟在後邊。

那下人和一個老者小跑著迎了上來。太子認出那老者就是當初越王府威風凜凜的總管。下人把他找了來，說明他現在還是這裡的總管。一點兒也不威風的總管。「太子！」老者驚訝地叫道。他的嘴唇顫動著，往下他也不知道說什麼好了。太子也無話跟他說，太子繼續向前走去。緩緩地向前走去。太子的目光打量著院落中的花木。已經沒有原來的規正。有淒涼的氣息在院落飄蕩。這裡，有他童年的歡樂。他隨父親來這裡，他和五叔的孩子在這裡追逐、嬉戲。經常玩的，是捉迷藏。太子彷彿聽到他和五叔家孩子的嬉鬧聲。太子的眼裡略微有些溼潤。悵惘的情緒襲上他的心頭。

那下人早已跑著離去。總管讓他去通知王妃。

王妃領著她的孩子迎出。「太子。」她輕輕地喚了聲。她跪了下去。她的孩子不知所措地站在她的身邊。「孩子，見到太子要下跪的。」她說，聲音輕得外人幾乎聽不到。孩子們跪下了。孩子們懞懞懂懂地跪下。

太子立在他們的面前茫然。太子無話跟他們說。他向越王的書房走去。太傅和李承渥跟在後邊。王妃起了來悲戚地跟在後邊。總管讓孩子們起了來，同他們跟在後邊。

越王府，死一樣靜寂。推開越王的書房。越王的書房，竟然沒什麼變化。仍然是四壁的書籍。仍然是先前的擺設。那付圍棋仍然擺在原先的位置。那紫檀木的棋盒仍然誘惑著你的手去摩挲它的光滑。太子就是在這裡跟越王學會的圍棋。他無數次地拿開越王揀拾棋子的大手嚷著悔棋。彷彿聽到越王的笑聲迴盪在這書房。越王開心地笑著。開心地笑著。開心地笑著。那是父皇的父皇還在的時候。那時越王也常參加我的父親的宴會。常參加。父皇的父皇不在了，開始的時候，越王也去。但後來不去了。後來父親就變成父皇了。他的孩子就不能再到越王府了。他們住進了深宮。有一天他去看現在的太子。他憂鬱的神情叫現在的太子無法歡娛。「五叔，我們下棋吧。」現在的太子說。「五叔沒心情下。」說罷五叔長長地嘆了口氣。待了不長的時間他就告辭。之後再也沒有看見他。再也沒有。他和其他的叔叔們全都被父皇除掉了。有時候他很想知道他們被除掉的細節。但是沒有人告訴。太傅也不說。隻字不說。太子忽然覺得他必須離開越王府了，他必須離開，因為再待下去他要流淚，他要哭，而他不想讓人看見。他轉身往外走。

王妃忽然攆上來把著太子的手臂說：越王知道你喜歡他呀，你可要照顧好我們母子們呀。

太子不看王妃，他看蒼天。蒼天很晴，蒼天很幽深。淚在他的眼眶裡打轉，他不讓它落下。

王妃鬆了手。

太子走出越王府。

竹轎咯吱咯吱地響著。太子陰鬱的目光掃視著街上的行人。三人的內心都盤踞著憂傷。太子的心頭還有悵惘。他真不明白父皇為什麼要除掉越王。不明白。不明白為什麼要把所有的叔叔們都除掉一個不留！不明白。只有到了五叔的面前他才能找到孩子的感覺。他才會現出孩子應該有的歡笑。可是這歡笑被父皇給奪走了。無情地奪走了。父皇，我恨你恨你恨你！難道做了皇上就得這樣地無情？我不明白。不明白。

太傅有時也想給太子上這樣一節課：給他講，皇上最提防的，就是最接近龍椅的人。離龍椅最近的人除了自己的子女就是自己的兄弟。一般情況下子女們不會篡位。他們通常要耐著心等待。等待。他們通常要做的是，如何讓父皇立為太子。也就是說他們通常要做的只能是如何討父皇的歡心。而皇上的兄弟們往往不存在等待的問題。所以他們得自己給自己創造機會。於是就謀反。所以皇上就最提防他們。皇上覺得提防他們太累，或者沒有把握能夠提防得了，就得讓他們離龍椅遠一些。別讓龍椅總誘惑他們。太子老爸的做法，應該說是斬草除根乾淨徹底！這對太子也是有好處的。因為皇上龍椅坐得不穩當，那太子當然也不穩當了，能不能接上班就是問題了。

跟太子不能講的是：皇上就是先前皇上的弟弟。皇上就是謀反才做了皇上的。他當然害怕先前皇上的弟弟們再效法他一回。他當然害怕。很有理由害怕。

太傅常提醒自己別操心皇上家裡的事。那太危險。別以為你聰明。皇上最討厭別人在他面前裝聰明了。你不能一邊說著皇上聖明一邊認為你聰明。

難怪這老傢伙沒教育出一個好皇帝來。

這不，剛才讓皇上家裡的事弄得心情挺不好，太傅立即對自己進行了再教育，教育自己不能同太子一樣情緒。那是不健康的情緒。要不得的情緒。影響思維的情緒。而且，應該讓太子也從那情緒中擺脫出來。必須擺脫。

「太子，要是餓的話我有一個去處。」他說。

「我還沒餓呢。」太子頭也不回地說。

「那太子想去哪兒？」

「我也不知道。」

一堆人吸引了太子的目光。像是瞧什麼熱鬧。從人們的腦瓜頂望過去，一個青年在往一棵樹上拴一頭牛。他對轎伕說：「去看看他們在看啥。」

到了近前，太傅問：「你們看什麼呀？」

「庖丁解牛。」

「庖丁解牛？」

「那賣肉的每天都要在這裡殺一頭牛，讓人看他的刀法。」

三人當然都知道莊子的那篇文章。太子也能倒背如流。

「什麼人敢跟庖丁比！」太子說。

「看看？」太傅徵詢。

「行。」

三人下了轎擠到了前邊。

那牛的頭被牢牢地綁縛在樹上。那青年抖開肉案上的一塊髒兮兮的破布，抖出了刀。他拿起刀，端詳了會兒刃口。案上有盆清水，他把刀放進去，手指抹刷著。而後他把刀在清水中劃動了幾下提了出來。水從刀面向盆中滑落。太子想到了神祕院落中閹割太監的場面。這些個動刀的，都這麼憐惜他們的刀？那青年走到牛的面前。他凝視著那牛。他屏神靜氣地凝視著那牛。他走近那牛，他的刀閃電般捅進牛的心臟，他把刀拔出，血噴濺而出流到下邊的盆中，並隨著牛的抽搐時，而急促時而緩慢，似乎要把噴濺而出的熱血回收。處於抽搐中的那牛四腿僵直，那青年或用腳鉤或用膝蓋頂讓牛的軀體穩當著，刀在外邊劃了幾條線就探進了毛皮之內，片刻之後他伸手一抓，脖頸之下四腿之上的毛皮就被抓了起來在空中，一舞動那毛皮就張了開來，張了開來的毛皮旋轉著，那青年一揮手，毛皮飛了出去，看毛皮飛來看熱鬧的人，驚駭剛要後退，那毛皮已經噗地落地就落在前邊人的腳下。那青年分明故意製造這驚駭以示他的——精確。他或用腳鉤，或用膝蓋頂，讓牛的軀體穩當著，同時，刀在牛的軀體間遊動，遊動像蛇兒行走於草間，草雖密集著，但絲毫無礙於它的行走，相反卻做了它飛一樣行走的依託，卻讓它的行走更顯得詭祕無形！刀突然離開了牛的軀體，那青年伸手抓住了牛的脊梁骨，猛地一晃動，那牛身上的肉紛紛滑落兩側再一晃動，牛的五臟滑落，中間冒著熱氣，整個牛的骨骼矗立著，四圍爆發出一片叫好聲。在這叫好聲中，那青年的刀在牛的頸間劃動了幾下，而後把刀放在左手，右手抓住骨架用力提起，向人們的面前走來。他把那連著四肢的骨架撇到了肉案上，人群再一次爆發出叫好聲。

「年輕人，你真是叫老夫開了眼界。開了眼界。你叫什麼名字？」太傅問。

年輕人看看太傅，沒回答他的問話，轉首命令他的幫手：「把肉擺到案上來。」

「我們大家都叫他庖丁。庖丁。」一個看熱鬧的人向太傅說。

「他一定熟讀《莊子》中庖丁解牛的那段章節。一定。」太傅說。

年輕人和他的幫手已經開始賣肉了。

三人離開。三人坐上了竹轎。

「這人要是在軍中也能是一把好手。」李承渥說。

「太子，你還記得《莊子》中庖丁解牛的那章節？」太傅問。

「我記性不好。」太子說。分明不滿意，分明覺得太傅小瞧他了。

太傅討了沒趣，太傅就背誦那段章節：「吾生也有涯，而知也無涯。以有涯隨無涯，殆已！已而為知者，殆而已矣。為善無近名，為惡無近刑。緣督以為經。可以保身，可以全生，可以養親，可以盡年。庖丁為文惠君解牛，手之所觸，肩之所倚，足之所履……」

「我也覺得此人可用。」太子打斷太傅的背誦。

太傅和李承渥望向太子，等著他說下去。

「我看應該讓他去騙那些太監。回去我就去跟林公公說。」

太傅被太子的想法驚奇不已。真實沒白領太子去那神祕的院落一回。想想看有道理呀，給那些做太監的人動手術，要是有了下刀不俐落的時候人可就遭罪了，就還得挨刀子。要是讓那個什麼庖丁去，那可真是殺雞用上了宰牛刀，綽綽有餘呀！這念頭好，這念頭不錯。沒白出來一回。

李承渥心裡叫苦不迭。他本來已經打定主意要來拜訪那個叫庖丁的人，他要讓庖丁到軍中去，他要讓庖丁做了他的手下。他相信庖丁必能成為一個勇武的將士。一定能。此人刀功達到如此境界，其悟性必高。可是這樣一個特異之人卻要被用來騙太監，去割那些個第二首腦，可惜，可惜。這樣一來，就只能永遠是一個操刀的人。李承渥微閉眼睛，彷彿不忍看這樣的事情。不忍。為什麼不向太子去說自己的想法呢？太子的寡言令他感覺到距離。雖然太子在越王府流露出人性的一面，但那自制力也是非同尋常的。非同尋常。他在太子的身上看到了一種皇上的氣質。那氣質讓你閉緊你的嘴巴。要不你就歌功頌德三呼萬歲。

太傅去見林延遇。太子沒去見林延遇，太子叫太傅去見林延遇。林延遇聽太傅說完太子的想法，笑得喘不過氣來。在那笑聲中，太傅渾身起滿了雞皮疙瘩，頭皮發炸。好歹算等林延遇笑完了，笑完了的林延遇說：「太子聰明。」太子的舉薦讓人感覺到了太子的親近。「而且這個庖丁還能給皇上解悶兒呢。皇上可沒有看過這節目。」他說。

給皇上表演，這是太傅沒有想到的，太傅大為振奮。皇上對太子的出宮必將很滿意，非常滿意，當然對我這個太傅也就滿意了。只要是滿意就行啊，只要是滿意我就安全啊。「那我領你們去找那個庖丁？」太傅主動說。

「要是您老人家親自去，那我得陪您去了。他娘的，那小子享受的規格可不低！」

「人才嘛，人才嘛。」

隔天太傅和林延遇來到那肉舖的時候，那青年正忙乎著賣肉呢，解牛的表演已經完事。兩人也是乘的竹轎。但不是微服了。幾個太監跟隨在林延遇的前後。他們的到來立即吸引了買肉和賣肉的人。二人下了轎。太傅招呼那青年：「過來過來。」

青年放下手裡的刀傻傻地來到他的面前。

「這是宮裡的林公公。」

青年望著林公公傻傻的。

林公公心說你這小鱉犢子怎麼這麼沒規矩！

太傅心說你這小子怎麼這麼不懂規矩！「昨天我和太子看了你的表演，太子向林公公舉薦了你。」太傅說。

那青年的臉白了他撲通向林延遇跪了下去他說：「我……我不想做太監！我剛剛討了媳婦呀！」

太傅哭笑不得，林延遇忽然大笑起來，太傅恨不得堵上耳朵，心說你能不能不笑了，能不能不笑了，能不能！林延遇止住了笑，太傅說：「兔崽子，做太監怎麼著？做太監就沒有出息了嗎？」太傅想說你看人家林公公不就是做太監的嗎？你看人家林公公現在多威風！但他把這話慎重了回去他說：「就憑你小子的悟性，做太監也會做得很好的。林公公，你說是吧？」

「我看沒問題，你小子就是個太監的坯子！」林延遇立即就知道了太傅的壞水兒趕緊附和說完又笑了起來太傅心中就又發出了痛苦的呼喚。

林延遇止住了笑太傅趕緊停止了惡作劇向那年輕人說：「兔崽子，別害怕了，不是讓你做太監，是讓你去給那些做太監的人動刀，給他們動刀，聽明白了嗎？」

「不明白。」年輕人仰起臉向太傅說。

「就是騙他們！這回你懂了吧？」太傅沒好氣地說。

林公公扔下話，讓庖丁明天到宮裡去報到，他會派太監在宮門口候著。之後林公公和太傅走了。不跟你商量。要是瞄上你就讓你做太監你怎麼還能跑得了？皇宮用人，不管用你幹啥，你都得一邊謝恩一邊去。麻流兒去。別找麻煩。

庖丁把肉攤兒交給了幫手，去和媳婦默然相對。他把媳婦擁在懷中。他的鳥兒虛驚了一場但他的鳥兒仍然本能地畏縮著。庖丁仍然對他的宮中之行感到吉凶難測。吉凶難測。

庖丁的父親是一個在外地為官的縣令。庖丁本來跟隨在他的身邊。父親滿腹經綸。滿腹經綸的父親常憂鬱地望著他的獨生子。「孩子，為父知道你很聰明，但天下未穩，為父只希望你掌握一門謀生的手藝做一個尋常百姓。」父親跟他說。他想到了《莊子》庖丁解牛的篇章。他對庖丁的特異技能神往不已。他跟老爸說他想回都城開個肉舖。都城他家有閒置的住房，而且那住房臨街。老爸同意了，就讓兒子回到了都城開起了肉舖。每宰一頭牛，他都默誦著《莊子》庖丁解牛的篇章動手。終於，練就了本事。每天一頭牛，生意很火。他有了庖丁的名聲。父親回京辦事，父親帶來了一位姑娘，讓他成了親。父親為兒子感到欣慰。

但是肉鋪得關門大吉了，兒子得進宮給皇上騸太監。

黃瓊芝把皇上給纏上了。她的法寶是：叫床。越叫皇上越是興起。皇上喜歡從她的後面進入。皇上一進入她哎呦不已並且全身顫抖。皇上衝刺一次她就禮讚：「好猛呀！」皇上不斷衝刺她就不斷禮讚：「好猛呀！皇上好猛呀！好猛呀……」在她的禮讚中，皇上就覺得他應該名副，其實就咬緊牙關狠命地衝刺，她大叫一聲被撞得撲倒在前邊，但是她會一邊喘息著，一邊爬起擺好了姿勢，皇上趕過去雙方銜接上之後皇上一聲大叫衝刺過去，她就又撲倒，就又爬起，就又撲倒。她不停地禮讚著：「好猛呀！好猛呀……」皇上興致勃勃地攆在後邊。好在皇上的床大。他們繞著圈兒幹。皇上忽然發現他的這種幹法可以堅持得久一些，於是皇上樂此不彼。甚至把個嬌小的黃瓊芝幹得無力爬起，無力爬起的黃瓊芝也不停止對皇上的禮讚。無力的她會翻過身來仰躺著，嬌滴滴地說皇上你饒了我吧，可是她的纖手兒卻去捉鬥志昂揚的鳥兒讓它歸巢。

他們完事的時候，他們儘可以仰躺在床上喘息，有旁邊侍侯他們的宮女上前擦去他們的穢物。他們顛鸞倒鳳的時候，侍奉他們的宮女就看著一切。慾火在她們的體內燃燒。但是皇上的雨露金貴，淋不到她們的身上。她們眼睜睜地看著金貴的雨露淋向別人。為皇上擦拭身體的時候，她們擦拭得特別細心，不因為他是皇上，因為他是男人。她們在夢中和皇上交媾，她們在夢中欲仙欲死。這就是對宮女的殘酷所在。

有一天完事宮女還在打掃戰場的時候，黃瓊芝忽然湊近皇上的耳朵說：「我也想要一個賞賜行嗎，皇上？」

「你要朕賞賜你什麼呀？」

「我也要當侍中。」

「你當侍中？你能管什麼呀？」

「怎麼不能管。」

「那你能管什麼事呀？」

「就管你這件事呀。」黃瓊仙用手扒拉扒拉皇上的鳥兒。

皇上大笑皇上說：「好，好，朕就讓你做這個侍中！」

黃瓊芝就侍中了。

穿著官服的她出現在皇上的面前，皇上先是驚異地打量她，隨後就抱起了她。皇上說你穿上這身衣服真逗逗死朕了！她故意撅起了嘴，皇上附著她的耳朵小聲說：從今往後你就是朕的雞吧侍中了！

皇上你壞皇上你壞黃瓊芝孩子一樣地蹬著腿嚷。

「好，好，朕就說你是負責朕起居的侍中可以了吧？」

從此那些名分著的女人，就以對她的溜鬚提交著享受皇上寵幸的申請。只要她能感覺到，她就把那申請傳達給皇上。皇上微笑著聽，不置可否。之後皇上會一邊幹著她，一邊說我就喜歡幹你這小東西，我就喜歡幹你這小東西！

她知道皇上喜歡盧瓊仙。她跑去跟盧瓊仙說：「瓊仙姐，皇上挺喜歡你的，我看得出來。我給你安排呀？」

「不要不要不要！」盧瓊仙慌亂地說。

黃瓊芝挺糊塗。

只要是白天，林延遇可以隨時出入皇上的寢室，而且不管皇上在幹什麼皇上都不會怪罪他。這天皇上正在再一次收拾黃瓊芝的時候門外的太監喊：「林公公到。」林延遇進來，皇上就離開了。林延遇甚至聽到了皇上離開黃瓊芝身體時所發出的聲響。

皇上仰躺著，等著林延遇說。黃瓊芝偎在他的身邊。

「給皇上講一件有意思的事。太子出宮……」林延遇講起庖丁的事。

皇上饒有興味地聽完，坐了起來，赤裸著身體盤腿坐在床上。在太監面前皇上不必廉恥。根本不必。黃瓊芝看皇上那樣也覺得她不必羞恥，從後邊摟著皇上的脖頸。皇上不知廉恥的時候你得渾然忘記了廉恥。你要是明明白白地廉恥著你應該知道皇上望著你的眼神是啥眼神。皇上恨死你了。

黃瓊芝倒不很明曉這個道理，但是她有直覺。有本能。「朕倒是記得哪一本書上記載著一個叫庖丁的人解牛的事。你能給朕細細說來嗎？」皇上說。皇上拍了拍後面黃瓊芝的屁股蛋兒。

「奴才不敢欺君。奴才還是叫太傅來給皇上講。」別看簡單的一句答話，林延遇的話是有說道的。要是在講字後面加個解字變成了講解，就把皇上當成了小學生，皇上就會感覺自尊心受辱。皇上那叫諮詢。皇上不是小學生。

「你叫他到朕的書房吧。」

多虧天陰著，怕下雨，要不太子就去看李承渥訓象去了。要是去，太傅當然也得跟著。

太子跟著太傅來見皇上。太傅隨著太子跪了下去太子說：「兒臣叩見父皇。」

「你們都起來吧。」皇上說。黃瓊芝侍立在他的身旁。

「皇上想聽一聽書上是怎麼說庖丁解牛的。太傅，你就給皇上說一說。」林延遇說。

「太子說，太子說，太子博聞強記。」

皇上的目光就望向太子。

「就從『吾生也有涯』背到『善哉，吾聞庖丁之言，得養生焉』。」太傅向太子說。太傅當然有把握。他經常玩味這段篇章，從中領悟為官之道。他覺得他就生活在夾縫中。他思索如何遊刃而有餘。就不由自主地在輔導太子讀書的時候就把它重點了。而太子又天賦強記。

太子就背。流暢地背。

背完，皇上嘉許地向太子點頭。「吾聞庖丁之言，得養生焉。」他也覺得這最後一句有深意。「我倒想看一看這個再現的庖丁。這個再現的庖丁果真像書中的那個庖丁神異嗎？」皇上問。

「差不多，差不多。」太傅說。

「那就讓他為朕宰一頭牛吧。也讓群臣來見識見識。」

「可以一邊解牛一邊讓太傅給他們背誦那段記述庖丁解牛的篇章。」太子冒出了一句。

在皇上表態之前林延遇趕緊說：「奴才以為不可，奴才以為這段文字有教誨人們如何鑽營的意思。要是大傢伙兒都學習起了鑽營，對朝廷可不是什麼好事情。」

皇上向林延遇點頭。

太傅臉發燙。彷彿林延遇把他何以對那段篇章如此熟悉給說破了。

就在宮中表演了一次。成功。那青年很從容。他知道他看到的只能是牛而不是皇上。所以才成功。下來的牛肉當然送往了御膳房。大臣們的夥食中就有了那牛肉。

隨即大臣們中間就傳出了一種說法：那個庖丁宰牛的刀就是用來閹割太監的刀！

書中記載的那個庖丁，一把刀能用十九年以上。說明他總是使用著一把刀。

吃了那牛肉的大臣們就噁心。有的甚至偷著去吐。

皇上始終沒聽到這說法。

第六章　進獻龍鞭

黃瓊芝使出渾身的解數，皇上在那兒倦怠。皇上的鳥兒無精打采。

「人家想讓你幹啊。想讓你使勁幹啊。」黃瓊芝嬌聲嬌氣地說。

皇上笑。皇上心說你個小賤貨就是欠幹！皇上看了眼他那無精打采的鳥兒，皇上說：「你有本事叫它起來，朕就遂你的心願。」

「可是我越弄它越蔫啊。」

皇上笑了起來皇上說那你叫朕如何呀？

黃瓊芝看了看皇上那白皙的大手，看了看皇上那肥厚的嘴唇，儘管慾火在體內燃燒，不敢提服務要求。你是誰呀你敢叫皇上服務你！可要是為皇上服務得皇上有想法呀。皇上沒了想法，你就沒了機會為皇上服務。所以得叫皇上有想法。可怎麼樣才能叫皇上有想法呢？「我有個辦法，可不知道皇上信不信。而且，我怕皇上笑我。」她說她趴在皇上的身上像一隻小狗兒。

「說給朕聽。朕信你。朕不笑你。」

黃瓊芝狐疑地看皇上的表情。

皇上臉上掛著笑。其實那是根本就不相信你的笑。

黃瓊芝讀不透那笑但頂多也就是個狐疑。

皇上等著她說。

黃瓊芝就得說了：「我們家鄰居有個小姐，她爸傳給她個寶貝，總有人去找她，去拜她的那個寶貝。女的去是因為不懷孕，男的去是因為這玩意兒不行。」黃瓊芝邊說還邊撫弄了下皇上的鳥。

皇上沒生氣反而被她的舉動逗弄得心情挺好。「那是個什麼寶貝？」皇上問。

「沒看著。聽人說是個龍鞭。」

「龍鞭？」

「龍鞭。」

「好使？」

「都說好使。據說那個小姐的媽就是因為抗不了小姐她爸才早死的。她爸也沒了，據說是昇天了。昇天的時候他們家著了場大火。」

「你講的挺玄。」

「反正都這麼說。我也不知道是真的是假的。反正她家著的那場大火我也看著了。」

「不管是真的假的，朕倒是想看看這個寶貝。」

樊胡子聽黃瓊芝說完來意，頭翁地一下心說俺爹呀你可把禍闖大了！但她隨即定下了神來。你個小黃毛丫頭都能混到皇上的身邊，而且還混了個什麼侍中級別不低的官，我可不能放過這個機會！「小妹，我這可是家父傳下的寶貝，可不是你說要拿走就能拿走的。」樊胡子沉下了臉。

「樊姐，不是我要拿，是皇上要看。」

「皇上咋知我有這東西？」

黃瓊芝語塞。

「何況，」樊胡子語態緩和下來，「這寶貝是有靈性的，若離了主人就不靈了。」

「那樊姐就帶著寶貝入宮如何？」

樊胡子知道她達到目的了。但臉上心中都沒有喜悅。沒有喜悅。此一去，非大富大貴就是人頭落地。但是，值得一搏！而且，只要我樊胡子在跟前，那寶貝就不至於被人拿去瞎猜。皇上，您這也是逼著俺蒙您呢。我要是不蒙您也不行呀。不蒙您您就饒不了我我幹麼不蒙您！多年前的那個夜晚，父親把她叫到了跟前給了她這個寶貝，還給了她一個包袱，說裡邊是銀兩，讓她把這些銀兩交給黃家讓以後黃家照顧她。她問爹你要幹啥去呀？爹說他負有上天的使命。後來爹的房間就燃起了大火。她的房間和爹的房間是相對的。爹的房間燃起了大火。

「瓊芝，我雖然只比你長兩歲，你在家的時候一口一個姐的叫著，像叫親姐姐一樣地叫著，這些我都記著呢。你答應了皇上的事，我也不忍心讓你犯難。其實我可以不跟你去，因為你並沒有皇上的指令。」

「是。但確實是皇上要看的。」

「我相信你說的話。我相信。」

「龔澄樞，你模仿朕的字已可亂真。你說要是出現假的聖旨朕會怎樣想？」書房，皇上依歪在龍椅，看著正替他批閱奏摺的龔澄樞說。漫不經心的口氣。

「奴才當然是第一懷疑對象了。」

「那麼你為什麼還要替朕做這件事呢？」

「不是奴才願意做，是皇上需要奴才做。只要是皇上的需要，就是有掉腦袋的風險，奴才也是不應該推辭的。不過，要是真出了那事兒，奴才也是有辯解的機會的。奴才從來不單獨批閱奏摺。奴才批閱完的奏摺皇上都是過目的。還有很重要的一點，就是批閱完的奏摺都要加蓋玉璽。這玉璽可不掌握在奴才的手裡。」

皇上點頭，皇上說：「我看你也不像是能夠為亂之人。」

「奴才和大臣們的交往，儘可量的避免過從甚密。雖然有人巴結奴才，奴才知道他們巴結的是皇上！要是沒了皇上對奴才的信任奴才是啥呀？奴才和皇上的關係是瓜兒離不開秧的關係。」

「龔澄樞，你巧舌如簧。」皇上的語調很慢，皇上心中產生了一個主意。他要讓群臣知道，沒有加蓋玉璽的東西就不是皇上的旨意！

「奴才實話實說。」

「朕很欣慰，朕對身邊的這幾個人是很信任的，朕覺得他們可以信任。你們就儘管努力為朕做事吧。你能想明白朕為什麼寧願相信你們而不願意相信那些大臣？」

「奴才能明白些。那些大臣，要是皇上給他們的信任多了些，不知道他們在外邊怎樣使威呢。不知道他們能幹出些什麼來。」

皇上對龔澄樞的話不置可否。龔澄樞說的正是皇上所想的。在皇上的疆域，活躍著皇上的官員。他們，給點陽光就燦爛。但一燦爛過了頭就容易忘記自己是誰了。而身邊的這些人，怎麼燦爛都會記著他們身邊有個皇上，都會記著他們是皇上的人。

皇上想到了黃瓊芝。這個死丫頭，別看她把朕折騰的夠戧，但她單純著呢。就想著討朕的歡心。就算沒有什麼龍鞭，朕也不會怪罪她的。她才不會有什麼欺君的念頭。皇上不知道出宮的黃瓊芝著的是官服還是女裝。在宮中黃瓊芝著官服也就穿了幾天新鮮。她活蹦亂跳地廝守在皇上的身邊。只要她在身邊皇上就慈祥。要不是她出宮去找什麼龍鞭，此刻她會像一隻小狗一樣待在皇上的身邊。最後她會幫著往批閱完的奏摺上加蓋玉璽。很賣力地蓋著。

和龔澄樞一同處理完奏摺，皇上回到寢室休息。心裡還是把那龍鞭的事當回事。而且還有點著急了。也許根本就沒有什麼龍鞭。一個民家女子可以去蒙別人豈敢蒙皇上！皇上就想像黃瓊芝交不了差時的窘相。皇上覺得那情形一定很好玩。黃毛丫頭張口結舌。張口結舌也不行，朕也得讓你說。就讓你窘。窘。皇上迷糊了，迷迷糊糊中有熱風吹向耳畔，吹得耳朵裡癢癢的。他摳了摳耳孔，就聽到嘻嘻的笑聲他睜開眼來就看到了黃瓊芝黃瓊芝趴在床上望著他一臉的頑皮。「大膽黃瓊芝！」皇上說，皇上坐了起來。

「皇上，俺把龍鞭給你弄來了。」

「你真把龍鞭弄來了？」

黃瓊芝重重地點頭。

「那拿與朕看吧。」

「俺也把那個小姐帶來了。她說龍鞭離了她就不靈了。龍鞭她拿著呢。」

「那麼你那小姐呢？」

「在外邊等候呢。」

「趕緊讓她進來面聖。」

黃瓊芝就去領樊胡子進來。

樊胡子一進來，皇上就感覺到一股陰氣。

樊胡子一身灰布服飾，手中捧著個深棕色的木匣。「民女樊胡子叩見皇上。」樊胡子把木匣放到前邊，頭叩伏在地。聲音也是冰冷的。樊胡子的髮絲黑漆一樣地光澤著。樊胡子的臉色蒼白著，缺少血色，分明是總也不立在陽光之下。

樊胡子進來的時候皇上的目光和樊胡子的目光有瞬間的接觸。樊胡子的目光中分明透露出無限的哀怨。叫你愛憐。灰布衣裳分明包裹著一個婀娜的軀體。看似弱不禁風的軀體。皇上喜歡這樣的軀體。皇上喜歡摧枯拉朽。其實皇上已經躍躍欲試了。

「聽說你有寶貝讓朕看。」

「是。這是家父傳給民女的。」

「那就把寶貝拿與朕看吧。」

皇上下了床，坐在案几前。黃瓊芝看到了皇上襠部的突起。

樊胡子把木匣放到皇上的面前。樊胡子打開了木匣。樊胡子把蓋在那物件上邊的紅布掀了開來，皇上就看到了一條黑褐色的筋質感很強的物件。那物件遍布著瘤狀的東西。啊，那是怎樣強勁的刺入啊！

「樊胡子，你願意與朕共行交合之術嗎？」皇上問。皇上的呼吸都有些急促了。

樊胡子呆在了那兒。

黃瓊芝呆在了那兒。

皇上把樊胡子抱了起來。輕飄飄地抱了起來，抱到了他的大床上。樊胡子的衣裳被皇上丟到了地上那是白皙得不能再白皙的肌膚啊。皇上立時就皇上彷彿要把樊胡子撕成碎片。

樊胡子啊啊地叫著，樊胡子任皇上擺布，她涕淚交流。彷彿做夢。突然之間我就被皇上幹了。突然之間我就成了被皇上幹了的女人。就成了最榮耀的女人。像是在做夢。是夢嗎？不是，不是的，我確確實實正被皇上幹著呀！

她曾經被強姦過一次。那天來了一個人，一進屋就給錢，給完錢就要看龍鞭，看完龍鞭就按倒了她就幹她。她的掙扎無濟於事。她想喊叫但她知道喊叫完之後的兩種後果。那男人也許會掐死她。不掐死她逃走她的名譽也毀了。後來她就停止了掙扎任那個男人乾。那次她當然沒有感覺到快感但這次她感覺到快感了。

啊，真靈啊！黃瓊芝傻傻地看著一切。

黃瓊芝挺高興她把她的小姐介紹給皇上了。醋意是稍微的。哪個女人能有本事壟斷皇上的愛？你要是有這想法皇上可能當時就不愛你了因為你不知道皇上的愛有多博大。皇上覺得你應該有這覺悟，所以皇上可以在她喜歡的女人面前隨時再喜歡一個。你要是表現得好一點，那另一個可能僅僅是皇上臨時的愛。回過頭來皇上還愛你。你要是能想明白這些，就能想明白為什麼皇后總被皇上冷待。一皇后了就覺得身分了，就覺得有了資格了，就貪心不足蛇吞象，就想壟斷了皇上的愛。皇上的愛要是能叫你給壟斷了，那皇上得覺得少了多少趣味？皇上能不反抗你？你能抵禦得了皇上的反抗？你只能加入深宮怨婦的行列。你越怨皇上越煩你你掃皇上的興！黃瓊芝知道自己人微言輕，就不敢想就憑自己能把皇上給迷住了，所以黃瓊芝把自己的心態擺布得很好，快快樂樂地待在皇上的身邊。你的快樂烘托著皇上的快樂了，你就不被臨時了。黃瓊芝看著皇上和樊胡子驚天動地，黃瓊芝找到了立功的感覺。皇上真厲害。皇上真厲害！皇上要是這樣厲害皇上要是只和我我可受不了！

「皇上，你饒了我吧。」樊胡子告饒。

皇上望向黃瓊芝。

黃瓊芝咧嘴笑。

皇上受到鼓勵，皇上去盡了他的興。

樊胡子爛泥一樣癱在皇上的大床上。

皇上面向了黃瓊芝。皇上一臉的滿意。黃瓊芝甚至看到了掛在皇上那鳥兒上的穢物。「黃瓊芝，朕會賞賜你的。」皇上說。

「只要皇上滿意……我就滿意。」

皇上心情真好呀，皇上說：「朕一定要賞賜你。」皇上想到了他的那個主意。

「民女很小的時候就沒了母親。民女的父親是個算卦的。他經常四處出走，有時十天半個月不回家。他要出遠門的時候就把俺託付給黃小妹家，回來的時候給她家點兒錢。所以俺是自小和黃小妹一起長大的。」

「俺小時候樊姐帶我玩。」黃瓊芝插言。

「父親就是那麼個不安分的性格。也許是爺爺給帶的。他算卦的本事是跟爺爺學的。父親小的時候爺爺就滿哪帶他去算卦。有次父親回來就帶回了這東西。父親說他和一個道士好上了。父親住在那道士的觀裡。那道士的本事十分了得。面對著一面牆，他直接走過去就過了去。所以那道士什麼地方都能去。父親就想和他學本事。一天夜晚，父親被雷聲驚醒。忽然父親聽到那道士的屋裡傳來慘叫聲。父親趕了去，看到一條龍死在那屋。父親聞到很腥很腥的血味。父親看到一個白衣的天神，他手中的劍還在滴血。他對父親說你不要害怕，我不會殺你的。他說我殺的是一條惡龍，這惡龍憑藉他的本事禍害了許多良家婦女，理應受誅。他說上天有一個使命需要父親完成。他說這世間有許多男人缺少男人的陽剛之氣。這也是導致許多女人穢亂的根源。他割下了那惡龍的那個東西，把它交給了父親，說那些陽痿之人只要拜它，立即就會獲得陽剛之氣。他讓父親立即離開那觀。父親剛一離開那觀那觀就著起了大火。父親就帶著那玩意兒回了來。這消息傳布開，就有許多人來拜。都說靈，靈極了。來拜的什麼人都有。有身分的人著便裝來拜。當然不白拜。都要給父親留下些錢。富的多給，窮的就少給。拿錢多的，父親可以讓他們碰觸一下那東西，說是能多感染些那東西的靈氣。」

「那白衣人肯定就是天神了？」黃瓊芝問。

「是天神。」

皇上在想那道士。要是真有那人，想要害朕不是輕而易舉？朕要是有那道士，朕就派他去把周圍那些敵國的皇上們通通幹掉！省得他們哪一天惦記起我大漢的江山來。

皇上躺在他的大床上，黃瓊芝和樊胡子一邊一個枕在他的手臂上。

「後來有一天，」樊胡子繼續講，「父親跟我說，那天神來找過他，有新的使命要他去辦。父親那天說他得起程了。父親把這個東西交給了我，父親把他原來的使命交給了我。我離開了父親的屋子，父親的屋子就著起了大火。父親昇天了。我知道父親可能也成了天神。因為，後來在灰燼中根本就沒有看到父親的軀體。什麼都沒有看到。」

「那天著火我就看到了。」黃瓊芝說。

「鄰居們都看到了。都看到了。從此，我就一個人過。一個人過。」樊胡子有些傷感。

「從此這宮中的女人就都是你的姐妹了。」皇上說。

也許是獨處慣了的原因，樊胡子經常待在她的房間，守著那個龍鞭。黃瓊芝經常去看她，看她往昔的小姐。

皇上始終沒搞清楚，是龍鞭真的好使還是因為那天他感覺到了樊胡子身上的那股子陰氣一種征服欲油然而生。但皇上挺奇怪自從見了那龍鞭之後他自己的那玩意兒還真的好使了起來。也許就是因為龍鞭的靈氣吧。但是皇上討厭陰氣。皇上喜歡春光燦爛。

黃瓊芝整日在皇上身邊歡天喜地著。

皇上施行他的那個主意。

皇上讓龔澄樞模仿自己的筆體寫了一張條子，到府庫中領取一百兩黃金。

府庫官員趙瑞看了看條子，說：「龔公公，這條子沒有加蓋玉璽呀。」

「這可是皇上的親筆呀。有皇上的親筆你怕什麼呀？再說了，我的腦袋總比這一百兩黃金要值錢吧？」

「那倒是，那倒是。」

龔澄樞領了黃金，親自出宮賞賜給了黃瓊芝家。像盧瓊仙一樣，黃瓊芝也是在事後得到了這個消息。

皇上召見刑部官員，說府庫官員趙瑞有瀆職之事，嚴查不殆。

使勁查，也沒有查出短缺事情。據實稟告。

皇上冷笑，說如果查不出來就是你們瀆職了！

刑部官員嚇得魂飛魄散。就又去查，回來說就查到了那張沒有加蓋玉璽領取黃金百兩的條子。

「可他們說是龔公公親自去提的黃金！」刑部官員說。

皇上冷笑。

「難道那不是皇上的親筆？」刑部官員疑惑地問。

皇上冷笑，皇上說：「要是不用加蓋玉璽就能頂我的詔令用，要是什麼人模仿了朕的筆跡不是就什麼事都能做出了嗎？就讓其他人以此為戒吧！」

所有的大臣們都被召集來看行刑。宮中的女人們則是自願。不願意來就可以不來。

只皇上一個人坐著凳。太子、龔澄樞、林延遇等站在他的身邊。皇上和大臣們中間隔著鐵床。

皇上感受不到熱浪，熱浪被風颳向大臣們的方向。皇上的頭頂，有太監擎著的大陽傘，皇上陰涼著。天似陰不陰的，灰濛濛的。太陽的仍然強勁地穿透下來。微風舒服著皇上，微風把熱浪刮向大臣們的方向。

看盧瓊仙立在官員中間，黃瓊芝就也過了去。

前面是一張大鐵床，床面，一根根鐵棍間隔著。下邊燃著炭火。陣陣熱浪襲來。

趙瑞被押了來。披夾戴鎖地被押了來。他的嘴被用布塞得緊緊。這是一個魁梧的大漢。

皇上向刑部官員點了點頭，示意可以開始了。

刑部官員就朗聲說道：「查府庫官員趙瑞，嚴重瀆職，今處鐵床刑罰，以儆百官！行刑！」

趙瑞被推向鐵床他瞪視著龔澄樞眼珠子都要掉了下來。趙瑞的腳被捆綁了起來。那枷鎖被卸了下來但他的手被牢牢地捆在了背後。他被扔到了鐵床上。衣服冒起了煙。趙瑞翻滾。堵塞著的口中仍然傳出含混不清的慘叫。衣服的碎片掉落在炭火中就竄起了火苗。那鐵床四圍都是欄桿，想要滾落下來是不可能的。在翻滾中，趙瑞很快就赤裸了。衣服的糊味兒聞不到了，聞到的是肉的香味兒。捆綁手腳的繩索被烙開，掉落在炭火中。但是趙瑞的四肢已經不能動，他全身的肌肉膨脹著，油汪汪的。不時有油滴落在炭火中。趙瑞本能的翻滾，正好使他的身體能夠烘烤個全面。也傳來糊味兒，那是他頭髮和陰毛的糊味兒。趙瑞終於停止了翻滾。他的身體吱吱地冒著油。那臉的兩腮飽綻著，一點兒也看不到痛苦的影子了，那是一副和藹地笑著的面孔。

趙瑞在鐵床上翻滾，龔澄樞感覺好像翻滾的是自己，心抽搐著。

皇上離開了。

大臣們離開了。

大臣們打聽趙瑞瀆職的具體內容。打聽到的是，執行了沒有加蓋玉璽的詔令。那麼那詔令是真的還是假的呢？不知道。有說法是龔澄樞拿的那詔令。可龔澄樞還在皇上身邊龔澄樞著。大臣們搞不清楚怎麼回事，但結論出皇上想讓他們結論出的結論：不見玉璽的事兒你別辦！

龔澄樞就又找到了如履薄冰的感覺。心說皇上再器重你你也得把皇上當皇上。批閱奏摺的時候龔澄樞言辭小小心心閃閃爍爍。皇上就在那小小心心閃閃爍爍的言辭中捕捉到思維皇上的思維。龔澄樞就趕緊點頭稱是，確認那思維確實就是皇上的跟自己一點兒關係沒有。

第七章　陳橋兵變

一個飄著黑髯的道人立在樊胡子的宅前，看著大門的鐵鎖沉思。幾個孩子在旁邊玩耍，看他立在那兒一個小女孩過來問他：「你找這家的人嗎？她到宮中去了。她叫皇上給召去了。她給皇上獻寶貝，皇上就把她留在宮中了。」

道人彎下他那頎長的身軀，問：「寶貝？啥寶貝？」

「反正是寶貝。」

道人被女孩逗樂了，他和藹地拍了拍女孩的臉蛋兒，直起了腰，回首望了會兒那門上的鐵鎖，喟然地嘆了口氣，離去。

在那小小院落一側的牆上，仍然留著煙燻的黑痕。那就是傳聞先前男主人昇天時燃毀的房屋。原本是屋中的地方，幾株柳樹蓬蓬勃勃地生長著。

在不遠處的一個小飯店裡，道人打聽樊家的情況，就聽到了黃家的傳奇，聽到了龍鞭的故事。龍鞭的故事，叫道人吃驚。

數月後的一個深夜，後周京都殿前都點檢趙匡胤府。書房，趙匡胤與那道人密談。

「南方諸國，國與國之間往來頗少。幾乎所有的國主都滿足於自安。不管國主賢明還是不賢明，其單個兒的國力都不足以與我大周相抗衡。因此，只要我大周採取各個擊破的策略，便會獲取南方河山。」道人的結論。

「黃景天，你辛苦了。」

「為明主效命也是在下的福分。」

聽到明主稱謂，趙匡胤並未顯現任何不自然。他始終是一種凝眉思索的神態。「北漢會同遼兵來犯。我已經得到朝中之命率兵抗擊。」他說。

「這是一個機會。不可錯過。」

「屬下多人早有擁戴之意。」

「最佳的機會是將重兵握在手中的時候。我可混在軍中傳播輿論，抓住時機讓他們完成擁戴。」

趙匡胤冷笑，說：「我讀《史記》陳勝稱王事，吳廣妖言惑眾，殊覺可笑。今日我卻要效法於他。」

「行帝王之事，唯有託之於天方可服人心。大人雄才大略，大人登基，必能一統四方，結束這天下紛爭局面，實乃四方百姓之福。今主上幼弱，僅僅七歲，無論大人如何輔佐，日久難免生變！」

趙匡胤率大軍出發。

軍中傳言，說京都中到處傳言點檢為天子的說法。

軍中議論紛紛。

大軍駐紮陳橋驛。忽然有士兵發現一件黃袍掛於樹枝。取下一看，上邊繡有盤龍。同時發現一黃色絹帛，上書：點檢為天子。黃袍和條幅隨即到了上層軍官手中。軍中炸了鍋一樣。

驛站中，趙匡胤就寢的屋中亮著燭光，他在看書，看大唐名相魏徵的書。外邊的騷動他聽得到。怎麼可能聽不到？也曾有人來向他報告軍中的傳言，他只是說知道了，就打發他們走。他等待著。他討厭那單個兒的彙報。單個的彙報還容易被人誤解是在圖謀。

終於嘈雜來到了院落中。終於他的一批部將湧到了屋中。

「大人，請接受天意！」他們跪在他的面前，黃袍被一位手下擎舉著。

趙匡胤將手中書擲於案几，擊案說道：「你們要幹什麼？你們，難道要陷我於不義？」

外面歡聲雷動：萬歲！萬歲！萬歲！

在歡呼聲中屋中的將軍們也衝動起來他們站了起來他們說三軍將士的擁戴之心可縛然天意不可拂！他們說大人你就即位吧！黃袍加身。

趙匡胤正色說到：「我有號令你們能聽從嗎？」

眾人七最八舌說你今後就是我們的聖上我們豈敢違旨！

趙匡胤說：「太后、主上，我當禮待，你等不得冒犯！京內大臣，與我比肩，你等不得欺凌！朝廷府庫，及士庶人家，你等不得侵擾！如違我命，戮及妻孥！」

次日，趙匡胤率大軍返往京都，去將大周改成了大宋。

途中，趙匡胤回首在軍中看到了黃景天的身影。黃景天向他現出微笑。趙匡胤在心中對黃景天說：「你的輿論工作完成得非常出色！」

太傅和李承渥立在林蔭下。

不遠處，將士們或歇息著或在河中洗刷著自己的坐象。太子和一頭像在河中嬉戲。太子只著短褲。那象把他捲在鼻子上用力地拋向河中太子歡叫著。太子在河水中站起，走向那象，向那象的眼睛擊水。象奔向太子，太子就跑。象急奔幾步攆上太子，就又把太子捲在了鼻子上甩了出去。

望著河中的情形，太傅不時發出笑聲。

李承渥沒有笑。他的臉上是憂慮。憂慮。「不知道太傅知道不知道北方周國的殿前都點檢已經發動兵變奪取了政權，改國號為宋。」李承渥說。

「這應該是好事。國內發生內訌，往往要削弱國力。」太傅說。分明他不知道。他不說不知道。

「先前欲鯨吞天下的是周國，今後是宋國了。」

「將軍為什麼這樣講？」

「因為是趙匡胤做了君主。」

太傅接不上話茬。太傅不了解趙匡胤。

「趙匡胤很快就會穩定國內的局勢。而後，他將把目光瞄向南方各國。」李承渥冷峻地說。

「為什麼不先攻打北漢呢?」

「如果打下了北漢，宋國就直接面對了遼國。比較強大的遼國。就無暇南攻。先把北漢放那兒，做一到屏障。北漢靠遼國而存在，要納大量的貢，國力難強。當初皇上和楚國不是也打了幾次勝仗嘛。後來也是不願意直接面對強大的周國，並沒有乘勝追擊。其實這思維是對的，當時我們的國力不行。可到了現在，我們的國力有所改變嗎?」

太傅沒回答這問題。這是一個用不著回答的問題。太傅的目光望向遠處的一個方向，那邊，有許多工匠正在建造一處離宮。宮室的建造一直沒有停止。

「京都不能一副窮酸相，那是要被人小瞧的!把我們的京都建造得富麗堂皇，對外也有個震懾作用!這也是我們國力強大的一個象徵!」皇上說。

就有人使勁地宏偉著藍圖。沒有人去想著叫停。

李承渥喟然地長嘆。他很想見皇上，向皇上陳述己見。但是首先面臨的問題就是，無法跟皇上說別的皇上雄才大略。人家雄才大略那皇上怎麼回事?搞不好你連為國效力的機會都沒有了。原來聽到太子博聞強記的傳聞。經過和太子的接觸，他沒看到希望。沒聽到太子關於治理國家的什麼見識。沒有聽到。好像太子也不想這些問題。「我想把中國能集中的象都集中到一起，組建軍隊。有一天外敵入侵的時候用來應敵。我希望靠一兩次的勝仗僥倖退敵。可是我現在特別缺少資金。特別缺少。」李承渥說。

「我到有一個辦法。」

李承渥望向太傅，聽他說。

「讓太子請皇上來視察訓象，到時你可乘機提出這個問題。」

李承渥不置可否。

第八章　田間驚魂

風吹得很急勁。但，是讓你舒服的急勁。雖然豔陽高照，但風把那熱量吹走。還沒長到膝蓋高的玉米秧，葉子綠油油的，泛著亮光。葉子在風中抖動，葉子和葉子發出摩擦的聲音。

這是皇宮中的一塊空地。皇宮的建築物或近或遠，富麗堂皇著各處。而且，皇宮還在擴張。還在精雕細琢。悶在屋中皇上還真體會不到皇宮的壯闊、輝煌。皇上的心被壯闊了；皇上的煩悶被風吹走了。皇上用鋤頭松著玉米秧根莖處的土。有的玉米秧根莖裸露，就往上培土。黃瓊芝在皇上的身旁跳來跳去，或拔去田間的雜草，或採下不知名的野花，聞了它的香，而後，插在頭上。頭上的花已經夠多的了。不斷有花掉下。她也不去理，反正野花有的是，再採。她沒有想到這皇宮中竟然有鄉野的情趣。龔澄樞、林延遇都在。林延遇指揮著太監們幹活。龔澄樞則陪在皇上身邊。

「林延遇這小子倒真能發明，叫手下種了這麼一片地。倒很能尋清閒。」龔澄樞說。

「大概是懷念和他爹一塊兒種地的日子吧。」皇上說。

「說不定。」

皇上笑了，說：「以後這塊地朕就接管了。」

皇上忽然驚諤地立住了，龔澄樞向皇上的前面看去隱約看到了一條蛇的身影那蛇立著它的腦袋望著皇上龔澄樞揮鋤向那蛇打去也不管打沒打著就又撲了上去用身體把蛇壓在下邊他喊皇上閃開！黃瓊芝也不知道發生了什麼就尖聲叫道不好了快來人哪！太監們趕來。他們把龔澄樞扶起來，蛇已經沒了蹤影。「蛇！蛇！」龔澄樞驚魂未定地說。

「咬著沒？」林延遇關切地問。

「八成咬著了。」龔澄樞說。他撲下去的時候感覺腿肚子那兒像被針扎了一下。他擼起褲腳，腿肚子上赫然有蛇的牙印兒，而且滲出了血來，很少很少的血。

「快把上邊紮住省得毒血上升！」林延遇說。但是沒有東西捆紮。林延遇脫下上衣，撕下布條，紮上了龔澄樞的腿。「快把龔公公送御醫那兒！」林延遇對手下說。

就有太監揹著龔澄樞飛跑而去。另有幾個太監跟在後邊準備替換。龔澄樞雖然個頭兒高，但瘦。要是林延遇可就壞了，誰能背得動！

「這條該死的蛇，敗壞了朕的興致！」皇上忿忿地說。

「皇上受驚了。」林延遇說。他一身肥嘟嘟的白肉。

「我們也回去吧。龔澄樞也不知道要緊不要緊。」皇上說。

這夜皇上夢見了蛇。夢見他那大床的四圍探出許多蛇的腦袋向他盯望他驚悸地坐了起來一坐了起來他就醒了。一身的冷汗。他喊來人呀，就進來了門前的候窗監，就進來了值更的太監，屋內盈滿了燭光。一張張疑惑的臉。「朕忽然感覺孤獨。叫黃瓊芝來陪伴朕吧。」

太傅來見龔澄樞。太傅嚇了一跳：簡直都認不出龔澄樞了。全身都腫起來了。眼睛成了一條線。

太傅連忙問怎麼一回事。

龔澄樞陳述。

太傅問要不要緊。

「御醫說了，幸虧及時。」龔澄樞說。太傅正核計這個時候不好和龔澄樞提太子要請皇上看訓象的事的時候，龔澄樞說：「李承渥有一道奏摺，說太子正幫助他組建象隊，說他深感振奮。他提到費用不足的事，皇上已經給批了一筆費用。」

太傅挺意外。他想起他說讓太子請皇上看訓象時李承渥那不置可否的神情。

李承渥告訴太傅，皇上批給他的資金到了下邊被削減了一半。「雖然是這樣，我已經是大喜過望了。」他說。

「那差的資金怎麼辦？」旁邊的太子問。

「我想應該有辦法的。」

看李承渥的神情，太傅覺得他已經有了主意。這個混蛋，打著太子的旗號辦事！

李承渥讓隊伍集合。太子和太傅也是每人跨下一頭坐象。隊伍集結在李承渥的面前。當然，也是他倆的面前。象隊的陣容威嚴了他們。

李承渥講話：「將士們，我們的象隊得到了太子的支持，得到了皇上的支持。我們一定要練好兵，以此報答皇上，報答太子！現在，我們請太子代表皇上檢閱我們！」李承渥拿出一面令旗，向下一壓，喊道：「跪下！」

象們齊唰唰前腿跪下。將士們齊聲說道：「太子千歲千歲千千歲！」

「起立！」李承渥令旗一揚，象們立了起來。

「向左轉！」象們就向了左。

「前進！」象們碎步前進。

「向前進！」李承渥喊得聲嘶力竭。象們衝鋒。大地震顫。

「停止！」象們剎住了腳步。

「臥倒！」象們臥倒。

「好！好！」太子不住聲說。

「將士們，你們和你們的坐象朝夕相處，象們已經能很明瞭地知道你們的想法。但是，你們自己也要有強健的體魄和搏殺本領！只有這樣，才是無敵的象隊！檢閱結束！」

將士們的矛端綁上了或大或小的石頭。象們休息去了。將士們在對自己進行操練。李承渥的一個個手下分頭操練。口令聲此起彼伏。

太子走到一個士兵跟前說：「我試試。」就從士兵手裡接過了矛，但是拚命擎舉矛端的重量使得他向前踉蹌隨後矛端落在了地上。

看到這情形太傅哈哈大笑。

太子臉脹得通紅，他擎舉起矛端對向了太傅踉蹌而去，太傅嚇得撒腿就跑，矛端又落到了地上，旁邊的將士們一片笑聲，太子也笑。「看你還敢笑我不！」太子說。

「不敢了，不敢了，絕不敢了。」太傅故作驚恐地說。

太子的臉上沁出汗水來。主要是因為害羞而造成。原來奶油質的臉色經過太陽多日的烤晒，有了微小的變化，稍稍滲出了些許的紅色。

「太子金貴之軀，是做不來這樣的事的。」李承渥說。李承渥可始終沒笑。看到太子被矛端的重量墜的往前踉蹌的情形，他的內心在嘆息。他對自己說完的話在內心裡隨即否定：雄才大略的漢武帝甚至與熊相搏！「太子，我們下棋吧。」他說。平常太子來的時候，他把那頭最馴順的象給了太子。那象像通人語似的，讓牠做什麼就做什麼。李承渥再就是陪太子下棋。他的一位手下總是帶著一副棋具預備著。下棋的時候太傅在一邊替太子支著子兒。

太子無憂無慮著。

李承渥為太子悲哀。皇宮的高牆拘謹了太子的思維。謹小慎微的太傅，也是太子無形的一道牆。下棋的時候李承渥常常棄子。太子忙於吃子的時候太傅就喊：「太子慢著，有詐！」太傅就給太子講李承渥在算計更大的算計。這個時候李承渥望著太子想，這棋中可有治國的道理呀。

但是沒人敢像訓像那樣訓練太子。

皇上再也不去林延遇的那片莊稼地了。而且他總在夜裡夢見蛇。往常他總是夜間一個人睡，為了白天充分地白天著。現在，他讓黃瓊芝徹夜陪伴他。

由遇蛇時的表現，皇上看到了龔澄樞的忠。他叫盧瓊仙掌握玉璽，他對龔澄樞說：「有些不重要的事情，你和盧侍中就直接處理吧。」他以一種疲憊的神情說。

龔澄樞想說不行，但看到皇上的疲憊只好把話嚥了回去。

樊胡子感覺孤獨了。她開始感覺她待的屋子像囚籠了。她開始感覺她生存需要的空氣稀薄了。她的內心強烈地慾望著外邊的天地。確切地說，慾望著外邊皇上身邊的豐富多彩。慾望著皇上對她的強勁。啊，皇上，皇上，我好想好想被你侵犯。被你侵犯。她全身燥熱。她摩挲著自己的那個地方，呼吸急促。她甚至呻吟起來。她甚至希望黃瓊芝這個時候能來看她。她會和黃瓊芝親密。親密。她會說小妹謝謝你，謝謝你。她會說好小妹，好小妹。她會說我好想念皇上，好想念皇上啊。她會親吻小妹。她甚至會咬小妹她恨小妹把她帶進了宮中就不管她了。她恨小妹光顧著自己往皇上那兒跑把她撇在了一邊兒。後來她摸到了溼潤。她的眼裡流出淚來。她自己可憐自己。諾大的皇宮只有這一間屋子屬於她。像囚籠。

她當然要比一般宮女地位要高。她不必侍候任何人。但是也沒有人侍候她。

女人啊，沒有嘗到男人的時候還能夠忍受那種對男人的渴望。在家裡的時候，也有去膜拜龍鞭的男人膽子大些，試圖勾引她。她也有心旌搖曳的時候。但是她不知道前邊等待她的是什麼。她知道她一那啥了之後將會一發而不可收拾。她不知道傳揚開去她怎樣見人。她也擔心她的作為會不會影響了龍鞭的靈氣。她還真就靠定性把握住了自己。但是她被皇上淋漓盡致了一回。她嘗到了那種欲仙欲死的滋味。皇上一點兒也沒有那種虛假的溫文爾雅。皇上淋漓盡致地野蠻著。要把你往死裡整的野蠻。叫人難忘。可是皇上你把我忘了嗎？你把龍鞭忘了嗎？皇上你不需要龍鞭了嗎？龍鞭啊，你為什麼要那麼靈呢？皇上要是再需要龍鞭就會想起我來。龍鞭啊，把我帶到皇上的身邊吧。

黃瓊芝仍然沒有來。

樊胡子終於行動了。她白天去了黃瓊芝那裡，黃瓊芝在皇上那裡了。她夜裡去了黃瓊芝那裡，黃瓊芝還在皇上那裡了。黃瓊芝好忙，忙著被皇上擁有。黃瓊芝好有福啊，好有福。樊胡子心裡說不上是個什麼滋味。

「皇上呀，你不想叫我的樊姐來陪你嗎？」黃瓊芝說。

皇上明白，黃瓊芝是想叫那龍鞭給他帶來勇猛。這個小妖精就希望朕勇猛地征服她。別看她長得小巧，就希望朕勇猛地征服她。皇上笑。

「皇上你說話嘛。」黃瓊芝乖聲地說。

「你不覺得那個龍鞭森人嗎？朕感覺那龍鞭是個不祥之物啊。」有天夜裡皇上夢見了那龍鞭。御床旁邊的案几上，放著裝著那龍鞭的檀木匣。他聽到那木匣中有響動。天哪，一條大蛇把蓋兒頂了開來，皇上啊地大叫了聲，在睡夢中坐了起來。當時黃瓊芝陪伴著他。屋中燃著燭光。他在夜間已經不許滅燈了。

「那我白把樊姐帶來了。」

「那你就讓你的樊姐來陪朕吧。」

「那好吧。」

樊胡子雖然不像黃瓊芝那樣活潑，但樊胡子的身段兒綿軟，任你擺布。皇上立即對樊胡子有了認識。這和與樊胡子見面時的那場肉戰不一樣。那時皇上似乎在征服一種看不見的東西。

皇上離不開他的那張大床了。

第九章　宋國使臣

一匹快馬奔往京城，給皇上送來消息：宋國派了使者已經來到漢國境內。

「現在宋國是個什麼情形？」皇上問龔澄樞。

「趙匡胤陳橋兵變之後，國內有些勢力不服，他剛剛把這些勢力擺平。可以說，他的金鑾殿剛剛坐穩。」

皇上聽到這說法現出笑意。

「趙匡胤登基之後唐國曾派出使者為賀。這次宋國派往中國的使者就是取道唐國來到中國的。」

「當初我們沒有理睬他，也許我們反而被看重了！」

「皇上說的沒錯。」

「現在除了我大漢國強大外，應該就是宋國了吧？至於遼國，遠著呢，和中國搭不上什麼關係。」

「是這樣，皇上。」

「所以，對宋國的使者要以殊禮相待。」

「皇上說得對。」

「你有什麼想法？」

「可以為他們安排些節目觀看。」

「你想安排什麼節目？」

「比如，安排他們看李承渥的象隊。這也可以壯中國的國威。」

「可是，這是我們對付外敵的一個法寶，恐怕不應該示於外人吧？」

「皇上說得對。」

「朕想迅速拉近雙方距離。朕不想看到他們的矜持。朕想讓會面在輕鬆愉快的氛圍中進行。因此，朕想首先把他們的自尊拿下！」

「皇上一定已經有主意了。」

皇上的目光落在了黃瓊芝的身上。皇上一臉壞笑。

宋國使者到達漢國境內之後，就經由一個又一個的驛站派人導引著奔往京城。皇上再一次得到消息，使者即將到達京城。朝中派人迎向他們，引領他們來到驛館。門前，黃瓊芝率數十名宮女迎接。當然，黃瓊芝身著官服。使者和隨從下馬。

「大漢國侍中黃瓊芝恭迎宋國使臣。」宮女們齊聲說道。

黃瓊芝上前一作揖，說：「各位辛苦了。」

「在下黃景天，奉命出使貴國。」對方還禮。

「幸會幸會，在下和黃大人都占著一個黃字。黃大人一行先安頓下來，稍後我們再見。」黃瓊芝說。

黃瓊芝指揮手下把客人們導引進了房間。

黃景天當然是單間。他在案几前坐下剛想閉上眼睛養一養神，門開了，導引他來到這個房間的那兩個俏麗的女人進了來，一個端了個大木盆，一個拿著條手巾。黃景天正看著兩個人糊塗的時候又進來人了，又跟進了兩個姑娘，她們端著小一些的木盆，但，是盛裝著水的木盆。她們把水倒進大木盆出了去。黃景天就明白了，她們是叫他沐浴，叫他洗去一路的風塵一路的疲乏。他等那兩個女人離去但是她們望著他笑。他不明白她們笑的含義。

「黃大人，我們為您沐浴。」她們說。

黃景天慢慢地現出了笑意他心說我享受的規格也太高了！他站了起來，那兩個女人就上來替他脫衣。赤裸的他站進了木盆中。女人拿手巾首先往他的身上擠壓所吸附的水。

「我是站著呢，還是坐著？」

「大人請便。」

「那我就站著好了。」

黃景天沒話找話。他想讓自己從容一些。這他媽的是皇上的享受。我黃景天享受了，說明我大宋在人家心目中的位置。是我們大宋國享受的規格。應該。水流在他的身上往下流淌，舒服；女人的指尖在他的身上輕輕滑動，引起他一陣陣麻酥。他微閉了眼睛，屏息靜氣。腰下的那個東西正常地耷拉著。女人很細心地擦著那兒。甚至有手羞澀地碰了碰那棍兒。他聽到嘻嘻的笑。他的身體被擦乾。

「黃大人，請您到床上歇息。」

他就躺到了床上。女人為他蓋上薄如蠶翼的被。那被很柔軟。很滑。挨在身上很舒服。他閉上眼睛，很快，進入夢鄉。

也不知道睡了多長時間，當他睜開眼睛的時候屋中充盈的是燭光已經是夜間了他慌忙坐起。侍侯他的那兩個女人站在床邊。她們看他醒來就說：「黃大人，請您到下邊參加宴會。我們侍中大人為您接風。」

黃瓊芝春風滿面。美女們散落在座間分別陪侍著客人。招待黃景天的那兩個美女當然還與黃景天同席。一邊一個。黃瓊芝獨自一席。她的手下，時而琴聲繞梁，時而舞蹈輕柔，時而歌喉迷離。反正是一個節目接著一個節目。只要節目不斷，我就用不著跟你犯太多的話——黃瓊芝的心思。

「唐國的李煜倒真是個才子，沒想到你們也在唱他所做的歌。」黃景天說。

「黃大人在唐國的宮中見識過這些？」黃瓊芝問。

「見識倒是見識過，可哪裡會有現在這樣的氣氛？」

黃瓊芝注意到黃景天對她有一種長者風範。她覺得輕鬆了許多。

宴會結束，黃景天回房間休息。其實他並沒有喝醉，但那兩個美女抱著他的手臂送他回房間休息。為了自然一些，他就邁出醉步來。

「你們走吧，我也該休息了。」進了房間，他躺倒在床上，說。

「黃大人，我們是陪你的，怎麼能走呀?」女人說。她們開始脫他的衣服。

「你們，不走了?」黃景天有些吃驚。

「我們要陪好黃大人的。」

黃瓊芝在驛館的客房歇息。她有些想念皇上。樊胡子陪著皇上呢。

文武百官全部到齊。太子也來了。皇上在眾人的注目中威嚴地入座。文武百官行叩見之禮。「眾愛卿平身。」皇上說。文武百官就起了來。皇上掃視下面肅嚴的佇列，掃了眼佇列前的太子，向一旁的龔澄樞點了點頭，龔澄樞就揚聲喊道：「宣宋國使臣!」

「宣宋國使臣!」

「宣宋國使臣!」

太監們把消息傳遞到宋國使臣等候的房間。黃瓊芝陪著黃景天來到宮中，把他安頓在等候皇上召見的房間後離開，已經立在文武百官的佇列。黃景天在太監的導引下來到皇上的面前。

「宋國使臣黃景天，奉國主之命，出使漢國，現將國書奉上。」黃景天單膝著地，擎舉著國書說。

龔澄樞上前拿過那捲兒絹帛，解開捆綁的繩釦兒，遞給了皇上。

皇上鋪展開，看完點了點頭，向龔澄樞說：「可把宋國國書宣讀給我朝百官。」

龔澄樞就捧過宋國國書宣讀：「宋漢兩國，疆域不接。結為友好，共圖盛世。使臣傳書，希冀攜來佳音。」

皇上滿臉微笑。皇上瞥了眼黃景天，說：「宋國使臣，你起來吧。」

黃景天從容立起。

「我大漢國歡迎你的到來。你也給我們大漢國帶來了佳音。朕已經擺下宴會歡迎你的到來。朕的文武百官，全都參加！」皇上轉向龔澄樞。「讓宋國使臣到朕的書房。」

皇上離開。

龔澄樞陪黃景天滯延了會兒，就領他們奔皇上的書房來。皇上端坐，皇上微笑地指了指一旁的案几，說：「宋國使臣，請坐。」

黃景天就在坐下的刹那，發現一旁侍立的宮女中有昨晚陪侍他的那兩個宮女。那兩個宮女知道他認出了他們，分明臉上現出了紅暈來。隨後，他看到了樊胡子。應該說，他認出了樊胡子。出落得很漂亮的樊胡子。黃景天笑了。皇上知道黃景天認出了那兩個宮女，皇上笑了，微笑著望向黃景天。

黃景天可沒慌。也沒半點兒羞澀。「黃景天有一事不明，想問一問皇上。」他從容地說。

「宋國使臣，你儘管問好了。」皇上說。

「在下不知道昨晚所賜，是一夕之賜，還是永遠之賜。」

皇上大笑。「那麼你是怎樣希望的呢？」皇上問。

「在下知道，皇上禮遇的是宋國。所以，在下當然希望皇上所賜乃是永久的。」

「說得好！這兩個女子就永遠屬於你了！從現在起，你們兩個就不要離開黃大人身邊了。」

「在下謝皇上賞賜。」

宴會。樊胡子侍侯在皇上的身邊。黃瓊芝學著盧瓊仙的樣子，以侍中的資格在大臣的座位中占據一席。黃景天一左一右侍著皇上賞賜他的那兩個美人。

絲竹聲中一伶人起舞於宴前，唱道：

北方有佳人，

絕世而獨立。

一顧傾人城，

再顧傾人國。

寧不知傾城與傾國，

佳人難再得。

「照這歌中所唱，北方的佳人比我們這南國要勝過一籌。」歌聲中皇上對黃景天說。

「在下對南國美人兒倒是情有獨鍾。而且是一見鍾情啊！」黃景天答。

有一天皇上和黃景天來到宮中最高處最高的樓宇，憑欄遠眺，宮闕綿延，難望盡頭。

「和漢國的都城相比，中國的皇帝倒像是刺史了！」黃景天說。

皇上笑。皇上對黃景天的說法很滿意。他要的就是這種效果。

「我的話要是叫中國皇上知道了我的腦袋可要搬家的！」黃景天說。

「你們的皇上又怎麼會知道的呢？」皇上說。

第十章　歪嘴將軍

海上，一艘波斯商船正在航行。天空灰濛濛的。太陽只是一個白色的斑點。濃霧和天相連。船行進得很慢，當心著礁石和別的船隻。駕駛員瞪大著眼睛注視著前方。他身邊，船長用望遠鏡試圖把他的視線再放遠一些。甲板上，水手們個個操著長刀。

「這片海域已經發生多起商船被劫事件。但願我們別遇到。」船上僅有的一個漢人說。

他的身旁是船主。船主的身旁是一個豐腴美豔的女子。

他們也站在甲板上。

濃霧溼漉漉地拂過他們的臉。

船長神情濃重。女兒默默地抱著他的手臂。

「要不是和閩國的皇帝做的交易，我無論如何也不會跑這一趟的。」船主說。

濃霧中一艘戰船突然出現在右方。那是一艘戰船。甲板上站滿了士兵。閩國士兵的裝扮。那船全速向這艘船追來。船長推開駕駛員，讓船開足馬力試圖甩脫那條追來的大船。那條大船緊追不捨。雙方的距離在拉近。濃霧中那條大船越來越清晰。

「去告訴他們我們是給閩國的皇帝運送的貨物。」船主對那漢人說。

那漢人就跑到了船尾，向追來的大船喊：「我們是給你們皇上運送貨物的，請不要為難我們！」

「少廢話，把船停下！」對方回話。

「真的，我們是給你們皇上送貨物的！」漢人在次喊。嗖地飛來一支箭，射進那漢人的肩上。他捂著傷處跌跌撞撞地跑到船頭對船主說：「看來是來者不善呀！」他的聲音帶著哭腔。

「我們只好拚死一搏了！」船主說。他抽出了腰刀。他對女兒說：「孩子，你和狗兒去艙中吧。能不能躲過這一劫，就看你的造化了。」

他的女兒就扶著狗兒進了船艙。狗兒躺在他的床上，狗兒大叫一聲拔出了箭他死命地捂著傷口。

「怎麼辦呀怎麼辦呀？」船主的女兒手足無措。

「把手巾拿來替我包紮一下。」狗兒說。

包紮的時候狗兒望著船主的女兒悽然地說：「你不聽話，非得要看一看東方的國度！」

「我哪知道會這樣啊！」

「不是跟你說了嘛，出了很多事了。」

「我哪知道真的就出事了啊！」

外邊，追來的大船上箭向這邊傾瀉過來。水手們紛紛倒下。

大船終於追了上來。大船上的士兵縱身飛跳過來。立即就和水手們兵器相接。船主也奮力死戰。儘管水手們拚死相搏，但終究寡不敵眾，他們一個個倒在血泊中。船主也已經倒下，他捂著胸上的傷口，倒在甲板上，微喘著氣。船停了下來。船長和駕駛員被殺死。波斯商船甲板上抵抗的人全部被殺死。

跳上來一個首領。「把屍體扔到海裡去！」他命令手下。

「將軍，這裡還有兩個人！」船主的女兒和那個漢人被帶到首領的面前。

船主女兒撲到船主的屍體上叫喊：「爸爸！爸爸！」

那漢人恐懼。

雖然只是打了一個照面，首領印象了波斯女的美豔。那是和漢人女子迥然不同的美豔。是一種帶有野性的美豔。

「我們皇上不想用金錢和你們交換什麼貨物！我給你一條小船，你帶她奔一條生路吧！」首領對那漢人說。

「給他們拿些食物。還有水。」首領又吩咐。

一條小船放了下去。

在船主女兒撕心裂肺的哭叫聲中，船主的屍體也被扔進了海中。那叫狗兒的漢人緊緊拽著船主的女兒。淚水也把他的臉弄得很髒。他扶著船主的女兒上了小船。上了小船的她憎恨地望向站在她家船上的匪徒首領，她立即印象了那張臉。突出的特徵是那下巴。說不清是為了表示威嚴而抿緊嘴唇導致下巴歪向一側，或者，就是下巴歪。

歪嘴將軍也沒有料到那波斯女的後來。無論如何也沒有料到。

兩艘大船消失在濃霧中。當然，駛向的是閩國的方向。

大船消失之後留下的小船更顯得小了。狗兒把船拚命向北方搖去。

「狗兒，我們可怎麼辦啊？」

「我們得趕緊尋找海岸。島嶼也行呀。要不，趕上大風我們就完了！」

天上的太陽連白色的身影都沒有了。狗兒失去了信心，因為後來他也不知道他搖的方向到底是不是北方了。他停了下來。

濃霧已經散去。天空陰雲密布。雲的色彩越來越像墨。越來越增添著恐怖的氛圍。

波斯女緊緊抱著狗兒恐怖。狗兒感覺到了波斯女的體溫。他感覺很舒服。他一直渴望著的身展現在緊緊——挨著他，他甚至陶醉。要不是這場災難，我也許永遠都沒有機會和她肌膚相挨。因為我是她家的僕人。僕人啊。她老爸無論如何也不會讓他的女兒和我搭上什麼關係。但是，他老爸是我的恩人。大恩人。當初我就是個小叫化子。一個小叫化子。跟著一個老叫化子乞討。很小很小的時候，爸爸去從了軍。很小很小的時候，不知道怎麼回事他就沒了媽媽。他搞不清楚家中怎麼就沒有媽媽了。家中只有他自己在哭。他在他家的院子中拚命地號哭。那個老乞丐來了。老乞丐關切地問他話。他說要找媽媽。老乞丐陪他等媽媽。但是他的媽媽再也沒有回來。老乞丐就領走了他。

那一天在街上他和老乞丐在一個角落晒太陽晒得暖洋洋的。忽然他們看到一個波斯人站在他們的面前。一個漢人老者陪著他。漢人老者問：「小朋友你叫什麼名字？」「我叫狗兒。」他說。「這孩子是你的嗎？」漢人老者問。老乞丐搖頭。困惑地搖頭。「小朋友你想吃飽飯穿好衣服嗎？」漢人老者掏問。他點頭。「那好，你跟我們走吧。」漢人老者說。「不，我跟爺爺在一起。」他說。那漢人老者掏出了許多錢放到老乞丐手裡。老乞丐從沒有見過那麼多的錢。「孩子，你跟他們去享福吧。」老乞丐說。從此，他就跟在了那漢人老者的身邊。波斯商人經常來漢人的國度做生意，漢人老者是顧問和翻譯。漢人老者老了，波斯商人讓選個接班的。漢人老者說要選就選個沒有牽掛的。漢人老者和波斯商人在街上逛的時候，漢人老者發現了他。一個骯髒的小乞丐。轉瞬見，他就變成了一個闊少爺摸樣。漢人老者悉心地教著他。教他波斯文化，教他漢文化。漢人老者給他取了個名字：吳根。要不，他只知道自己叫狗兒。但是，波斯女還是叫他狗兒。一直叫他狗兒。他長成了一個小夥子。他接替了那漢人老者。主人啊，只要我活著我一定要照顧好你的女兒！我要想盡一切辦法把她送回波斯去！隨著夜幕的降臨，天下起了大雨。滂沱的大雨呀。他緊緊——把她擁在懷中。他祈禱：風啊，你不要在大了！不要再大了！波斯女在他的懷中滾燙。波斯女生病了。「老天呀，你救救我們吧！」他呼喊。閃電。雷鳴。滂沱的大雨。他唯有緊緊地擁抱著波斯女。後來他也進入了極度疲倦的模糊狀態。後來在風雨交加的海面他也睡著了。當他醒來的時候太陽金燦燦天空萬里無雲！大海無垠。海浪在歡快地嬉逐。「漂亮妹！漂亮妹！」他喚她。平常，他總是喚她漂亮妹。她醒了過來，她驚愕地打量四圍。她忽然大叫起來：「地！地！」他回頭一看，簡直不敢相信眼睛了：小船已經抵在了海岸！

狗兒歡呼起來，拉著漂亮妹跳到了岸上好像生怕那船再把他們載到那恐怖的海面。

狗兒繞著漂亮妹跳起舞來。

漂亮妹一陣眩暈倒在地上。

狗兒立即知道他不能這樣高興。他們剛剛擺脫的是怎樣一場災難啊！而且，面臨的，是說不清的困境。他還不知道他們到了哪裡。他看到不遠處是個漁村。

漂亮妹在他的懷中說：「狗兒，你不該這樣高興。」

「我錯了。我得把那船賣了，要不，我們一無所有。」

「你去做吧。我在這裡看著這條船。」

「那我去了。」

「你去吧。」

「我去了。」

「去吧。」

「我走了。」

「走吧。」

狗兒帶了一撥子人來。經過討價還價，成交。狗兒、漂亮妹跟人到村中去取錢。狗兒知道他們到了漢國的境內。村人始終狐疑地打量波斯女，打量他臂上的傷處。取了錢狗兒問村民能不能給他們些吃的。村民給他們粽子。讓他們隨便吃。狗兒問這裡離京都多遠。村民說不遠，也就多半天的路。狗兒問可以僱到車嗎？送他們到京都。村民說能。就找好了車，就講好了價。狗兒臨走又拿了人家幾個粽子。他們上了車。

狗兒說：「漂亮妹別害怕，我和你老爸來過漢國的京都。到了那裡我們就安全了。說不定我們會遇到波斯老鄉的。」

漂亮妹在他的懷中昏昏欲睡。

「漂亮妹，別害怕，我一定要照顧好你的。一定！」他的唇碰觸著漂亮妹的臉頰。「漂亮妹，你知道我好喜歡你呀。我好喜歡你。你知道嗎？先前我好想好想就做了你家的狗吧，那樣就會被你撫摩。甚至，會被你親吻。」狗兒說得很動情。

到京都的時候夜幕早已經降臨。

「我們，到哪啊？」漂亮妹問。在夜風中她精神些。

「我想就到你老爸先前住過的那家客棧。我認得那老闆。」

狗兒指揮著馬車的方向。但，總找錯。

「那客棧叫什麼名，你打聽一下不就完了？」車老闆說。

「我想不起來叫什麼名了。我只記得那家客棧比我們今天看到的客棧都要好。」

「那大概是這京都裡最好的客棧了吧？」

「差不多。」

「那你就跟人打聽京都最好的客棧在哪。」

「也對。」

狗兒也對自己很惱火：我怎麼傻了？我的腦子怎麼不好使了？

漂亮妹也不管狗兒如何找客棧，摸到一個粽子吃了起來。狗兒看她狼吞虎嚥的樣子，憐愛之情再一次油然而生。

夜已經很深很深了。街上根本就沒有行人。車軸的澀聲，在靜寂中特別清晰。

狗兒忽然聰明了一下：找乞丐！要說找乞丐，他知道到什麼地方去找。

他開始留意那乞丐可以歇息的角落。他搖醒睡夢中的一個乞丐。乞丐嘟嘟囔囔表示不滿。那是個上了歲數的乞丐。他就老爺子老爺子地叫。老乞丐給他指了路。

馬車停在了一個客棧的面前。狗兒端詳那客棧，終於斷定：就是這家客棧！寫有「恆祥客棧」字樣的四個大燈籠在夜風中搖晃著。但是客棧內一片漆黑。狗兒拍響了大門。裡邊亮起了燭光。門開了，一僕役摸樣的人問：「住店嗎？」

「我走了啊。」車老闆說。狗兒沒理車老闆的茬。車錢來的時候就給了。車老闆趕車走了，臨走說了一句：「天亮就到家了。」

僕役看到漂亮妹有些訝異。「要一間房還是兩間房？」僕役問。

「要一間。」

「用膳嗎？」

狗兒望向漂亮妹。漂亮妹手中拿著最後一個粽子。漂亮妹指了指粽子，搖了搖頭。狗兒有些餓。拿的幾個粽子路上他只吃了一個。他心說該死的丫頭你是不餓你怎麼不想想我？「不用了。」他說。

僕役給房間的燈點上。「還用什麼嗎？」僕役問。

「來壺茶。」狗兒說。

茶很快就端了來，僕役消失了。整個客棧一片靜寂。一屋的溫馨屬於他們兩個人了。

狗兒倒了杯茶，推到漂亮妹面前說：「你喝茶吧。」

漂亮妹開始吃那最後一個粽子。她咬了一口忽然想到了狗兒，她把粽子舉到了狗兒的面前說：「你吃。」

狗兒感覺他的肚子裡咕嚕響。他往下嚥了口唾液，說：「你吃吧，我不餓。我沒少吃，我吃得比你快。」

「你吃。」漂亮妹固執地說。

狗兒望著漂亮妹感動。他給她溫馨的笑。「好，我吃。」他說他探過嘴去咬了一小口而後擺著手說：「行了行了你吃吧。」

漂亮妹開始大口吃。那粽子很好吃，糯米中還裹著一塊鹹臘肉。漂亮妹嚼嘰著，眼睛望著狗兒。狗兒呀望著她。漂亮妹吃完了那個粽子，端起了杯喝茶，剛喝了一小口砰地撂下了杯叫到：「燙！」她站起不停地揉著胸部。

狗兒笑，狗兒把她摟在懷中，狗兒幫她揉。

「你壞！」漂亮妹拿開狗兒的手叫。

狗兒不揉了，但是狗兒把她緊緊摟貼在自己的身體。漂亮妹的大眼睛望著狗兒。她覺出了狗兒下體的異樣。她摸了過去。狗兒全身顫抖。「我受不了啦！」他呻吟。是漂亮妹把狗兒引導到了床上。是漂亮妹折騰狗兒。狗兒強忍著才使他的呻吟不至於變成大叫。他幾次望向那燈。他希望漂亮妹能想到把那燈吹滅了。但漂亮妹只管折騰著他。大膽的波斯女！大膽的漂亮妹！你終於是我的了！他很快就達到了盡頭。

「完了？」漂亮妹問。疑惑地問。

早飯，狗兒讓送到了房間。

「你到下邊去他們會像看動物一樣看你。」狗兒對漂亮妹說。

「我，動物？」漂亮妹糊塗。

「你和漢人不一樣。」

「有什麼不一樣？」

「反正不一樣。你就聽我的吧。」

吃完了飯，狗兒要去買藥。漂亮妹要跟著。他好像生怕狗兒會把她丟了似的。沒了狗兒，她真的就沒有了任何依靠。

「我很快就回來。」

「我跟你去。」

「你跟著我會很麻煩的。」

「我，麻煩？」漂亮妹的眼裡分明掛上了淚花。委屈的淚花。

「你去要多花錢的。」

「為什麼？」

「因為你是外國人，買藥的時候人家會多要錢的。」

「為什麼要多要錢？」

「因為人家會以為你有錢。還有，人家會認為你不知道這裡的行情。」

漂亮妹似懂非懂。

狗兒來到了街上。狗兒無心看任何熱鬧。他知道漂亮妹正孤單著，正等著他。他打聽京城最大的藥店在哪兒。對方告訴：皇家大藥房。他沒費事兒就找到了。後來他才知道他去的是女侍中盧瓊仙家人開的藥店。才知道，那匾是皇上給題的字。

他沒有坐轎子，來回都是走。他知道賣船的那些錢花一點少一點。

狗兒和客棧的老闆撒謊：「我們老闆到閩國做生意去了，回來的時候將途徑漢國，要到這裡來採購些物品。而且，可能要拜訪一下宮中的林公公，看看有沒有新的生意做。」

「那你們……？」老闆不解。

「我們老闆在那邊兒還要耽擱一陣子，正好有船要到漢國，我們就先期到了這裡，老闆讓我領漂亮妹好好地逛一逛。」

老闆想問：那，老闆的千金和你是什麼關係？看你們住了一間屋子，應該就是了夫妻。但老闆又怕狗兒和老闆的千金僅僅是——偷情。要真僅僅是偷情，那老闆的問話就會叫對方難堪。我吃飽了撐的啊，管人家的鳥事！

「你，為什麼要說謊？」回到房間，漂亮妹問狗兒。

「我們不能叫人知道我們的真實情況啊。要是人家知道我們的落魄情況就會認為我們會給他們添麻煩。比如說這個客棧老闆，要是知道我們的情況可能就不會讓我們欠他們的錢。我們的這店錢可是活命錢呀。」

狗兒去皇宮門前找林延遇。林延遇也終於見了他。派太監來接他進去。他還是那番謊話。他還是不說實情。他幻想林延遇禮遇他，管他的吃，管他的住。

「那麼你來找我是怎麼個意思呢？」林延遇直截了當地問。

狗兒有點語塞：「我家主人……讓……讓我先通報您一聲。」

「你家主人要是到了，你就來告訴我一聲，我可以看看他帶來了什麼貨色。要是有什麼好東西，我就給皇上揀兩樣。」

狗兒就沒話了。狗兒就只得告辭。那該死的林公公就不往狗兒的意思上說，狗兒也不能自己說。連頓飯都沒混上。要是主人來了絕不會。狗兒就是狗兒啊。狗兒告辭。林延遇讓手下送他。送出宮門。

狗兒想贏得時間，等待波斯商船出現在漢國的京都。他每天都要去碼頭看。每天都要去看。漂亮妹說什麼也要和他一同出去。他知道不能把天性活撥的漂亮妹總關在房間，長了要悶出病的，就開始帶她出去。

狗兒在客棧的房間裡抓蒼蠅。

「你幹麼那麼賣力地抓蒼蠅？」漂亮妹不解。

狗兒正好把一隻蒼蠅抓在了手心。他攥緊拳頭，攥死了那隻蒼蠅。他張開手來，拈起那蒼蠅說：「你就會知道它的妙用的。」

狗兒領漂亮妹去了京都最有名的酒店。狗兒給漂亮妹要了幾道菜。他憐愛地看著漂亮妹狼吞虎嚥。他鼻子一酸，險些掉下淚來。狗兒也吃，但吃得很少，他看著漂亮妹吃。他看菜吃得還剩下三分之一了，把那隻寶貴的蒼蠅丟進了菜中。他向跑堂的擺手。跑堂的過了來。他讓跑堂的看那隻蒼蠅。跑堂的臉色不好看起來。正在這時，鄰座的一個老者過了來對那跑堂的說：「你走吧，他們的帳算在我們那桌。」

「謝謝。」跑堂的拿走了裡邊有蒼蠅的菜。

狗兒望著老者糊塗。

「我家主人已經注意你們多時了。」

狗兒看到老者來的那桌坐著一個少年，正望向他們。

「我家主人想請二位過去一同喝兩杯，不知二位能不能賞臉。」

狗兒說：「沒什麼不可以的，交個朋友嗎。」

狗兒和漂亮妹就過了去。

介紹自己的時候，狗兒還是原來的說辭。少年和來著卻對自己沒有具體的介紹。

少年問願意做個朋友嗎？少年的目光在漂亮妹臉上游移。

狗兒說求之不得。

少年就問他們在哪安身。

狗兒遇見了太子和太傅。

狗兒究竟是見過世面的人，狗兒一打眼就看出這少年不是個等閒之人。那矜持可不是裝出來的。「也許我撈著救命稻草了。」狗兒想。

「那你，也是波斯人？」太子問。太子的意思是說：你是在波斯生活的漢人？

「我當然不是波斯人了。我是後去的波斯。」

「你怎麼能到波斯去？」太子問。

這回，狗兒講起了他的真實。

太傅聽得很入神。

太子的目光不時在漂亮妹身上游移。

狗兒講完，太子總結性地說：「你的經歷挺傳奇的。」

「是。」太傅認同。

「那麼，公子是什麼來歷？我說得不太好聽。其實我對公子也很好奇的。」狗兒說。

太子微笑不語。

「公子當然是貴人了。至於怎麼個貴法，將來你會知道的，如果你們成為朋友的話。」太傅說。

「我們不能成為朋友嗎？」太子問。

「能，能，一定能。可是我非常想知道公子是誰。」狗兒說。

太子笑。

「公子姓皇，你就叫他皇公子好了。」

回到客棧，狗兒在房間來回踱步，叨咕著：「是皇上的皇呢？還是黃色的黃？反正來頭不一般。他說他明天要來請我們，要是真來，我們可就有救了。」

「怎麼就有救了？」漂亮妹不解。

「人家不是要跟咱交朋友嘛，朋友怎麼能見難不救？」狗兒拍著手說。

第二天，太子和太傅就到客棧來了。為了行動方便，他們騎馬來。這回太子帶了兩個小太監，目的是讓這兩個人除了自己騎的馬外，每人再各牽了一匹馬。那兩個太監中有小貴子，那個太子最初發洩性慾的對象。自從那件事之後，太子對小貴子冷淡了很長時間。甚至可以說厭惡。雖然那件事當時叫小貴子感覺屈辱。但是他更感覺太子的冷淡和厭惡叫他難以忍受。難以忍受。他就甚至希望太子再對他生出想法來。他會努力回應出熱情。他不放過任何機會讓太子感覺他好。太子倒是沒對他再生出想法來，但是太子對他的冷淡和厭惡倒是減少了，終於好像什麼也沒有發生似的待他。他感覺太子可愛了，可敬了。他感覺他籠罩在太子溫馨的氛圍中。太子這次帶他出宮，更叫他感覺到是一種殊榮。

太監在外看馬，太子和太傅進了客棧的廳堂。廳堂吃飯的座位只有幾個人在喝茶。不是飯頓的時間，這個時候這裡當然人少。

「二位住店？」客棧的人迎了上來。

「找人。找人。」太傅說。

「那麼能告訴我找誰？」

「找一個叫吳根的人。」太傅說。

「二位稍等，我去給找。」

狗兒和波斯女在房間正耳鬢廝摸呢。聽說有人找，就知道是昨天遇到的那兩位。慌忙整理好衣飾下了樓。

「不好意思，不好意思，叫你們來看我們。」狗兒說。狗兒心說我們想看你們也不知道上哪兒看去。

漂亮妹友好地向著太子和太傅笑。

太子感覺到了漂亮妹對他們的親熱，很高興。「太傅，我們到哪兒去？」他問。

狗兒大吃一驚：太傅？

太傅知道太子說漏了嘴。太傅笑。其實既然要和人家來往，底細早晚也得告訴人家的。無非是早知道晚知道。「我們，去茶樓？」太傅說。

「行，那就茶樓吧。」太子說。

就去了一處茶樓。裡邊坐了不少的人。有個說書人在說漢高祖斬白蛇起事。說書人有聲有色。太子、太傅和狗兒邊喝茶邊聽書。漂亮妹看看說書人，看看太子、太傅，再看看狗兒。太子忽然醒悟：漂亮妹聽不懂評書。「我們，還是走吧。」太子說。「還不如領他們去看李承渥訓象了。」太子說。

「看象？」漂亮妹高興起來。

他們來到訓象基地。

李承渥迎向他們。

漂亮妹看到李承渥的下巴當時就驚呆。

李承渥看到狗兒和波斯女，眼中閃現訝異但隨即消失。他和太子太傅打招呼。隨即目光正常地移向狗兒和波斯女。

太傅介紹狗兒和波斯女。

漂亮妹死死地盯著李承渥的下巴。這下巴給她的印象太深了。想不到在這裡遇到有著血海深仇的人！不是冤家不碰頭啊！

太子、太傅下馬。李承渥也從坐象下了來。太子看到漂亮妹沒動，看到漂亮妹死死地盯著李承渥看。而且，分明看到她在哆嗦。其實從漂亮妹的眼神狗兒也注意到了李承渥而且也終於認出了這個帶人搶劫了他們的商船的傢伙。不祥的感覺襲上他的心頭他心中哀嘆‧冤家路窄呀！

「別怕，那象很溫順的。」太子對波斯女說。

「哦。哦。」漂亮妹應。她動作有些僵滯地下馬。

太子上前還藉機攙了攙她。

太子對漂亮妹的親暱叫狗兒訝異。見到李承渥的驚恐叫狗兒還沒空兒吃什麼醋。緊接著他的目光就轉向了漂亮妹。間或掃了掃狗兒。

狗兒雖然臉色不好，但故做鎮靜。

漂亮妹的臉色蒼白得可怕。但是她的目光和李承渥對視著。

李承渥笑了，拍了拍他坐象的背說：「這像在自己人面前的時候當然是非常非常溫順的。但是衝鋒陷陣的時候它會變得很凶猛很凶猛的。小姐既然是跟太子和太傅來的，那就是自己人了，我們的象會對你們友好的，不會傷害你們的。你們就放心好了。儘管放心好了。」

狗兒聽明白了李承渥的話音。聽明白了。

漂亮妹似懂非懂。她望向狗兒。

「李將軍說，沒有事的。」狗兒乾澀地說。

漂亮妹對狗兒的雙關多少聽懂了。於是，她的眼神中驚恐少了，但仇恨增多了。她不時仇恨地望向李承渥。再望向太子。太子，你要是能對我好你就把他宰了！但是，她拿不準太子知道不知道搶劫商船的事。但是有一點是定了的，太子和這個李將軍是一夥兒的。雖然，他是太子。但是，他們是一夥兒的。

「現在已經快要到中午了，在下得考慮你們的吃飯問題了。」李承渥說。

太傅微笑，表示他對這個話題的滿意。

太子的目光總也不離波斯女。「反正你得叫客人滿意才行。」太子說。

李承渥微笑。用微笑的眼神瞅了瞅狗兒和漂亮妹。「我們去狩獵！」李承渥說。他上了他的坐象奔向他的將士。

「我們也去看熱鬧去？」太傅徵詢地望著太子說。

「行。」太子說。

他們上了馬，奔李承渥去。

李承渥指揮他的象隊。讓他們分成兩撥迂迴地包抄向一片樹林。李承渥回首看到太子他們奔他來了，他笑了笑。

狗兒和漂亮妹都感覺到那笑是一種詭異的笑，是專門笑給他倆的。

李承渥奔往那片樹林。他獨自奔往那片樹林。身邊沒有一個手下。

遠處，可以聽到吆喝，恐嚇野獸們的吆喝。

進入樹林，再行進了一段，出現一片開闊地。李承渥在開闊地的中央停了下來。

太子等人在李承渥的後邊停了下來。

李承渥的手下在林中吆喝著。他們在向這片開闊地驅趕野獸。

李承渥從象上下了來。他抽出了他的佩刀。

林中跑出了一隻大熊貓，領著兩隻小熊貓。大熊貓要不時地停下來等候小熊貓趕上來。你能感覺得到大熊貓的焦急。但是牠不能撇下牠的孩子。其實就是沒有小熊貓牠也不能快到哪兒去。他們真實憐人呀。李承渥的盯視著它們。李承渥就要出擊了。

「不要！」波斯女叫。幾乎是尖叫。

李承渥望向她。歪嘴的嘴角分明掛著笑意。怪異的笑。

大熊貓領著牠的子女從李承渥的身旁經過。但是迎面的樹林中出現李承渥的象隊。大熊貓由領著它的子女笨拙地拐向別的方向。但是牠們前面的樹林中也傳來吆喝聲。發現熊貓的士兵追過去。有箭射向它們。

「不要！不要！」波斯女喊。

太子向李承渥喊：「不要傷害牠們！」

李承渥望了眼波斯女之後向他的屬下下令：「讓他們走！太子仁慈，要放牠們一條生路！」

就有士兵向擋在熊貓前面的人喊：「不要傷害牠們，太子仁慈，要放牠們一條生路！」

熊貓前邊的士兵閃開，給熊貓讓出路來。

就在人們的視線都集中在熊貓身上的時候，李承渥聽到了野豬邊跑動邊叫的聲音。他循聲望去，看到了一頭被從林中驚擾出來的野豬。那野豬邊跑邊哼哼著，對牠的被驚擾表示不滿意。牠看到了前面的李承渥和太子等人。但是牠不打算改變方向，牠要繼續從李承渥的身邊過去。李承渥感覺到了野豬對他的藐視。他逼視著野豬。他擋在了野豬的面前。野豬停下了腳步。牠有點驚諤：有人要和牠玩命！牠很生氣。牠十分生氣。這人也太能欺負俺老豬了！牠撲向李承渥在到了近前的時候牠躍起撲向李承渥牠的預想中是把這個人這一下子撲倒而後牠撕他咬他扯他！但是牠什麼也沒有撲著牠重重地落在地上。牠轉過身來，那人躬著腰，緊緊攥著刀，刀在陽光下閃爍著耀眼的白光。那人忽然把刀扔在了一邊，抽出來一把匕首。那人望著牠笑。他居然還笑。他笑俺老豬笨。他居然不怕我。牠更凶猛地撲向李承渥牠躍起撲向李承渥看著這一切的波斯女發出一聲恐怖的尖叫。野豬落了重重地落了地牠覺得牠的肚皮涼爽了一下。牠又撲空了。牠對自己很生氣。牠幾乎要流淚。但是沒空兒流淚。牠轉身尋找目標。牠覺出了疼。牠發現牠的腸子流了出來。腸子怎麼會流出來？我的肚皮被那傢伙給豁開了。我的肚皮居然被那傢伙給豁開了！牠呼哧呼哧地喘著粗氣，牠仇恨地凝視著李承渥。李承渥藐視地望著牠。匕首尖分明流著老豬的血。老豬輸得不甘呀牠再次撲向李承渥就在牠躍起在空中的時候牠的肚皮捱了李承渥的一腳這一腳把牠沉重的身體踢高於是牠等於是砸在了地上牠的腸子拖得很長很長。牠側躺在地上喘著粗氣。牠的腿在抽動，一下一下地抽動。

李承渥走向太子。「我們就吃牠吧。」他說。說不清他的眼睛是看著太子還是看著波斯女。波斯女的臉在發燙。我剛才竟然為仇人發出恐怖的尖叫。當時我應該興奮才對。應該興奮！但是我尖叫，我竟然尖叫。

狗兒看得呆呆的。「李將軍真厲害！」他說。

就用樹枝挑著肉塊在火中烤。樹枝被烤得滋滋地響，冒著白色的汁液。肉塊兒揮發著肉香。幾個士兵和太子帶來的那兩個太監在忙。和火堆隔了點兒距離，太子等人席地而坐。

「其實我本可以請各位到軍營。可是吃野味還是這樣的氛圍更好一些。」李承渥說。李承渥已經不再和狗兒和波斯女玩詭異的神情。雖然偶爾他會觀察觀察這兩個人的表情。

太子點頭，認同李承渥的說法。

李承渥的手下主動派人給他們取來了一罈酒。當然帶來了酒具。狗兒和波斯女的目光都死死地盯著那酒具。波斯樣式的酒具。波斯女的面色又慘白了。李承渥心裡罵他的那位手下好心辦壞事。

「你不舒服？」太子問。

波斯女緩緩地搖頭。

太子挨著波斯女。狗兒知道他若是挨著漂亮妹太子會不方便，主動離漂亮妹遠些，結果倒和李承渥挨著了。雖然不自在。他已經看得清清楚楚太子對漂亮妹的傾心。雖然內心一陣陣痛楚。但是得理智。必須理智。因為太子能拯救他們。狗兒不能為了自己的那份情感而毀了漂亮妹的希望。不能。他的心中陣陣痛楚。陣陣痛楚。太傅和李承渥談笑風生。狗兒坐在那兒目光有些呆滯。

烤好的肉用盤子端了上來。肉香充溢了他們坐的空間。夾雜著叉著肉的樹枝的糊味兒。

太子拿起一塊肉遞給波斯女。

李承渥拿起一塊肉遞向狗兒。「兄弟，別客氣。」他微笑地說。

狗兒機械地接過。他硬擠出點兒回應的笑。他搞不明白李承渥劫持波斯商船是個人行為還是政府行為。也許李承渥只是奉命行事呢。要是那樣，其實李承渥就有可以諒解的地方了。狗兒在潛意識中尋找接受李承渥的理由。他必須尋找這個理由，因為他們需要太子的幫助。賣船的錢已經越來越少。越來越少。

「結識太子殿下的朋友，李某非常榮幸。我們先乾一杯？」李承渥徵詢地望望每一個人說。他自己首先拿起了杯。

「行。」太傅響應，並拿起了杯。

大家就都響應。

肉香。酒香。氣氛活躍起來。

「你們在客棧住得好嗎？」太子問波斯女。

「還行。就是亂點兒。」狗兒搶著說。

「如果你們願意的話，你們可以搬到我們的驛館去住。那是朝廷招待客人的地方。而且，所有的費用都是朝廷的。到了那裡你們就可以享受到外賓的待遇了。」太子說。他用的外賓的字眼叫大夥微笑起來。

這是狗兒求之不得的事。「可是，那不是給你們添麻煩了嗎？」他假情假意地說。

「朋友嘛，何必這麼客氣呀？」太子看對方能接受他的好意，很高興。他挺怕哪一天波斯女突然消失。那樣他會感到多麼地悵惘啊。那性感的軀體，他還沒有探祕呢。不眠的夜晚，他拿盧瓊仙和波斯女做著比較。盧瓊仙的軀體，肉感比較實。波斯女要更豐腴。能夠想像得到擁她在懷中的那種溫暖的感覺。盧瓊仙給你總是一本正經的感覺。而波斯女，給你更多的隨意。你想和她怎樣都行。只要有機會，她能讓我隨心所欲。隨心所欲。她會令我達到快樂的頂峰。頂峰。他們住進驛館，我要找機會和她單獨。老奸巨滑的太傅當然會有辦法把那個吳根帶離她的身邊。自從發現了庖丁之後，出宮散心就成了太子的經常。皇上那邊兒什麼消息也沒有。漸漸，太傅的膽子也大了起來，放得開來的和太子一同。甚至，積極地給太子做著嚮導。知道李承渥忙，也並不總叫李承渥隨著。

狗兒盤算欠客棧多少錢。他多希望這筆錢能省下。他想太子要是在出現在客棧他就向客棧老闆暴露太子的身分客棧老闆也許會不要他們的錢。要知道，大漢國可就一個太子。太子就是將來的皇上。皇上誰敢得罪。那我這太子的朋友呢？當然得給面子。可是，可是，弄不好就暴露了我和漂亮妹同居一室的事。太子要是不樂了意，就全砸了。就前功盡棄。

太子太傅他們送狗兒和波斯女回客棧。狗兒照例不把他們往客棧讓，就在門口告了辭。

狗兒和客棧老闆這樣告辭：

「我們和太子殿下是朋友，太子安排我們住到朝廷的驛館去。」

「太子對你們真是禮遇。」

「那看我們在你這裡的這點費用……」

「微不足道。微不足道。」

「您的意思是……」

「減半。減半。」

狗兒心裡罵，使了半天勁——減半！「沒多少錢，就先擱你這裡，等她老爹來的時候一塊兒給你結吧。」狗兒不客氣了，說。

客棧老闆心裡罵——「我操你個娘的你熊我！」但是臉上陪著笑，說：「當然可以。當然可以。有機會我請太子做客。請太子做客。」

「可以，當然可以。」狗兒心說我人都走了還管你那鳥事！內心氣急敗壞了之後，狗兒也隱隱地對客棧老闆有著歉疚。人在江湖身不由己啊。什麼叫身不由己？不就是說有的時候你想做人可是你不能做人因為你要是要做人你就得付出代價甚至影響你生存的代價！我狗兒這樣做也是身不由己啊。我知道這樣有點無恥。我能不知道麼？

回到房間，狗兒發呆。

漂亮妹發現他淚流滿面。「你怎麼了？」她柔聲地問。

「我……我這是在把你往虎口送啊！」狗兒失聲痛哭。

「虎口？」

「也不能說是虎口。可是，可是我要失去你了啊。也許，永遠失去你。」

漂亮妹明白了狗兒的心境。她緩緩地解著衣衫。「狗兒，你來。」她喚。

第十一章　太子登基

皇上經常虛弱地躺在床上。黃瓊芝和樊胡子廝守在他的身邊。皇上就是感覺疲乏。皇上和她們做著好事的時候沒等完事的時候就疲軟。還沒等完事那玩意兒就疲軟地萎縮。那玩意兒看起來垂頭喪氣。還稍稍洩出點兒那鼻涕狀的液體。黃瓊芝和樊胡子交換目光。皇上微閉雙眼躺著。甚至有次還沒完事的時候她們忽然發現皇上睡著了。皇上睡著了。

皇上睡著了的時候，黃瓊芝去見盧瓊仙。她一進盧瓊仙的屋子就被張掛的刺繡吸引。她就知道為什麼好長時間看不到盧瓊仙了。原來盧瓊仙一直在獨處。甚至在她進來的時候盧瓊仙都正在刺繡。她特別被張掛的那幅女媧補天的刺繡吸引。女媧擎舉的五色石帶著的火鮮紅鮮紅彷彿要把女媧融化。那場面驚心動魄。

盧瓊仙停下手裡的活，詢問的目光望著黃瓊芝。

「皇上最近不好。」黃瓊芝說。

盧瓊仙詢問的目光望向黃瓊芝。

「皇上身體最近特別虛弱。」

盧瓊仙仍舊詢問地望過來。

「皇……皇上好……好像生……生病了。」黃瓊芝結巴了。

「皇上的性命恐怕要葬送在他的性事上了。」盧瓊仙的耳畔響起太醫的聲音。

沒誰敢管皇上的性事。那是皇上臉面的事。雖然皇上可能在那件事上最不要臉。皇上越是最不要臉的事你越不要觸及。太醫們在皇上的飲食中使勁地給皇上補著精血。但是皇上越來越沒有食慾。太醫們來見盧瓊仙。太醫們和盧瓊仙沉默。盧瓊仙和太醫們沉默。

盧瓊仙和黃瓊芝沉默。

黃瓊芝不在的時候，皇上在昏睡中。他夢見整個皇宮升到了天上。祥雲繚繞。一群仙女環繞著他翩翩起舞。他躺在他的大床上。他的大床沒有屋宇的遮掩。仙女們環繞著他翩翩起舞。說不清是仙女們的翅翼還是她們的衣飾，仙女們的手臂在他的臉面拂過他感受了羽毛的溫暖和輕柔。他靜靜地仰躺著，浸在一種美妙的音樂之中。他的眼睛是睜著的，他覺得他是在一種真實中。是真實中。

有液體滴落在他的手上。他覺得他的眼睛是睜開的，可是他什麼也沒有看到。天上是有潔白的雲朵，可那不是雨雲。又有滴落。他再一次懷疑自己的眼睛到底是不是睜開著。於是眼前的一切開始消失。他看到了有著自己血色的黑暗。原來一切都是夢。夢。那麼，是什麼東西滴落？他睜開眼來，看到了樊胡子。樊胡子滿含淚水望著他。他笑了。他自己都覺得他的笑是做出來的。勉強。樊胡子拿起他的手往一邊兒移，他碰觸到了——他一激靈收回了手而後推開了樊胡子他知道他碰觸到了——龍鞭！他彷彿看到一條蛇張著嘴向他笑那蛇向他笑！他渾身顫抖冷意襲遍全身。甚至，牙齒都在上下碰撞。樊胡子在委屈地哭。她委屈地哭。她收拾起龍鞭。冷意在皇上的體內延續。

龔澄樞來了。皇上聽到宮女們和龔澄樞打招呼。皇上感覺到龔澄樞站在了他的床前。龔澄樞在看著他。皇上合著眼，他知道龔澄樞在看著他。彆扭。「龔澄樞，有什麼事嗎？」皇上問。仍舊閉著雙眼。

「是……啊，沒有，沒有。」

皇上又笑了。做出的笑意。勉強。「有什麼事情，你就代朕處理吧。」皇上說。

「奴才惶恐。」龔澄樞差一點說成了：「臣惶恐。」他自己都覺出他說得一點兒也不真誠。他甚至覺出自己有些些許的滑稽。他努力做出嚴肅、莊重的神情。他甚至想到了那句「天將降大任於斯人也」的聖人語錄。他注視著皇上蒼白的面色。皇上的嘴角動了動，什麼也沒說出。皇上的嘴角分明掛上了一絲嘲笑。龔澄樞的心中就也自嘲。你是誰呀？你不就是個奴才嗎？他繼續注視了會兒皇上，努力把自己再一次培養嚴肅了，看皇上似睡非睡，他悄然離去。他去了林延遇那裡。

「應該叫太子到皇上跟前來了。」龔澄樞說。

「那倒是。可是你想啊，皇上要是自己還沒覺著自己怎麼著，你把太子整到跟前他能不煩嗎？弄不好還把皇上給氣著了！你說是吧？」

「你說的也是。唉，皇上要是自己覺著也不行了的時候那不是啥都晚了？」

林延遇看著龔澄樞著急得很認真的樣子，臉上現出笑意。

龔澄樞對林延遇臉上的笑意莫名其妙。我們討論的是啥問題啊，你竟然還笑！豈有此理！豈有此理！

「皇上也算有福分啊，有我們兩個盡心盡力地給他做著事。我們兩個要是有了歹心有什麼事情做不成？」

「是這樣。不過這倒正好說明皇上英明，有眼力。他怎麼就不用別人呢？」

「還是你會說，還是你會說！」林延遇笑起來。

龔澄樞跟著笑起來。

兩個太監令人毛骨悚然的笑。

太傅不可能不嗅到皇上那邊兒的消息。嗅到這消息的時候他內心產生歉疚。一段時間他甚至忽略了皇上的存在。他和太子在外邊跑瘋了。我這個老狐狸怎麼了？我這種舉動不是太幼稚了？我這不是在坑太子？要是有人藉機進讒言弄不好會危及太子的地位呀！那我豈不成了天大的罪人？而且，是青史留名的罪人！太傅有點出冷汗的感覺。

儘管每天在外邊跑，太傅每天早晨可是都在書房候著太子。

「今天我們去接波斯女他們到朝廷的驛館。」太子說。

太傅表情嚴肅。太傅在考慮怎樣回答。

「有什麼情況？」

太傅說皇上的情況。太傅說這種情況下再往外跑叫皇上知道了不好，非常不好。在感情上太子對皇上的身體情況反應遲鈍。但理智上的本能告訴他太傅的話是對的。「可我們答應了接他們到驛館的。」他有些著急地說。

「這事就叫小貴子他們去辦吧。」

「你為什麼不去？」

「我陪太子在一起。我要是被怪罪了，也會牽連太子的。太子，我們不能因小失大啊！」

小貴子就被叫了進來。太傅向他交代任務。

「叫驛館給他們開兩間客房。」太子插話。幾乎是氣急敗壞的一句插話。

這一句插話差一點把太傅和小貴子逗樂。

小貴子走了，太子心神不安。

「這個時候，太子應該接近龔澄樞和林延遇。因為這兩個人總是守侯在皇上的身邊。當然，一般情況下皇上不會改變什麼主意的。」太傅說。

太子黑亮的小眼睛直勾勾地瞅著太傅。

而後，太子跟著太傅去見林延遇。

林延遇待在皇上寢室的隔壁房間。他在皇上寢室隔壁房間辦公已經有一段時間了。皇上那邊兒很安靜。

太子和太傅的眼神不時向皇上寢室的方向漂移，雖然隔著一堵牆，他們看不到皇上。

「皇上的情況呀，非常不好呀。」

太子和太傅就更加嚴肅了表情。

「奴才覺得，從現在起太子應該守侯在這裡。守侯在我這裡。皇上的脾氣你們也是知道的，他不太喜歡打擾他。當然，我可以叫皇上知道太子殿下在我這裡守侯著呢。如果皇上想見太子殿下，我會立即來通知太子殿下的。」

太子向林延遇點頭。但是他眼前浮現波斯女的面容。她應該正在前往驛館。和那個叫做吳根的狗兒。前一陣子在外邊瘋跑的日子立即彷彿很遙遠。很遙遠。波斯女的事像夢，有點不真實。他很想立即去見她，證實她的真實存在。但是父皇生病的消息把自己牽制在了這裡。他不能去。他很憂傷。他憂傷。憂傷得呆頭呆腦。

狗兒和波斯女住進了驛館。狗兒和波斯女被介紹給管理驛館的官員。小貴子說這可是太子的朋友，一定要招待好。安排完狗兒和波斯女小貴子和他們告別，小貴子對波斯女說了句意味深長的話：「太子會很牽掛你的。」波斯女望著小貴子，一幅迷惘的表情。狗兒聽得明白，狗兒向小貴子點頭。

送走了小貴子，狗兒和波斯女回到各自的房間。他們的房間並不挨著，但也離得不遠。

皇上病得很重，小貴子說。這就是說如果皇上駕崩了太子就是皇上了。那麼漂亮妹呢？如果是了皇上的太子喜歡漂亮妹，漂亮妹還能待在我的身邊嗎？狗兒憂傷。深深地憂傷。他側躺在床上，微張著口，一副絕望的神情。

後來狗兒揩抹了溼潤的眼睛，走出房間，想走向漂亮妹的房間。

「先生有什麼吩咐嗎？」一位服務員迎向他。

「沒事，沒事。」狗兒說。狗兒退回了房間。他產生了和漂亮妹咫尺天涯的感覺。

吃飯的時候服務員會喚他們。他們被安排在一起吃飯。吃飯的時候狗兒愛憐地望著漂亮妹。

「你吃。」漂亮妹把一塊肉夾到狗兒的碗裡狗兒的眼淚當時差一點就掉了下來。

皇上昏睡的時候，林延遇領太子來到皇上的面前。皇上原來肥碩的大臉現在皮包著骨。皇上臉色蠟黃。皇上的嘴微張著。太子佇立在皇上的面前。太子的鼻子有些酸，眼裡溼潤了。他想把父親如柴的手捧起，可是他又怕驚醒了父親。被驚醒的父親會驚訝太子出現在他的面前。父皇都這個樣子了也沒有想到叫我來到他的面前。難道他把我這個太子兒子忘記了嗎？

看太子的神情有些激動，林延遇說：「太子，我們出去吧，省得打擾了皇上。」

「是。」太傅附和。

在林延遇辦公的房間，太子又被不能見到波斯女的情緒所折磨。他走出屋來，對候在外邊的小貴子說：「叫兩個宮女去，陪著漂亮妹。陪吃，陪住，就是在睡覺的時候也不得離開她的身邊！」

小貴子當然心領神會。

皇上又夢見在天上。仙女圍繞著他翩翩起舞。祥雲朦朧著廣闊。像祥雲一樣柔軟的樂聲令人心怡。皇上躺在他的大床上，微閉著眼，體會著這醉人的氛圍。莫名的憂傷在心的空間中升起，像那雲絲一樣拂著心，給你涼絲絲的感覺。皇上感覺挺好，他挺願意就那麼被憂傷著。他挺願意就那麼享受著憂傷。但是，他突然感覺有人俯視著他，他睜開眼睛，看到是一隻蛇在俯視著他，而且那蛇看到他睜開眼睛，竟然大笑起來，而且笑得上氣不接下氣。皇上「啊」地大叫一聲，在夢中他坐了起來，隨即驚醒，仍舊躺在床上。他的身體軟綿綿的。他甚至不知道自己有沒有氣力坐起來。精力在一點一點地消失。他看到了太醫們。太醫們圍在龍床前俯視著他。皇上想著那隻蛇的獰笑。

太子被從林延遇的那屋喊了過來。太子奔到父皇的面前。

「孩兒，父皇到了天上，可那條蛇總纏著父皇。」

「父皇，孩兒一定要把那條蛇找到！孩兒一定要殺死那條可惡的蛇！」

皇上睜大眼睛看著太子。淚水順著眼角流下。

太子拿起父皇的手貼在臉頰泣不成聲。

皇上感覺到了太子還人的淚水。皇上一陣心酸。太子啊，你還小，你還小。

找了個專門捉蛇賣給餐廳的人。那人檢視了一番地形，來到一處墳塋前。有洞穴通向裡邊。捉蛇人點點頭，說：「應該就是這裡了。」太子就一激靈，他挺怕蛇的。蛇給你陰森感。蛇叫你難以捉摸。蛇給你的驚恐總是突如其來。

太傅理所當然地跟在太子身邊。林延遇也跟來了。跟來捉蛇的人有太監，有宮中的衛士。

「要想抓蛇就得把這墳挖開。」捉蛇人說。

「那就挖吧。這墳也不會和皇族有什麼干係！這肯定是皇宮建成之前的百姓墳塋。」林延遇說。

在太子等人捉蛇的時候，龔澄樞在皇上的病榻前轉圈兒。他已經知道皇上不行了，知道皇上已經沒有多少時間了。剛才宮女給皇上換內衣內褲的時候他湊到了跟前。他看到了皇上的那個玩意兒已經縮得很小很小。在跟前的太醫把龔澄樞拉到一邊兒低聲說：「皇上不行了。只要那玩意兒往上一筋筋，就不行了。」龔澄樞皺緊眉頭，問：「要不要把太子找回？」「這事得您定奪。」太醫說。龔澄樞就轉圈兒。太子在給父皇捉蛇呢。不管怎麼說，那蛇是皇上的心病。很重的心病。甚至可以說，皇上有今天，主要就是因為那蛇的原因。可是就是現在把那蛇捉到了，殺死了，皇上就能起死回生？如果皇上真的回生無望，皇上應該立遺囑了。當然不是繼承人的問題。應該是誰輔佐未來的皇上。皇上應該立遺囑，讓我龔澄樞名正言順地輔佐太子。也可以包括林延遇。如果不立這個遺囑，將來太子身邊的人就不知道是誰了。前一陣子，太子和李承渥往來頻繁。將來，太子也許會器重這個人。就算器重這個人，也還算可以。但我的地位也許不會像原來那樣了。我會有失落感。但我應該調整自己的心態。寵辱不驚。

太監和宮中衛士在掘墳。太子、太傅和林延遇立在遠處等候。林延遇不時湊到前邊檢視。

「已經掘到棺材了。」林延遇說。

太子的肌膚就發緊，不由自主往後退了退。

「把棺材蓋啟開！」捉蛇人指揮。

就有太監和衛士去啟。上邊的衛士緊握著刀。太監緊握著鍬鎬。

突然人群炸了窩，他們大叫著蛇，向外奔跑。捉蛇人被人衝擊往後退了退，但是他又奔向前去他向墓穴中揚撒著粉末狀的毒蛇藥。但是捉蛇人突然發出慘叫，可以看到無數條蛇竄去撲向他的身軀，他在地上翻滾。

「去給我殺蛇！」太子向逃散的人群喊。

「給我把那些蛇殺死！」太子喊得聲嘶力竭。

捉蛇人已經停止了翻滾。他的身軀上密密麻麻布滿毒蛇。

太子指向墳塋的姿勢似乎凝固。

突然有衛士吶喊著衝向前去。隨後就有拿著鍬鎬的太監跟著衝向前去。人蛇大戰。被毒蛇咬的慘叫和壯膽的吶喊混雜。刀劍下，鍬鎬下，蛇的軀體凌亂著。被咬傷的人慘叫著往外跑，那慘叫是對死亡強烈的恐懼。當感到脫離了蛇群的時候他就會撲倒在地，捂著傷處嚎叫著在地上翻滾，其實他根本就沒有感受到任何痛楚，所表述的只是對死亡的強烈恐懼如此而已。跟來的御醫就跑了過去搶救。

喊聲弱了下去。衛士和太監們在尋覓著殘存的對象。喊聲消失。

小貴子跑向前去檢視，回來說：「太子，蛇全殺死了。」

太子緩緩轉過頭望向林延遇。

林延遇明白那目光的含義，他向蛇穴走去。他仔細地搜尋著。他回了來。

太子的目光殷殷地望著他。

他搖了搖頭。沒有那條驚嚇了皇上的大蛇。沒有。沒有。雖然被殺死的蛇也有個頭不小的，但和那條蛇相比，還差許多。

太子、太傅、林延遇出現在皇上的面前。皇上一下子坐了起來。「那蛇……？」皇上問。

「我們殺死了很多蛇。」太子說。

「那條蛇……？」皇上追問。

「我們殺死了許多蛇。」太子回答。

皇上僵直地坐著。皇上明白了太子話中的含義。他僵直地坐著。他突然僵直地倒了下去。

「皇上！皇上！皇上！」屋內的人撲向前去。

「父皇！父皇！」太子搖晃著父皇的手臂。

「皇上已經晏駕！」太醫哽咽著宣布。

所有的人立即跪倒在床前。

給皇上更衣的時候太子看到了父親的下體。沒有絲毫的偉岸。緊緊地萎縮著。似乎要縮回體內。他木然地盯著父親的下體。他木然。他不能理解父親那兒的醜陋。他不能理解偉岸的父親那兒竟然是如此的渺小、醜陋。

御醫注意到了太子的目光。「太子，人將要離去的時候，他的下體都會往回收。都會這樣的。都會這樣的。」御醫附著太子的耳畔小聲地、輕柔地說。

太子收回望著父親下體的目光，移向御醫。仍然是木然的目光木然的神情。

司儀官員問：「我一會兒是喚皇上呢還是喚皇上的名字？」

大臣們就想這個問題。

「招魂嘛，本來是希望能夠歸來，自然我們應該仍然把皇上當作皇上，自然應該仍然把皇上叫做皇上。」有大臣說。

「是。」

「是。」

都附和。

「是。」司儀官認同。其實他心裡明白，就應該直呼其名，黃泉路上生前的職稱已經沒有任何意義。不管你是誰，你都將是閻王老子的臣民了。但是，皇上活著的時候是絕對不能直呼其名的。但是皇上死了你直呼其名也不安全。就要成為皇上的太子說不定就心裡不得勁兒。其實司儀官自己在這方面是權威。但是為了安全，他寧願謙虛。為了安全，司儀官就丟擲了問題。

司儀官捧著皇上的一件衣服出了皇上的寢室。屋內的人全都跟了出來。外邊，所有的大臣們都等候在那裡。見司儀官出來，他們立即向北方齊唰唰地跪下。也包括太子。「皇上，你回來吧！皇上，你回來吧！」司儀官一手扯著衣領一手捧著衣服的腰身向著北方淒厲地叫。

所有的人立即叩首不已立即嗚咽一片一片哭喊：「皇上你回來呀！皇上你回來呀！」

「父皇！父皇！」太子一邊讓額頭撞擊著地面一邊捶打著地面哭喊。

應該說眼淚是真實的。真實地包含著無限的悲痛。

大臣們的心聲是：皇上呀皇上呀，你一直遠著我們。皇上呀皇上呀，我們再也沒有機會和你近了。再也沒有機會了。皇上呀皇上呀，你知道嗎？我們是多麼地渴望著和你親近。多麼地渴望。你就這麼走了，把江山留給了太子。我們實在實在不知道太子會不會能夠承擔起這份責任啊。我們實在實在不知道。

太監們的心聲是：皇上呀皇上呀，你一直親近著我們。我們在你的身邊感受著你的溫暖，你的信任，可是你現在離開了我們。如今你走了，你走了，我們今後將何所依靠呢？皇上呀皇上呀，我們將永遠記著你給我們的恩澤。永遠銘記。

女人們的心聲是：皇上呀皇上呀，你走了我們可怎麼辦啊？我們可怎麼辦？皇上呀皇上呀，你是我們唯一的希望啊。我們唯一的希望。我們今後，面對的可是冷宮的命運。冷宮的命運。我們怎麼去打發今後的時日啊？我們不知道。不知道。不知道。天呀，誰來可憐我們？誰來可憐我們？我們可怎麼辦呀？我們可怎麼辦？

盧瓊仙當然不是這樣的心聲。淚眼中她看到的是迷惘。無限的迷惘。太子的身影在她的眼前很虛妄。很虛妄。曾經寄希望於皇上。後來又曾經寄希望於太子。但她現在看太了好像和她沒有太大的關係。太子馬上就是皇上了。誰能把握住皇上？

黃瓊芝和樊胡子當然更加悲痛欲絕。她們所有的榮耀，所有的恩寵，都是剛剛故去的皇上給予的。她們當然應該更加悲痛欲絕。

皇上的遺體被帷帳與生人隔開。寢室被縞素包裹。白色的蠟燭更像是在流淚。更渲染著傷痛。轉眼間，皇上寢室的溫馨化為烏有。轉眼間往昔的溫馨被一種清冷取代。夜幕更深刻著你的這種感受。

太子和他的弟弟妹妹們當然要守靈。職位高的大臣陪在他們的身邊。盧瓊仙、黃瓊芝、樊胡子同皇后一同守侯在皇上遺體的旁邊。皇后的眼中沒有淚。她的眼睛木然地望著虛無。但是透露著無限的哀傷。其他的大臣守在屋外。龔澄樞和林延遇在操辦皇上的喪事。

太傅和太子保持著一段距離。他知道，太子要是做了皇上，他就得更加保持距離了。但是，他究竟還是比許多大臣和太子近。他究竟還是待在太子的身邊和太子一同守靈。想到這些，在夜的涼意中也能感覺到一些暖意。不管怎麼說，我是太子親近的人。想到這些，他看太子就親近。眼神中就多了些愛憐。太子之軀，在那兒孤寂地為父皇守靈。雖然屋裡屋外那麼多的人為皇上守靈，但是太子孤寂。孤寂無助。不應該讓太子這麼苦。不應該。不能把太子弄倒了，太子馬上就要承繼皇位的呀！太傅就眼神就左右轉，看能不能找到有共同語言的人。但是沒有人看他，一個個，彷彿被悲痛擊垮，都是呆呆的。他就不敢站起來說話。他就只能望著太子，在目光中輸送愛憐。他就想到了龔澄樞、林延遇。這兩個人沒在，他們在料理皇上的後事。他們的地位比他太傅重要。比許許多多的大臣重要。別看他們是太監。

龔澄樞和林延遇進了來。所有人的目光都望向了他們。二人感覺到了眾人的目光，二人神情莊重地走向太子。

「太子殿下，奴才有事和您商量。」龔澄樞說。

太子的目光望向他們。

龔澄樞和林延遇就伸出了攙扶的手。

「起來吧，太子。」太傅替太子使勁。他怕太子上來那股子孝勁兒就不動地兒。他的擔心是多餘的。

太子在龔澄樞和林延遇的攙扶下站了起來。太子以一種陰鬱悲戚的神情隨龔澄樞和林延遇走了出去。太子連看都沒看太傅一眼。一種悲戚的情緒就襲上太傅的心頭。他再一次預感到了他今後的命運。今後的命運。

太子跟著龔澄樞、林延遇來到隔壁的房間。太子詢問的目光望向二人。

「太子殿下，奴才不知道是不是向皇上的親屬釋出訃告。如果釋出了訃告，就得允許他們前來奔喪了。」龔澄樞說。

太子明白龔澄樞話中的意思。皇上已經把他所有的親兄弟剪除，一旦釋出訃告，前來奔喪的是一批孤兒寡母。倒正好昭示了皇上的不仁。「你們看呢？」太子反問。

龔澄樞有些呆愣。

林延遇不易叫人覺察地搖了搖頭。

太子盯著林延遇說：「就照你們的意思辦吧。」

龔澄樞沒有注意到林延遇那細微的舉動，他挺糊塗。但是他注意到了太子的眼神是在望著林延遇。「那就照林公公的意思辦？」他問。

太子的目光移向龔澄樞。太子不多說。

「太子的意思是就不了。」林延遇低聲說。

「哦，哦。太子聖明，太子聖明。……太子就不要回去了，奴才們有什麼事兒好隨時和太子殿下商量。」龔澄樞說。

太子心說你們叫我幹啥，我幹啥我就聽你們的，反正這些繁文縟節完了之後我就是皇上了。我就挨吧。

太子打起了盹兒。朦朦朧朧中他聽到龔澄樞他們在忙著，聽到父皇窗外的和尚們在誦經，他們在超度父皇的亡魂，聽到父皇的屋中不時爆發出哭聲，總是以女人們的哭聲為先導。太子知道前邊的事兒多著呢，得挨。怎麼挨？就讓自己麻木。麻木。要不然，如何忍受？太子就打起了盹兒。他想起小時候父皇那雙大手摸挲自己臉頰是傳遞過來的那種溫熱那是一種叫人幸福的溫熱啊！但是我享受得太少太少太少！太子的眼中就滴出了清淚來。那清淚被林延遇看到。朦朧中太子聽到林延遇說：「也夠太子餓的！」龔澄樞就也看到了太子的清淚。太子就不由自主地更加悲痛淚水就更加止不住唰唰流淌。

「把太子弄到床上休息吧。別把太子弄垮了。」龔澄樞的聲音。

「可不是嘛，太子今後的擔子重著呢。」林延遇的聲音。

就有手上來攙扶太子。是龔澄樞和林延遇的聲息。太子死閉著眼。太子搖搖晃晃地被攙扶到了床上。攙扶到了他渴望的床上。他睡著了。他夢見了父皇，夢見了和他的波斯女在一起。父皇擁著波斯女朝他笑，他向父皇呼喊那是我的女人啊！父皇哈哈大笑，分明很蔑視他的呼喊，覺得他的呼喊很好玩，他就憤怒，他渾身顫抖，因為他恐懼他的女人就要立即歸了父皇！他就醒了。醒來的他眼睛直直的，想明白了一個道理，父皇不在了，波斯女可以更安全地屬於自己。更安全了。波斯女啊，我好想幹你啊，好想。好想進入你的體內，你的軟軟的體內。他的下體就亢奮，強勁地亢奮。他按住了那兒，平息著那兒。

大臣對著靈柩宣讀隨葬品的清單。樊胡子忽然想起她的龍鞭——她最珍貴的物件。她覺得她應該把它獻給皇上。應該。但是她不敢說出。一片肅穆。自己究竟地位卑微。沒有自己說話的份兒。她很想和身邊的黃瓊芝說出自己的想法。但是黃瓊芝小臉兒蠟黃，神情木然。她就只能絕望。絕望。

靈柩抬上了靈車。太子茫然地望向司儀。司儀就過了來，跟他說出殯的時候太子應該走在靈車的前面。出殯。道士們擎舉著的驅疫關邪神像，高大而又面目猙獰。隨後是樂隊，吹奏著哀樂，吹奏著迴盪於天際間的哀樂。太子走在隨後的靈車前。他走得很緩慢。他腦中一片空白。他木然地走著。身後是他的弟弟妹妹們。是皇上寵幸的女人們。他應該邊哭邊行。但是他只是莫名地難過著，淚水默默地流淌。偶爾會模糊了視線。他身後是一片啜泣聲。他不太理解那啜泣聲。因為他沒有能在自己的內心中培養出悲痛。當然也就不能去相信別人的悲痛。

靈車出了皇宮。首先就經過驛館。道路兩旁的人，只要望見靈車到來，就立即跪下，以頭抵地。在道旁的人群裡，太子沒有看到波斯女。他在樓上的欄桿裡看到了她。她的身旁立著吳根和小貴子。吳根緊緊地挨著波斯女。太子的目光和吳根的目光相遇。太子直直地盯了會兒吳根吳根在那目光中感覺到了一種寒意他打了個寒戰他下意識地距離了波斯女。不祥。靈車緩緩地遠去。吳根的心頭不祥的感覺在愈來愈強。在漂亮妹和太子之間，我是一個多餘的人。多餘的人。

他們就要是我的臣民了，太子望著兩旁的人群想。不用使勁想，這念頭自然而然就冒了上來。我就要是皇上了，他想。像做夢一樣，我就要是皇上了。是皇上就可以達到自己的一切想法。一切想法。我就可以和波斯女在一起了。真正地在一起。如果不是，就不能放縱自己。在我是放縱，在皇上則不是。那是皇上的權利。

龔澄樞和林延遇小跑著來到太子的身邊。

「太子殿下，坐車走吧，路還遠著呢。」林延遇說。

「是，太子殿下，您一定要上車啊。」龔澄樞說。

太子就站到了側旁。隊伍緩緩地行進。弟弟璇興就在了前邊。他神情雖有悲痛的成分但莊重的成分更重。而且，給太子留下了印象。璇興顯得很懂事。很有教養。平時太子根本不和他的兄弟們來往。這天他印象了他的兄弟璇興。當時只是印象了一下。給太子預備的車到了跟前，太子上了車。他的車當然在靈車的後面。如果不是我就要做皇上了我就不會享受到這樣的待遇。不會。還是做皇上好啊。

他當然看到了他的親屬們跪迎靈車。本來他們是應該在這送靈的佇列之中。跪迎的他們甚至發出號哭聲他們呼喚著皇上。但是父皇殺了可能威脅他皇位的親人。他的兄弟一個都沒有留下。在那號哭中，不知道有多少感情是真。他們應該恨父皇，是父皇奪去了他們親人。他們應該恨。恨。在他們眼中父皇絕不是好皇上，絕不是。父皇所做的實在是太殘酷了。那麼我看父皇呢？沒有他的殘酷也許就沒有我的皇位。那麼我要保住皇位也許就應該學習父皇的殘酷。學習殘酷。就得狠得下心來。無情。誰讓我是皇上！我是皇上就得無情！太子的手不由自主地攥成了拳頭。他無情的目光呆呆地望著前方。

太子回到他的寢室。一切都像夢一樣，突然之間他就待在了他的寢室。他似乎記得龔澄樞、林延遇說這些日子夠太子戧的，得讓太子休息休息了。他就突然之間呆在了寢室。他的思維緩緩地甦醒。為了不叫自己發瘋，先前他本能地木然著一切。關於父皇的後事問題，該履行的手續已經基本完事。剩下的，該履行的是我當皇上的手續了。之後我就可以做我想做的事了。因為我是皇上。我是皇上我就可以做我想做的事。首先，我要把那個波斯女幹了。我要讓她屬於我。僅僅屬於我！太子猛地睜開眼睛，看到了太傅，太傅以一種哀憐的眼神望著他。

太傅心說早就應該有摺子送到太子這裡來了。早就應該有。關於太子登基。大臣們都不會閒著，或議論著，或做著，當然都是關於太子登基的事。但是太子這裡是如此的寧靜。如此的寧靜。

龔澄樞帶著一摞子奏摺來了。「大臣們都希望太子殿下盡快登基親政。這是他們上的摺子。」他說。

太傅跟太子說過關於登基的事。要多次推辭。當然是假情假意的推辭。但是太子裝傻。太子看著那些奏摺默不作聲。解決完登基的事，就可以解決波斯女的事了。我要盡快登基。盡快登基。

龔澄樞望向太傅。你應該和太子講關於登基的事，講那些規矩。

太傅避開龔澄樞的目光。太子應該早一點把朝廷的事務拿過來，不能總叫你們把持。不能。你們就是太監！太監！太監根本就不應干預國政。

「老奴就去和大臣們辦太子登基的事。」龔澄樞竟然嘆了口氣，說。

太傅心說你放肆，你竟然放肆地嘆了口氣！他的眼神直直地盯視著龔澄樞。

龔澄樞也覺出了自己的不妥，趕緊表態：「老奴一定把太子登基的事辦好。一定。」

太子默無表情。默無表情就是表情。你就趕緊去辦好了！

大臣誦讀禮讚太子的文章。太子漠然地聽。他覺得他肯定沒有那麼好。那文章中說的他，那可是德才兼了備。所以他覺得那文章和自己沒有什麼關係。他甚至覺得那些字就像父皇送葬的時候拋撒的紙錢亂紛紛地飄落。亂紛紛。毫無生氣。

終於，傳來一聲：「太子登基！」之後就起了樂聲。

該我亮相了。太子看了眼身旁的太監。太監說，你得出去了。他就舉步。他現身在眾大臣的面前。立即一片歡呼：「皇上萬歲萬萬歲！皇上萬歲萬萬歲！皇上萬歲萬萬歲！……」場面宏大。在京都的所有的大臣都來了。腳步有些錯亂。不應該。從現在起我就是他們的皇上了！皇上！但是雖然很短的幾步，卻覺得挺遠的。終於，坐到了龍椅本來是父皇的龍椅。歡呼聲停止。肅穆的氛圍立即降臨並且籠罩。大臣們的額頭抵在地。他們在聆聽，聆聽他們知道的聲音。在他們面前我應該不威自威！太子……不，是皇上，皇上挺直了腰板。皇冠有些沉。但得挺直腰板。他望向群臣。他的目光陰鷙。皇上就應該以這樣陰鷙的目光望著你們！你們是我的臣子！我的！我就可以決定你們的命運！你們要想保住你們的位置只有唯一的選擇：服從！服從！

雖然大臣們都額頭抵地，但是他們都感覺到了太子陰鷙的目光，他們都感覺到了一種寒意，許多大臣甚至打了個冷顫。他們等著聽皇上的聲音。

「我……」皇上的聲音很低，旁邊的司儀大臣立即低低地提醒：「皇上你該說朕。」

「朕要召見波斯國的使者！」皇上大聲說。聲音雖大，但能感覺得到還是有些底氣不足。

大臣們立即仰起了他們的臉，皇上厭煩那些臉望向他，他再一次說，朕要召見波斯國的使者！他陰鷙的目光和大臣們的每個相遇，大臣們立即避開他的目光。但是引起一片騷動誰知道波斯使者的事？

太傅知道。太傅站了起來，走到中間，跪伏在地，說：「臣安排波斯使者覲見皇上。但不知皇上是要現在召見他們還是單獨召見他們。」太傅當然知道皇上肯定是要單獨召見他們。也只能單獨召見他們。他心說皇上你也太心急了，還弄出了個波斯使者！

「朕當然是要單獨召見他們。」

「臣可去引領他們。」

「那你就去吧。」

皇上的目光就望向一旁的龔澄樞。群臣跪拜皇上的時候，只司儀的大臣不跪，太監不跪。

「皇上沒有什麼詔令？」龔澄樞低聲問。

「朕的詔令不是已經說完了嘛！」皇上挺不滿意地說。

龔澄樞望向司儀大臣。司儀大臣的眼神迎向龔澄樞的眼神，龔澄樞點了點頭，司儀大臣就明白了意思，就郎聲說道：「登基大典結束，退朝！」

皇上呆呆地望著大臣們離去。他忽然也覺得這登基大典簡單了些，自己應該有些威嚴的演講。應該有詔令。有真正的詔令。可是我太渴望見到波斯女了。太渴望見到她了。不應該嗎？我是皇上，我的身邊應該有我的女人！應該有！沒什麼過分的！

龔澄樞和林延遇同時伏身向他說：「皇上該歇息了。」

第十二章　波斯使者

皇上去了皇上的書房。當然不是他原來的書房。今天他應該在原來父皇的寢室睡覺。那裡的一定都換了。但是他還沒有拿準主意在那兒睡覺。他害怕父皇的陰魂。他害怕。他初步想還是回到他做太子時的寢室。但是現在有波斯女了。有波斯女陪我我還害怕什麼？我一切能夠把波斯女留下來。波斯女留下來，我就可以入住父皇的寢宮！而且以後應該有更多的人在那裡陪伴我！哪裡僅僅是一個波斯女！

「波斯使者到。」門外的太監通報。

「宣。」皇上就一個字。

「宣波斯使者覲見。」屋內的太監喊。

波斯女進來的時候眼睛仍然是不夠用，新奇地瞅著各處。「這裡的書好多！」她說。「太子的學問好大！」她說。

「太子已經是皇上了，大漢國的皇上，一國之君。」太傅和善地說。

皇上望著波斯女笑。經過一段時間的保養，她更漂亮了。更顯出她的豐腴。「來，到朕的身邊來。」他說。波斯女的目光這才落到了皇上的身上。穿著龍袍的皇上。她很自然地走向了他。沒有一絲嬌羞。

皇上站起，摟著了她的腰枝，而後一同——坐下。「這皇宮是我的了！整個大漢國也都是我的了！你，今後也是我的了！你就不用回驛館了！你就永遠留在這裡陪伴朕！」皇上熱烈地說。

狗兒腿一軟，跪了下去。「我想照顧漂亮妹呀！」他泣不成聲地說。

皇上挺生氣。「你要照顧她怎樣照顧呀？」皇上問。

「狗兒不忍撇下她不管呀！」狗兒就是個哭。

「看你那意思好像漂亮妹入了火坑！你就放心好了，朕會好好對待她的。」皇上說。

「我想照顧她！」狗兒說。

「朕答應你有一個條件。」皇上冷笑著說。

「什麼條件我都答應，只要我能照顧她。」狗兒說。

「那你就做太監好了！」皇上惡狠狠說。

狗兒哀號。

皇上望向太傅，說：「送他到淨身房吧。」皇上的鼻子彷彿嗅到了淨身房那窒熱而又腥臊的氣息。

狗兒哀號，很認真地哀號。

太傅向小貴子使了個眼色。小貴子就向一旁的另一個太監也使了個眼色，兩個人就上前架起了狗兒。狗兒淒厲地哀號。皇上做出了一個厭惡的手勢，小貴子和另一個太監就把狗兒拖了出去，太傅疾步跟在後邊。

「太傅！」皇上喚。

太傅停下腳步，回首望皇上。

「朕有話跟你說。」

太傅就又回到皇上的近前。

「什麼時候動刀，提前告訴我。」皇上稍微壓低聲音說。

太傅一時也沒弄明白皇上的心態，就擠出乾笑，說：「老臣一定提前通知皇上。」往外走的時候他忽然感覺自己有點像太監他鼻子一酸。

皇上不錯眼珠地瞅著波斯女。波斯女被瞅得低下了頭，只是低下了頭。臉上微微有些紅暈。皇上呼吸急促。「你們都給我出去！」皇上吩咐屋內的宮女和太監。「小貴子，你要是叫人煩我我幹爛你的腚！」皇上惡狠狠地對小貴子說。屋內就靜了下來。皇上立即就和波斯女滾到了一起。皇上急迫地進入了波斯女的體內但就在進入的一剎那皇上就噴射了。皇上僵在波斯女的身上。皇上滿臉汗水。皇上感到害臊。波斯女瞪大眼睛。她知道怎麼一回事。她知道。皇上把臉埋在波斯女的雙乳間。波斯女一動不動。她不知道這個時候該如何回應，只能一動不動。後來皇上抬起了頭，定定地望著波斯女，說：「我絕不讓你離開我！絕不！」皇上還沒有習慣說朕。

「我也不離開你。」波斯女說。

這一句，把皇上說得歡天喜地。

在門口守侯的小貴子耳畔總響著皇上的那句話：「小貴子，你要是叫人煩我我幹爛你的腚！」人要是一皇上了當時就不一樣了啊！

夜晚，寢宮門前秉燭的宮女，不時聽到皇上和波斯女的大叫。屋內的燭光一直亮到天明。天明的時候屋內卻一片寂靜。小貴子悄悄地推門進屋，皇上和波斯女正睡得酣然。錦被僅僅蓋住了他們的下體。應該說僅僅蓋著他們的下體。因為，波斯女的那隱祕之處稍稍地可見。黑而濃密的陰毛。皇上的頭枕在波斯女的雙乳間睡得酣然。小貴子悄悄地退出。

燭光已經吹滅，根據林延遇的創意，在本應該喚皇上起床的時候，身為候窗監的宮女齊聲背誦起了唐詩：「春眠不覺曉，處處聞啼鳥。夜來風雨聲，花落知多少？」背誦完了這一首唐詩，屋內仍然靜。宮女們望向小貴子，小貴子說：「沒動靜就沒動靜吧，就讓皇上多睡一會兒又有什麼！再說，林公公不是交代了嗎？每天早晨就背一首。就一首。」做候窗監的宮女就收了工。和候窗監交代的時候林延遇是這樣說的：「皇上是一國之君，很辛苦的，有時候需要多休息一會兒，也是不應該打擾的。」他叮囑自己要小心，他不知道皇上今後對他是個什麼態度。如果沒有先前的地位，也許沒有這擔憂。有了先前的那地位，他知道大臣們內心的感受。恨。恨之入骨！現在，如果沒了先前的地位，皇上還是次要的，難以想像大臣們如何對待自己。他們會瘋狂地報復。甚至不惜打入十八層地獄！人有時是沒有退路的。龔澄樞當然也有同樣的想法。當然。

在背誦唐詩的聲音中皇上醒來。波斯女仍舊睡得香甜。那詩前兩句的意思是不差的，可後兩句是挺傷感的怎麼能在這大清早唸給朕聽？豈有此理！豈有此理！皇上想發作，想猛地坐起來，可身子虛弱得很，身子挺到一半的時候就又撲到了床上。波斯女睜開了眼睛，波斯女慌亂地坐起，說：「天，亮了？」她的神情把皇上逗樂了，就決定不再追究唐詩的事了。無非就是叫皇上起床，他們哪能想得那麼多？皇上望著波斯女笑。波斯女躺了下去，和皇上四目相對。皇上就又衝動了，壓到了波斯女的身上。波斯女驚訝地掀開被子看皇上的下體皇上的下體昂然，皇上自負地叫波斯女打量了片刻他的昂然，就進入波斯女的體內：溫暖溼潤的快樂家園。夜來風雨聲，花落知多少？皇上想到了後兩句，皇上面帶微笑：本來朕和波斯女就是一夜的雲雨，本來波斯女叫朕折騰了許多番！那詩唸得有趣呀！有趣！

林延遇為皇上一直沒有進早餐的事候在了屋外。龔澄樞為了大臣們在等著要不要上早朝候在了屋外。聽著屋內傳出的癲狂，龔澄樞林延遇面面相覷。

後來屋內終於消停了下來，龔澄樞清了清嗓子，向林延遇說：「得先安排皇上吃飯。」

林延遇望向小貴子說：「那得先把皇上起床的事辦了。」

小貴子皺緊了眉頭。小貴子硬著頭皮去敲門。沒動靜。小貴子猶豫。眾人的目光都望著小貴子。小貴子一咬牙，推門進了去。

皇上抬頭望向他。

「她們……可以侍候皇上起床嗎？」小貴子乾澀地說。

「行啊，就讓她們侍候朕起床吧。」皇上說。皇上一點兒笑模樣兒沒有。裝。

就進來了端水拎手巾的宮女。她們像侍候先前的皇上一樣侍候現在的皇上起床。她們為皇上擦拭臉頰。她們甚至為皇上擦拭下體。女人的手碰著皇上的肌膚。叫人舒服。皇上知道他的下體有他的和波斯女的愛液。我是皇上，就得這樣。我不能害羞。我應該為我的害羞而害羞！我是皇上，皇上就得這樣！他想起登基時的慌亂，他為自己害羞。坐皇上還做得不從容真是見了鬼！

波斯女早就慌亂地穿起了衣裳。她目瞪口呆地看著皇上享受的服務。

宮女們很快就收拾出一個精精神神的少年皇帝來。

在門外看到皇上已經被收拾完，龔澄樞林延遇趕緊進了屋。

「皇上您得吃早飯了。」林延遇說。

「皇上您得上早朝了。」龔澄樞說。

「還有早朝……」皇上唸叨。他當然知道早朝的事。只是，現在讓他早朝他感到挺彆扭。

「大臣們都在等著呢。因為皇上並沒有說不上早朝了。」龔澄樞補充。

「我上早朝做什麼呢？」皇上迷惘地說。

「當然是處理朝政。」龔澄樞說。

「朝廷的事兒以前不是由你們處理嗎？」皇上說。

「以前是。可那是先皇的委託呀。」龔澄樞說。

「哦。」皇上若有所思。「可是朕現在是早朝呢？還是吃飯？」皇上突然問。

「當然是先吃飯了。就讓大臣們多等一會兒是沒什麼關係的。」林延遇說。

皇上以大模大樣的姿態走向他的龍椅。皇上就在面對群臣的一剎那，他忽地感到慌亂，內心中感到慌亂就在這時群臣跪拜三呼萬歲接著就是一片肅靜。皇上瞅著大臣們發愣。一片肅靜。皇上瞅著大臣們發愣。皇上的腦際終於想起了司儀大臣向他講述的早朝細節。「你們……平身吧。」他說。乾澀地說。他知道應該說成：「眾愛卿平身。」他不習慣說眾愛卿。他覺得這個時候說眾愛卿有討好群臣的味道。幹麼要討好群臣！

「謝皇上！」大臣們說，說得一點也不齊。

群臣肅立。

「你們，有什麼事和朕說嗎？」皇上說。底氣不足。我能夠和他們商量事兒嗎？關於朝政的事兒我幾乎什麼都不知道。不明白。根本不明白。我只要一說話就會露餡兒！就會讓他們知道我什麼都不明白。我得小心。少說或不說。我可以不明白但我的腦子沒有問題！

「臣有摺子，不知是像先前那樣送給龔公公，還是現在交給皇上。」有大臣說。

「把你的摺子拿來吧。」皇上說。

龔澄樞心中一驚：皇上要親自看摺子了！剛登基的少年皇帝要親自看摺子了！我的使命要結束了。心中悲涼。

「臣也有摺子。」

「臣也有摺子。」

摺子都經過小貴子的手放到了皇上的面前。

皇上也想看一看那些摺子，但是沒有。他問：「你們還有事和朕說嗎？」

肅靜。要遞摺子的已經遞完。本來不必非得遞摺子，可以在皇上朝見的時候直接陳述。但是先前的皇上總也不上朝，有事他們只能遞摺子。而且，先前遞摺子還得經過龔澄樞。後來乾脆就到龔澄樞那兒截住了。皇上根本看不到摺子。也不是看不到，而是不看。皇上真信任龔澄樞。真信任。

皇上有些不自在。皇上知道他現在應該揀看那些摺子，而後就摺子上事情或說自己的意見或和群臣商議。皇上的手撫摩著摺子。皇上也很想看那些摺子。但是看了就意味著馬上得處理那些摺子。這是沒有把握的事。沒有把握。很有可能把自己置於尷尬狼狽的境地。我應該避免，一定要避免。「先前，你們都是把摺子遞交龔澄樞，今後你們也可以這樣做。先皇信任龔澄樞，朕也沒有道理不信任他。何況，龔澄樞長期處理朝中的事物，也有這方面的經驗。你們對此有什麼異議嗎？」皇上說，說得比較緩慢，字斟句酌。

沒有人表態。群臣已經習慣了不表態。習慣了。習慣了接受皇上的一切。習慣了。一種悲涼的樂章在一些大臣的心頭縈繞。縈繞。尤其是在太傅的心頭。但願這是少年皇帝的臨時之舉。不熟悉朝政，無奈的臨時之舉。可是太傅心想：你為什麼不找我呢？為什麼要依靠太監呢？皇上你先前身邊的人不是我嗎？可是你卻依靠太監。依靠該死的太監！

「如果各位沒有什麼異議，那就退朝吧，朕會和龔澄樞研究你們的摺子，而後給你們答覆。」皇上說。

小貴子捧著那些摺子跟在皇上的後邊。波斯女候在皇上的寢宮。一到了那裡皇上就對小貴子說：「把摺子給龔澄樞送去，讓他先前怎麼處理還怎麼處理。」

早晨龔澄樞請示皇上：「大臣們都候著呢，不知道皇上要不要上朝。」

皇上皺緊了眉頭。「大臣們要和朕商議的事不是可以上摺子嗎？」皇上說。

「可有時要和群臣商議。」

「那你不是可以去徵求他們的意見嘛。」

「奴才當然可以這樣做。」

「那你就去做嘛。」

「皇上如此信任奴才奴才惶恐。」

「你惶恐什麼？讓你怎樣去做你就怎樣去做好了。為君之道好像不能事必躬親吧？」

「皇上說得是。皇上說得是。」

皇上又佇立在那個神祕的院落前。在身邊的，不是太傅了，是龔澄樞、林延遇、波斯女及宮女、其他太監。

小貴子來稟報：「皇上，裡邊已經準備停當。」

皇上陰沉的眼神瞅著小貴子。皇上就那麼瞅著小貴子。

「那就讓他們動刀吧。」林延遇說。

小貴子就顛顛兒地跑去。

就傳來那一聲撕心裂肺的慘叫。

波斯女面色慘白。

第十三章　唇亡齒寒

蜀國通往宋國的必經之路。客棧。一行人下馬走進。叫菜要酒。說話中透露出，他們在送其中的一個人。他們在為他餞行。他們說就送到這裡了，明天那人就孤身上路了，他們讓他多保重。他們不斷地說著多保重的話。他們還透露出那人肩負重任。有人甚至還壓低聲音說，特別是途徑大宋，很難預料會遇到什麼情況，現在的裝扮恐怕還不行，還是容易引起注意。那被送行的人左右看，顯然為難：送行的人顯然那些話語會暴露他的身分！想勸止他們，可又怕送行的人不高興，怕他們認為他多慮。

不遠處，一個道人裝扮的人坐在那裡，自酌自飲。那些人的話一字不漏地進了他的耳中。這人便是——黃景天。

第二天，信使孤身上路。他縱馬急馳。

見他縱馬急馳而來，黃景天從路旁的一塊巨石站起，站到了路中央。「前往北漢的信使，且留步！」他說。

信使的馬已經馳過，但信使勒馬迴轉，回到了黃景天的身旁。他打量黃景天。他滿臉的狐疑滿臉的不解。

「老夫有幾句話要對信使說。大宋國的皇帝正在等待信使的抵達。信使先生可三思。」

信使驚訝。驚訝。

「密信老夫已經看過。」

信使又是一驚：「你是什麼人？」

「道人。道人給你出個道難道不可以嗎？」

「你給我出什麼道？」

「你的目的地不是北漢，而是大宋。大宋國的皇帝對你的到來將會感到非常的高興。天下一統，大勢所趨。而完成天下一統使命的，非大宋莫屬！當然，你若執意前往北漢，老夫也不管你的閒事，大宋也不懼怕會發生什麼。北漢為了能夠苟延殘喘勾結北方蠻夷，將國內大量的財物納貢，致使國內財力空虛。對於大宋來說他們已經不足為患。你的身價可是轉眼即逝！」

信使傻傻地看著黃景天。傻傻地看著。

「路在前方，但目的地有遠有近。老夫話已經說完，你儘管上路吧。」

信使就上路。當然，他忍不住要回頭望那個神祕的道人。

密信到了大宋皇帝的手中。信使說起那個神祕的道人。大宋皇帝當然知道那就是黃景天。黃景天和他保持著單線聯繫。黃景天現在正探察蜀國方面的情況，因為大宋的軍隊就要向蜀國發動進攻。大宋皇帝告訴信使：大宋已經給蜀國皇帝準備好了住所，大宋這樣做是因為考慮到蜀國皇帝也還算是個仁義的君主。

大宋皇帝偉岸的身軀給信使留下深刻印象。眼睛雖然不是很大，但很狹長。但你能感覺得到皇上的眼珠就在那狹長的眼縫中洞悉著你。這一個皇帝，比蜀國的皇帝更像皇帝！更有皇帝的那種威。皇威！看來，我做了一個正確的抉擇。但是信使內心中仍然對蜀國的皇帝懷著歉疚。

大宋皇帝在他的書房接待的信使。信使被帶走接受安置去了。大宋皇帝開始想黃景天的事了。大宋的將士們是很驍勇，但是黃景天抵得上千軍萬馬。每一次和黃景天密談之後大宋皇帝就會在群臣面前做出英明決斷。而這個時候黃景天甚至不在群臣的行列。黃景天知道這個時候他不在皇帝的視野中皇上會發揮得更好。所以在和皇上個別溝通了之後他總是藉故離開京城。他知道皇上能發揮得很好。他知道皇上完全有這個能力。皇上也知道黃景天的心思。完全知道。按道理他應該很感謝黃景天，可皇上內心總感到很彆扭，因為黃景天太了解皇上的心思了，他把皇上看得太透。太透了。可是你要恨他吧，也找不著道理，他處處替皇上著想。處處替皇上著想。黃景天，你叫朕愛不得恨不得！「荊南已經為大宋所滅。南漢新主即位，但求現狀，不足為患。南唐的國主李煜，忱於詩酒和女人，而且已經頻頻向我大宋表達友好之意，也不足為慮。蜀國應該早圖之。在目前危機當頭的時候，他們容易出現非常之舉。」黃景天說，在和皇上密談的時候說。大宋皇帝正向蜀國的邊境調兵遣將。「蜀地地形複雜險峻，易守難攻。我可先行，探察情況。」黃景天說，在和皇上密談的時候說。大宋的軍隊也在等待黃景天的情報。

大宋皇帝的信使在快馬急馳。向著蜀地的邊境急馳。

將領展讀皇上的詔令：速取蜀國。

中軍大帳，黃景天分析：「我軍開始的進攻可不必過於強大，這樣，蜀軍必然派出主力抗敵，我軍便可乘機殲滅之。否則，蜀軍大軍固守，我們要實現皇上速取之的目標就困難了。」

「黃將軍的意思是：我們暫且把戰場擺在蜀國的邊境一帶。」

「是。我們要抓住一次時機給蜀軍以重擊。蜀國多年沒有經過大的戰事，他們的士兵是不能和我們的士兵相匹敵的。但是，也正因為他們多年來沒有經過大的戰事，國力狀況要好一些，不會把自己看得太弱。」黃景天說。

蜀主以一種哀憐的眼神望著群臣。是哀憐群臣嗎？當然不是。是哀憐自己。自己。這些面孔朕太熟悉了。非常熟悉。熟悉得不能再熟悉了。朕一直恩寵著你們。對於你們的過錯寬宏待之。很少罪責。對你們的子女，也都安排官位。讓你們用不著去用不正當的手段獲取。你們當中經常會有人或者拿著一幅畫，或者拿著一篇文章，說是你們的子女做的，朕就明白了：你們是來給朕找活了。你們知道朕就會打聽你們孩子的情況。你們就會說孩子已經長大成人，孩子很願意為國效力。朕就安置。朕想讓你們覺著這蜀國是朕的也是你們的。朕和你們是一個大家庭。朕只不過是這個大家庭的家長而已。而已。朕這樣做當然是希望你們盡忠於國家。但是現在大敵當前你們叫朕心中一點底都沒有。形勢嚴峻著你們的臉。已經有人提出投降。投降！想到這兩個字朕心寒。無限淒涼。朕經營蜀國最後竟然落得這樣的結果能不心寒？無限淒涼。「未戰即降，朕忍受不了這個恥辱！你們能忍受得了嗎？說！你們能忍受得了這個恥辱嗎？」蜀主喝問。突然喝問。

群臣一驚。隨即稀稀落落的回答：「不能！」

「那麼告訴我如何抗敵？」蜀主厲聲問。

就站出來個叫王昭遠的，慷慨陳詞：「蜀道險阻，豈是宋軍可以飛越？主上儘可安心，臣等自當拚死衛國！」這人一激動的時候就兩手握拳但大拇指卻翹翹著。給人的感覺好像要稱讚誰似的。

蜀主當然愛聽這樣的話。當然愛聽。看他大拇指翹翹著的那個舉動也很順眼的。非常順眼。他的臉色緩和了下來。「你可願意領兵抗敵？」他問。

「臣願意。」王昭遠答。

王昭遠就做了領兵都統。

「王昭遠領兵抗敵其志可嘉，你可代朕為他餞行。」王昭遠即將出發，蜀主向丞相李昊說。

王昭遠感覺到了他肩上的重任。整個蜀國的命運在他的肩上。「如果在下與宋軍交戰取勝，說不定在下就率軍殺奔中原！」李昊為他餞行的時候王昭遠陡升豪氣，說。

「但願，但願。」李昊說。李昊曾經向蜀主提到過投降的動議。當然，是個別提起。

大軍撲向邊陲的宋軍。也有部將向王昭遠說，是不是據險固守？王昭遠回首望了望沒有盡頭的大軍，說：「我軍現在鬥志昂揚，豈可自挫銳氣！敵兵犯境，我們不去接戰叫國人如何看我們？我和皇上倒是說起過據險固守，可那是退一步的事。當時也是寬皇上的心！在下現在正苦讀《孫子兵法》。《孫子兵法》中有很重要的一句話，將在外君命有所不授。只要是為了大蜀的生存，我是可以根據情況做出主張的。完全可以。」

不錯，王昭遠確實帶著《孫子兵法》。而且在行軍的間隙苦讀。讀得煞有其事。他也嘆氣。書的每一句話都得仔細心思。按道理這書應該爛熟於心。可先前只是粗略地讀過。豈能得其精髓？先前，只是忙乎自己的那點事。忙著把官做大，忙著累積錢財，忙著享受錢財和權位。忙。忙得幾乎把《孫子兵法》這本書忘了。雖然是武將的職位，卻不讀兵法。也用過兵。那是剿匪患。無非是硬碰硬。也不能不勝。可現在面臨的是宋軍。屢經戰事的宋軍。豈可輕視？

「你們看我軍的勢如何？」王昭遠問屬下。

「不錯。不錯。」屬下答。

「孫子說，對於勢要充分利用。勢大，則如急流奔瀉。我們豈可遏勢不發？」王昭遠說。

李承渥想見皇上。十分想見皇上。急迫地想見皇上。先皇駕崩之後現在的皇上就再也沒有到他那兒來。皇上在忙著做皇上。皇上已經把他這個李承渥忘了。李承渥想和皇上說的事兒十分重大，他不想遞摺子，他要當面和皇上說。遞摺子要遞給龔澄樞。這麼重大的事情不應該經過那個太監來處理。不應該。可見皇上也得經過這個太監。該死的太監！恨是恨，可我要見皇上就得研究過這個狗太監的關。就不能叫這個太監覺得我就是為了和皇上談事才見皇上。你得叫這個狗太監放鬆警惕。李承渥就踱步，就踱出了個主意。

他拜見龔澄樞。「在下獵殺了一頭虎，已經把它運進了御膳房，也是在下對皇上的一點心意。當然，也是在下對公公的一點心意。公公幫助皇上處理國政，也很辛苦。」他說。

「這都仰仗皇上的信任。其實在下就是個奴才。」

「哪裡，哪裡。公公現在完全抵得上朝中的重臣。」

「這朝中有重臣嗎？」

李承渥一想，可不是，這朝中哪有什麼重臣！但是他對龔澄樞的反問很反感。狗太監你也太猖狂了！

其實龔澄樞也對李承渥的話反感。怎麼，太監就不是臣？太監就不能為臣？我跟你謙虛，你還真就把我當成奴才了！怎麼，你就不是奴才？你們這些所謂的大臣不是比我還奴才？

「是啊是啊，公公實際上就是朝中的重臣呀。」李承渥說。這話實在是龔承樞給逼出來的。

「什麼重臣，奴才！」龔承樞拖著長音說奴才那兩個字。那神情恰恰表露的是對奴才那兩個字的鄙夷。鄙夷。

「重臣，就是重臣嗎！」

「李將軍，你來就是想和我討論我是不是奴才嗎？」

「當然不是，當然不是。在下來是獻虎給皇上。當然，也想順便兒和公公討論一下時局。和公公討論一下外邊的情況。」

「你想說什麼情況？」

「宋軍正在進攻蜀國。」

「哦。」

「蜀國一滅，恐怕就要輪到中國了。唇亡齒寒呀。」

「這宋國是他娘的挺厲害。」

「那倒不見得。如果我們在宋軍進攻蜀國的時候從後進攻宋軍，宋軍必敗！」

龔承樞想了想，也就想了想，說：「你是說宋軍還沒有招惹我們的時候，我們先招惹他們？」

李承渥接不上龔承樞的話茬。

「這樣做的結果可能是人家宋軍還沒打算進攻我們呢，倒把他們給招惹了來。多蠢的主意！我們應該做的就是坐山觀虎鬥！狗咬狗一嘴毛。多有意思的事。這熱鬧不看還看什麼熱鬧呀？那蜀國能老老實實地就讓他們收拾？讓他們兩敗俱傷，還有誰敢動我們大漢國呢？」

這都什麼呀？簡直驢唇不對馬嘴！李承渥簡直氣懵了，什麼話都說不出來了。

「李將軍的臉色可是不太對勁兒呀。」

「是。是。在下最近不太舒服。在下告辭。在下告辭。」

李承渥縱馬奔向軍營。他突然勒馬回首。他痛苦地長嘆。

臨近宋軍，王昭遠派出先鋒部隊。他也怕隊伍突然遭到迎頭痛擊自己出現什麼閃失。自己究竟是大軍的統帥。他想宋軍發現蜀軍，不太可能貿然進攻。他們在不了解蜀軍實力的情況下首先要做的是防範。這樣，蜀軍就可安營紮寨。

宋軍發現蜀軍先頭部隊。「趁蜀軍立足未穩，我們立即進攻！」宋軍將領下令。

蜀軍來的時候被自己大軍強大的陣容所振奮。

但是宋軍驍勇地撲來。兜頭撲來。

蜀軍立即大亂。蜀軍潮湧般後退。蜀軍狼狽奔逃。

王昭遠但見蜀軍潮湧般地往回奔逃，但聞遠處一片宋軍的追殺聲，再看眼前蜀軍潮湧般往回奔逃擋也擋不住，而且迴轉的蜀軍也逼使王昭遠掉轉了馬頭往回去。在宋軍的不捨的追殺下王昭遠也只能拚命地逃跑。連糧草都撇下了。

王昭遠遏險據守。

就總有宋兵在城下罵他。罵他無能、罵他膽子小、罵他是縮頭烏龜王八蛋！王昭遠氣呀，在部將面前在士兵面前一點臉面都沒了。王昭遠的眼裡都冒出火來了。他要活捉一些宋兵把他們吊在城頭就讓他們做蜀軍的旗幟！滅一滅宋軍的囂張氣焰！無論如何得滅一滅宋軍的囂張氣焰！

城門洞開，王昭遠率兵出戰。

宋兵奔逃。

王昭遠狂追。

追著追著，王昭遠忽然明白：可能是計！

但是晚了，兩側早有宋兵撲了上來，前方也有宋兵兜頭而來。宋兵潮水般湧來。

「可惡！」王昭遠大叫他也不知道是罵宋軍還是罵他自己他掉轉馬頭就往回奔逃。

宋軍掩殺。

王昭遠逃進城門，

宋軍也跟著殺進城門。

王昭遠棄城而逃。

我還剩下一個劍門關。我就剩下一個劍門關了！蜀國的最後一道屏障。最後一道屏障！劍門關城頭，王昭遠充滿恨意的目光望向宋軍追來的方向。「無論如何也不許出戰，只給我據守！據守！這是他媽的一夫當關萬夫莫敵的地方！我們要牢牢地記住這一點！記住這一點！」王昭遠向把守劍門關的將領說他的右拳擊向城頭大拇指仍然翹著而且，還哆嗦著，右大拇指哆嗦著。「我駐軍他處，危急關頭我們也好有個接應。」他說。他這樣做還有一個更重要的原因：他忍受不了宋兵的辱罵。宋軍肯定要叫人在城下辱罵他。他忍受不了無論如何忍受不了！還是定性不夠我知道自己定性不夠。敗績的消息傳到朝廷，皇上肯定非常失望。非常失望。我要清靜清靜自己。好好地理一理思緒。理一理思緒。

宋軍一路人馬直撲劍門。當然是虛張聲勢。

大隊人馬間道而行。黃景天帶隊。戎裝的黃景天帶隊。他們翻越崇山峻嶺。

那是一天的深夜，大隊人馬突然出現在劍門關後方他們向劍門關發起突然攻勢。劍門關外的宋軍聽到裡邊傳出的殺聲知道宋軍已經問道而進便奮勇突破瓶頸。兩面夾擊。

難道我是愚蠢的嗎？日常，人們稱我為小諸葛。人們認為我是聰明的。我善於擺布人際關係。善於得到皇上的獎賞。善於獲取自己的利益而對他人的傷害又很少。很少。所以人們送我小諸葛的美稱。小諸葛。諸葛孔明不也是常打敗仗嗎？勝敗乃兵家常事。諸葛孔明經營的那個蜀國後來不也是敗了嗎。那個蜀國敗了。敗給了鄧艾的奇兵。奇兵從天而降，而姜維還在劍門關那兒與鍾會苦戰呢。那麼，這次宋軍會不會也採取當初魏軍的策略？出奇制勝。想到這些，王昭遠就走出大帳，望向四圍的高山。他派兵去防守當初鄧艾進攻蜀國的陰山。出奇兵，宋軍肯定首先想到的是鄧艾的路徑。那是一段非常險要的路徑。

他努力靜下心來。應該鎮靜。鎮靜。我必須讓屬下看到我的鎮靜。他繼續閱讀《孫子兵法》。他想用閱讀《孫子兵法》的辦法讓自己鎮靜。但是他仍然不時地分神，諦聽。諦聽那山嶺間是否傳來奇兵的殺聲。

「宋軍來了！宋軍來了！」他終於聽到外面傳來騷動。

宋軍終於來了。奇兵從天而降。顯然他們不是從陰山而來。那麼他們從哪裡來的呢？不知道。我竟然不知道除了陰山外他們還能從哪裡來。我竟然能不知道。我不知己，也不知彼，焉能不敗。焉能不敗！王昭遠顯得很鎮靜。他的部將闖了進來他很鎮靜地抬頭望向部將。

「劍門關已經失守！宋軍已經殺來！」

王昭遠糊塗：難道宋軍能把劍門關強攻下來？不可思議不可思議！王昭遠疑慮地望向部將。他挺糊塗。糊塗。

又有部將闖了進來說宋軍已經追來！

先前進來的部將就說王將軍我們趕緊走吧！

王昭遠身體僵硬地站了起來，抓起案上的劍，隨部將出帳。《孫子兵法》遺落案几。

王昭遠和幾員部將在前急奔。後面是亂紛紛的兵士。有騎兵，有步兵。

「你們回去稟告皇上！」王昭遠忽然對部將喊，他掉轉馬頭迎向他的士兵士兵過去後他迎向追擊的宋兵。

他在追擊的宋兵面前佇馬而立宋兵團團圍住他。

「我就是蜀軍都統王昭遠。在下無顏回去面見皇上，無顏面見父兄！在下甘願為俘。」這回，他的大拇指翹得不太明顯。他說得平靜。他雖然很平靜，但大拇指仍然微微地翹著。

蜀主驚呆。半晌，蜀主嘴唇顫抖著說：「王昭遠誤我！」報信的將軍跪伏在他的面前顫抖著。只要龍顏一怒就有可能被斬首啊！找不著王昭遠撒氣完全有可能拿他的部將撒氣！但是蜀主沒心思拿他撒氣沒心思。「開城門受降，別讓百姓遭受戰亂之苦。」蜀主有氣無力地說。

蜀主立即去見那個小女子，小女子看蜀主憂心忡忡就滿眼疑問。蜀主把小女子攬在懷中，淚水就下來了，他哽咽著說：不知道朕能不能保護得了你。

第十四章　奇想突發

狗兒當然是要給波斯女做貼身太監才做太監。

「你願意那個狗兒在你的身邊？」皇上問波斯女。波斯女點頭。點頭的時候她的臉兒有點紅，皇上注意到了她的臉兒有點紅。皇上雖然心中有點那個但皇上沒跟波斯女說什麼。

狗兒當然經過了專門的調教。

狗兒來報到。當初說是朋友，轉眼就是了人家的太監。狗兒知道自己得努力下賤。

看著跪伏的狗兒波斯女的臉微微地泛紅。

皇上斜眼看著波斯女。

「狗兒！」波斯女輕輕地喚出。輕輕地喚出。

但是皇上聽到了。聽到了。「站起來，到朕的跟前來。」皇上向狗兒說。

狗兒就站到了皇上的近前。

「把褲子脫了。」皇上冷漠地說。

都吃了一驚波斯女的臉更紅了她低下頭去。

「皇上你叫奴才做什麼?」狗兒帶著哭腔說。

「朕叫你把褲子脫了。朕要看看你什麼德行。」皇上說，皇上冷漠地說。

狗兒僵在那兒。

「還不快脫!你要叫皇上生氣?」小貴子催促。

狗兒緩緩解下他的褲子。他沒有脫下，而是退到了腳脖子那兒。他的下體痂已經剝落，紅潤的皮兒打著皺。

全體就被噁心了一回。

「朕放心了。你可以服侍你的漂亮妹了!」皇上說皇上現出了笑意。

皇上想當著狗兒的面把波斯女幹一回。可是皇上覺得他的那兒軟軟的。很明顯皇上的鳥兒剛才受了刺激被嚇著了。你害什麼怕!皇上對他的鳥兒很生氣。皇上努力讓鳥兒挺舉鳥兒就是不聽使喚一點兒也不聽使喚鳥兒才不管他是什麼皇上呢。朕就是拿你沒有辦法，皇上心裡對他的鳥兒說。

龔澄樞得到了蜀國滅亡的消息。他當然要想到李承渥的那些話。沒想到蜀國那麼容易地就被滅了。本以為即使被滅了也能僵持那麼一陣子。真他娘的太差勁了。沒怎麼折騰就被滅了。好賴那也是一個國家!真他娘的差勁!

「你知道嗎?蜀國已經叫宋國給滅了。」龔澄樞跑去和林延遇說。

林延遇訝異了一小會兒說：「這事得和皇上說一說。」

「是得和皇上說一說。這可是天大的事兒。」龔澄樞說。他也是拿不定主意是不是和皇上說，才跑來和林延遇說這事。看來稟告這件事兒是必須履行的職責。

皇上聽了龔澄樞的稟告發了會兒呆，說：「宋國太囂張了。也就是說今後我們更加直接面對他們了。」

「是這樣的，皇上。」

「我們得做好防範他們的準備。」

「是這樣的，皇上。」

「好端端的一個國家怎麼說給滅了就給滅了呢？」皇上似乎自言自語又似乎在問龔澄樞。

「可不是嘛，說給滅了就給滅了。」龔澄樞說。等於沒有回答皇上的話。

皇上看著龔澄樞，皇上當然對龔澄樞的接話不滿意。當然不滿意。

龔澄樞呢，知道得小心著接話。弄不好就會把群臣引向了皇上就會駕御不了局面了。皇上你別急呀，我會讓那些將士們做好防範的。

皇上讓龔澄樞走了。好端端的一個蜀國怎麼說給滅了就給滅呢？皇上還在想這個問題。我得想這個問題。這也是作為一國之君應該想的問題。龔澄樞沒有給朕滿意的答覆，太傅應該給朕滿意的答覆吧？

太傅每天待在先前太子的書房。只有枯寂陪伴著他。枯寂陪伴著他。他懷念和太子朝夕相伴的日子。甚至，想起當初太子對他的慢待都有滋有味。有滋有味。他盯看書頁的時候往往，就陷入了對往昔的回憶之中。常常，會有清淚滴落。滴落在書頁之上。他甚至會擺起棋局，他每落一子兒，就想太子會怎樣應對。太子呀，你應該把那個子兒棄了你就是不懂得丟卒保車。太子你幹麼非要殺我那幾個子兒呢？你應該趕緊把你的實地鞏固住呀你就是不知道大和小。唔，我這裡有一個漏步，太子你怎麼就沒有發現呢？他一邊替太子走著棋一邊自言自語。自言自語。

小貴子突然出現在他的面前。小貴子在了他的面前他茫然地看著小貴子。

「皇上要見你。」小貴子說。

太傅沒啥表情。他懷疑是不是幻覺。

「皇上要見你。」小貴子再一次說。

「皇上要見我？」

「皇上要見你。」

「皇上要見我？」

「皇上要見你。」

「皇上要見我了、皇上要見我了、皇上要見我了……」太傅不停地叨咕著站起身來就往外走，就小跑著往皇上那兒跑，一邊跑一邊繼續叨咕皇上要見我了、皇上要見我了、皇上沒有把我這個太傅忘了，他激動得流下了熱淚滾滾熱淚。

「這個老該死的！」小貴子在後邊嘟囔。

「皇上在哪？皇上在哪？」太傅急切地問。

皇上在皇上的書房。太傅一進屋就撲倒在地說老臣叩見皇上！

皇上打量著他。「太傅請起吧。」皇上說。

太傅站了起來。太傅用衣袖揩抹臉上的淚水。

皇上看太傅那個狼狽相心說就這個人能給朕什麼見教？皇上冷笑。

太傅看到皇上冷笑就冷了下來。呆呆肅立。呆呆肅立。

「你坐吧。」皇上的話彷彿從牙縫裡擠出。

「老臣不敢坐。老臣不敢坐。」

「朕叫你坐你就坐！」皇上火。皇上不耐煩。

太傅一哆嗦，坐了下去。

皇上疑慮地看著太傅。

太傅知道皇上在注視著太傅不自在太傅的手在膝上搓動。

皇上嘆了口氣，說：「朕叫你來，是聽你談談這天下的形勢。」

「哦。哦。現在這天卜的形勢可是亂著呢。」

「我知道這天下亂著呢，所以才要聽聽你怎樣說。你就從宋國滅蜀說起吧。說說為什麼蜀國就能讓宋國給滅了呢？而且滅得好像很容易。」

「是很容易。說滅了就給滅了。大臣們也都在議論這事呢。」

「大臣們也都在議論這事？」

「是。大臣們都在議論這事。大臣們哪能不議論這事呢？這蜀國究竟是咱大漢的鄰居呀。而且，不知道什麼時候宋國就會攻打咱大漢。不知道什麼時候就會攻打。」

「朕當然有這種擔憂。我想知道的是蜀國在管理國家上有什麼教訓可供我們吸取。」

「是有教訓。是有教訓。」

「比如那個蜀國的皇帝。」

「是的是的那個蜀國皇帝是當得有毛病。是當得有毛病。」

「那你就說說他的毛病吧。」

太傅就一邊想一邊說：「蜀國的這個人呀，表面上看對大臣們是挺仁慈的。非常仁慈。大臣們的要求他總是滿足。總是滿足。可慾壑難填啊。這人的欲壑哪兒能滿足呢？他們在皇上面前態度總是可好啦。他們想著法兒討皇上歡心。皇上要是一高了興，就能給他們帶來利益。他們沒道理不討皇上的歡心。離開了皇上就專心致志地經營自己。經營自己的利益。老臣的那些子女，皇上都給安排得很好。平常的人啊，要想能當上官，那可是多了餘。那是不可能的！蜀國的科舉，是大臣子女的科舉，可不是百姓的科舉。皇上以為這樣，大臣們就會全心全意地給朝廷做事了。可恰恰叫大臣們更加忙於自己的事，忙於家裡的事。他們把自己的事兒弄得週周到到的。可國家的事兒呢？皇上的事兒呢？就想得少了。甚至乾脆不想。所以呀，表面上君臣和和氣氣的。可實際上是一盤散沙。一盤散沙。」

皇上就想到了他的那些大臣們。皇上不知道他的那些大臣們在忙什麼。真的不知道。但他知道大臣們肯定不是認真地在忙朝廷的事。肯定不是。「要是大臣們都像我們太監這樣服侍皇上，這大漢國呀，肯定不得了。」皇上的耳畔響起龔澄樞的話。是呀，還得是這些太監，沒有任何牽掛，當然只能想皇上的事了。可朕也曾經煩惡太監。那是因為朕那時不是皇上。不是皇上的人才煩惡太監。因為太監只幫皇上做事。太監妨礙他們的事。這沒什麼奇怪。

「還有，皇上得立威呀。皇上不能叫大臣們就給左右了。皇上必須得有威。必須得叫臣子們懼怕。有所懼怕他們才會有所顧忌不能太替自己著想了。」

皇上難以叫人覺察地點頭。是，我得有威。我必須有威！我覺得應該的事就應該去辦就必須去辦。不辦就只能說明朕不配當皇上。朕不應該有顧忌。朕有什麼顧忌？「太傅說的話對朕很有用。非常有用。」皇上說。

「老臣亂說。老臣亂說。」

「我有點想法。多多少少有點想法。朕忽然冒出個念頭。朕再想一想。」

皇上叫太傅走了。皇上在書房踱步。皇上從沒有這樣認真地想事兒。

「我能猜到點兒皇上的心思。」狗兒小聲地叨咕。

皇上停步，望著狗兒。

「群臣得炸窩兒可是他們別無選擇。皇上定了就定了他們別無選擇。剛才太傅也說了，皇上就得有皇威。這也是皇上立威的一個時機。」狗兒低眉垂眼地說他根本不看皇上好像自言自語似的。

皇上撲哧笑了，說：「還得叫他們做太監呀。這人要是做了太監就淨想皇上的事了。狗兒呀狗兒呀，」說到這皇上捱到狗兒的耳畔壓低了聲」你先前是不是淨想著幹你的漂亮妹？是不是？」

狗兒一驚。微微一驚。他目光和皇上的目光對接了一下就避開。他不回答皇上的話。他的漂亮妹在一旁呢皇上如果非得叫他回答這個問題是對漂亮妹的侮辱極大的侮辱！狗兒不回答皇上的問話。皇上目前對漂亮妹的態度還不至於非得叫他回答這個問話。狗兒先前的話有點氣急敗壞的味道。我都太監了你還能把我怎麼著？你還要把我怎麼著？

皇上打量狗兒。皇上有點明白狗兒的氣急敗壞。皇上微笑。皇上甚至拍了拍狗兒的肩膀。皇上點了點頭。

狗兒就向皇上擠出點笑。

「看來你還有點頭腦。朕叫你待在身邊這決定看來沒錯。」皇上說。

皇上為自己的想法兒所鼓舞。他想像得到群臣聽到他的決定時的慌亂、恐懼。會有多少人跪地求饒？饒是可以的但朕會立即叫你成為庶民你選擇去吧！朕不來點兒狠的你們可能還以為朕沒啥主意呢！還以為朕挺面的呢！還以為這回你們可以為可以所欲為了！皇上冷笑。你們可想錯了，大錯特錯了！君心就應該難測。皇上為自己的想法鼓舞。他當然覺得自己有了令自己鼓舞的想法得先和一些人說一說，否則悶在心裡挺難受的。皇上想起了盧瓊仙。女侍中盧瓊仙。皇上不明白為什麼他當了皇上之後盧瓊仙遠著他。一點兒也不主動到他的近前來。一次也沒。因為朕找了波斯女？可我是皇上呀，找個女人不是太正常了？再說，朕是把你當作了朕的女侍中呀。你同朕僅僅就是想幹她們的女人不一樣。你是朕的女侍中。你應該幫助朕處理朝政的。可是你挺消極。朕不知道你一天天都在幹啥。一點兒也不知道。朕本來可以對你不滿意的。可這陣子朕沒空兒對你不滿意。不管怎麼說，你是朕第一個乾的女人朕不應該忘了你。朕就主動一回吧。而且朕要給你個驚訝朕到你那兒去朕要看看一天天都在幹些啥。這也叫偵察。

皇上沒帶波斯女。

盧瓊仙沒在她的辦公處所在她的寢室。

皇上到的時候照顧她的宮女和太監要去通報皇上止住了他們。屋內靜悄悄的。彷彿沒人。可宮女和太監們沒說她沒在。當然她就得在了。不可能不在。

皇上輕輕地推開門皇上訝異地呆住。正在做刺繡的盧瓊仙抬起頭來也呆住了。皇上的目光掃視屋內。四壁懸掛得滿滿的刺繡。刺繡的都是人物。都是女性人物。各代名女。關於盧瓊仙怎樣被先皇注意和賞識，皇上已經知道。但是皇上沒有想到盧瓊仙的技藝如此地精湛！真是一個才女！才女呀！

「臣叩拜皇上。」盧瓊仙醒過神來。

皇上扶起盧瓊仙，盧瓊仙滿臉淚水。皇上心中產生些許歉疚。些許歉疚。在產生些許歉疚的同時在內心卻批評盧瓊仙：「你幹麼要怪朕呢？朕是皇上呀！皇上怎麼可能就圍著你轉呀？朕是皇上，也不能被你給約束了呀。你也不應該有約束朕的想法。不應該。你想和朕親近你可以去找朕呀。而且，你和波斯女不一樣，你是朕的臣，你可以幫助朕處理朝政。朕知道你是一個有志向的女性。那你就儘可以發揮你的才幹吧。朕會給你機會的。朕本來就缺少貼心人處理朝政。你是個女性，連閹都不用，朕幹麼不用你！」皇上被自己最後的想法逗樂。「朕好好地看看你的刺繡。」皇上說。

有女媧補天，有孟母三遷，有木蘭從軍，有昭君出塞，有文姬歸漢，有貂禪與呂布，有……

「好。好。」皇上連聲說。

盧瓊仙覺得自己太情緒了。她已經把自己的眼淚擦拭了去。人家是皇上了，她想。

「朕想可以把它們展示給群臣。」皇上說。

「不不不。瓊仙謝皇上美意。瓊仙不想在這方面引人注意。她們只不過是瓊仙的一種精神寄託而已。瓊仙能夠保持這樣一種清靜也挺好的。」

盧瓊仙的話又叫皇上挺意外。真意外。「可是朕要是不想叫你清靜呢？」皇上說。

盧瓊仙迷惑。

「朕想叫你幫助朕處理朝政。像先前你幫助父皇處理朝政那樣。你能幫助父皇處理朝政，為什麼就不能幫助朕處理朝政？而且應做得更好！因為，你是朕的女人！」

盧瓊仙沒激動。

「朕讓你像先前那樣協助龔澄樞處理朝政。馬上就這樣做。馬上。」皇上的手搭在了盧瓊仙的肩上。

「臣一定努力去做。」

「這樣也能叫朕經常看到你。」皇上說。本來皇上是想能和盧瓊仙把他們的關係發生一下，可皇上的那兒一點兒表示也沒有。一點兒也沒有。當然只好作罷。只好作罷。本來皇上還要和盧瓊仙說一說要做的那件大事，但也覺得沒有說的興致了。因為，盧瓊仙一點兒對處理朝政的準備都沒有。罷，罷。

但是皇上已經下定了決心要採取那個革命行動。群臣可還都四平八穩著呢，一點兒不知道革命行動即將開始！一點兒也不知道朕就要革除你們的命根子了！皇上為自己的念頭樂不可支。而且他還特別為他想起的「革命」一詞樂不可支。

但是皇上知道他得先找一些人溝通他的想法。這是一道不可少的程序。也許有誰會對朕的想法給予完善呢。集思廣益嘛。做國君的都得這樣。這是辦事的程序。本來想和盧瓊仙單獨談一談想法。不，不是想法，是決定。或者說，是決斷。決斷。但是一見面不知道怎麼的，沒了這念頭。沒了。皇上在書房踱步。皇上嚴肅地思考他的革命行動。他想到了李託。丞相李託。當然，他也想到了人們談起的李託雙胞胎女兒。很漂亮的雙胞胎女兒。如果真的像人們說的那樣，這雙胞胎女兒為什麼就不能屬於朕呢？聽人說李託要在科舉中選取女婿。他娘的李託要把科舉變成選女婿的科舉！就沒想一想還有誰比朕更合適！朕要了你的女兒，對你李託難道不是莫大的榮幸？應該是你李託求之不得的事！不管怎麼說，朕就先和你近乎近乎吧。皇上就宣李託。後來覺得單獨和李託商量事兒有點冷落龔澄樞、林延遇，還有盧瓊仙。就都宣。都讓他們到書房。

李託先到。李託沒像太傅那樣激動得不得了。很從容。很冷靜。皇上由李託的從容、冷靜想到了太傅。就也宣太傅。

「朕聽說你和龔澄樞配合得很好，朕很高興。」別人還沒到的時候皇上對李託說。其實龔澄樞並沒有和皇上表揚過李託。但也決沒有批評過李託。皇上現在想讓李託和自己近。

「老臣分內的事，老臣當然得做好。必須做好。」

「朕還聽說你的圍棋下得不錯。改日朕要和你對弈。」皇上倒是聽說李託去和太傅對弈。

李託當然就想到了是他和太傅對弈的事被皇上知道了。當然那是在工作時間。皇上沒流露一點兒怪罪的意思。他當然感覺到了皇上和他的親近。「老臣只是瞎下。瞎下。其實老臣並不能說是懂得棋理。」他說。

「應該比朕要懂。」

「不見得。不見得。」

「你不要謙虛，哪天朕領教你就是了。」

「老臣隨時聽候皇上指教。隨時。」

皇上笑。那是一種怪異的笑。李託的謙恭鼓舞了皇上的念頭。皇上覺得他只要願意做的事就應該辦到。也沒有道理辦不到。李託，你就要成為臣的丈人了。朕的丈人。我們就要是一家人了。一家人。皇上對李託的態度當然好了。但好得高深莫測。

人到齊。皇上漸生了主持大局的感覺。「朕總結歷代興衰，綜觀當今天下形勢，朕做出了一個決定。天下大亂，我朝君臣必須同心協力方能立足。群臣如果仍然整日思忖於一己私利，大漢國豈能存保？朕覺得真正能把全部心思用在朝政上的大臣，應該心無牽掛。既然他們口口聲聲是朕的僕人，那他們就應該像太監一樣替朕做事！他們就應該是太監！必須是太監！否則，就別做朕的臣子！朕已經決定這樣做了，和你們說是和你們商量怎樣把它作好。集思廣益嘛。」皇上說。

都驚呆。太傅也驚呆。雖然他知道皇上是個犟種，但也沒有料到這種情況。龔澄樞想的是，這麼大的事怎麼沒有事先和我說？可雖然沒有和我說，群臣也會懷疑是我的主意，你說我冤不冤！龔澄樞的目光就是不和皇上的目光交流，他不願意在座的人認為他和皇上之間有什麼默契。

「老臣有點沒弄明白皇上的意思。」李託說。乾澀地說。

皇上輕蔑地笑了，說：「不是很清楚嘛，大臣們都得是太監！朕要讓他們了無牽掛地為朝廷做事！」

就又都在那兒驚呆。李託和太傅的心思當然都在了自己的鳥上。特別是太傅，在心中嘆氣：鳥兒呀，我把你給出賣了！

皇上翻愣著眼睛看看李託，看看太傅，他當然知道這兩個人的心思。當然知道。皇上笑了，說：「先賢說，八十歲、九十歲和六歲的人即使犯罪了，也不能夠加刑。朕可以更加寬容一些，丞相和太傅雖然只是六十歲的人，朕也可以放過你們，只是你們二人仍然能夠為朕做事就行了。當然，其他六十歲以上的人和你們兩位借光了。否則朕在群臣中也會招致非議。何苦呢！」皇上的話說得老氣橫秋。

「皇上聖明呀！」太傅說。

「多謝皇上體恤老臣呀！」丞相說丞相這回可現出了虎口脫險的惶恐。

皇上對李託的惶恐很滿意。知道惶恐才能更知道感激朕。

龔澄樞看太傅和李託光顧著惶恐和感恩了，就敢說話了：「我看還可以這樣，對於願意挨刀子的大臣，可以給升一級官職。要是不願意，也可以，但是官職要降兩級！我看沒幾個願意被降兩級！我相信沒幾個願意！肯定沒幾個！」

「龔公公的話有道理。這樣做也展現了皇上的寬宏。」林延遇說。

「盧侍中，朕也想聽聽你的看法。」

盧瓊仙微紅了臉。對皇上的念頭她聽得呆呆的，呆呆的。她的腦中一片空白。一片空白。「瓊仙對皇上決定的這事不得要領，不敢亂講。」她說。

皇上召見群臣。皇上親自詔令。本來可以形成文告讓龔澄樞宣讀。但龔澄樞害怕群臣認為出自他的主意就跟皇上說事關重大，還是皇上親自詔令。皇上就親自詔令。詔令完皇上就翻愣著眼睛看群臣的慌亂、驚恐。皇上漠無表情。群臣當然反對但是他們一時還真不知道說什麼是好。而且，他們在皇上的臉上讀到了冷漠或者說冷酷他們就更不知道說什麼是好。皇上看了會兒群臣的慌亂、驚恐，就退朝。你們愛咋想咋想反正朕就這麼定了！已經沒什麼可再討論的了！朕也不再和你們討論了！

那個庖丁在淨身房大材小用著。

在即將要淨身的人面前他不常磨刀，但常用清水細緻地清洗他的刀。他的刀，閃爍著的是一種凝重的光澤。即將要挨刀子的人都關注地聽他的故事，都企望能夠被他親自一回。他們看到他的身影，他們的目光和他的身影親近。

但是誰來動刀這事這裡的太監頭子說了算。所以心思得用在這裡的太監頭子身上。要淨身的人和他們的家屬就千方百計地討好這裡的那個太監頭子。行賄。送錢和送值錢的東西。或者，找人給說情。沒送東西也是因為東西送給了說情者。要是說情者有勢力，太監頭子認為對方有資格不向他再怎麼著了，當然照辦。要是沒什麼勢力，那就多餘了！其實本來動刀的差使用皰丁一個人足矣。可要是就用他一個人就顯不出他的值錢了他也就不能變成了太監頭子的搖錢樹。

皰叮噹然也能感覺到這些東西。又能怎麼樣呢？而且他也不動氣。再說，從收入上講他比原來多多了。而且就自己一個人，怎麼花都夠了。而且，要是自己沒弄好太監頭子生了氣稟告皇上說起我皰丁還沒有閹割的事那才不值得呢。他的鳥兒對別的鳥兒們的命運已經漠然已經開始支稜了起來這是皰丁的一個祕密太監頭子要是把這事稟告了皇上保證完完。皰丁調整好自己的心態，漠然著一切。沒事的時候他找一僻靜處練刀法。不是練閹割的刀法，也不是練解牛的刀法，而是，練解人的刀法。想像中面前是敵人他向他們進攻。按道理進攻敵人主要是刺是砍，但他是解。在想像中他以迅雷不及掩耳之勢解敵人的手敵人的臂敵人的頭甚至敵人的腿。他想刺和砍往往不能使敵人一下子喪失戰鬥力但他的解卻能！而且會給敵人以恐怖。極端的恐怖！他希望有一天皇上讓去做一名將士他希望他的刀法能夠用在敵人身上。他想他的刀法一定能夠用得上。那時候他才會感到威風感到自豪。

「皇上駕到皇上駕到！」忽然傳來太監急迫的呼喊。

「趕快出去迎駕趕快出去迎駕！」太監的聲音響在各個房間。

要動刀子的和已經動完刀子的和太監們亂紛紛地跪迎在院落中。

皇上出現在他們的面前全體叩首並呼喊：「皇上萬歲萬歲萬萬歲！」

皇上威嚴地掃視。「群臣就要來這裡行閹割之事，朕來檢視你們的準備情況。這次不能以平常的閹割之事待之，要是出了什麼差錯朕拿你們的腦袋！」皇上說這話當然主要是對這裡的太監頭子說的。皇上也是突然做出這個舉動的。內心中皇上也覺著難為了群臣。皇上就想讓群臣覺著他挺關懷他們的就做出了來這裡檢視的決定。

「是，是，奴才一定辦好此事一定辦好！」淨身房的太監惶恐表態。他當然已經知道要閹割群臣的消息。他挺幸災樂禍他想這回群臣可沒什麼了不起的了這回群臣和他們太監可沒什麼區別了。這回可得讓你們嘗嘗做太監的滋味了。他本來想這回會有許多人來溜鬚他的。他會編造理由向群臣說明並不是人人都是那個庖丁動刀。庖丁忙不過來呀。那可不是一動刀那麼簡單。每一個人的情況是不一樣的庖丁得研究呀。庖丁還得養精神。每一次動刀之前庖丁都得養足了精神。要沒有一丁點兒的雜念。但沒有想到皇上親自來說要辦好此事。

「那個庖丁呢？」皇上問。

庖丁站了起來。

皇上望過去。

庖丁站在那裡。

「所有的大臣，都叫這個庖丁動刀！」皇上說。

「是是是，都叫庖丁動刀。」跪伏的淨身房太監頭子說。

「朕要叫你們把所有的準備都做得細緻入微！」皇上說。

「是是是，奴才一定把所有的準備工作做得細緻入微。」淨身房太監頭子說。

皇上就走了。視察結束。

閹割行動開始了。皇上沒有到那個神祕的院落前去聽撕心裂肺的慘叫，但是皇上的耳畔響著那慘叫。一聲聲慘叫。

第十五章　花蕊夫人

前蜀國的國主孟昶被宋軍護送到了宋國的京都。當然要面聖。面聖的時候花蕊夫人給宋國皇帝留下深刻印象。果然一個嬌媚的小女子。還沒笑呢兩腮的酒窩兒就隱約可見。也不可能笑。什麼境地呀。笑得出來嗎？她顯現的是一種哀楚的神情。憐人。可憐人兒。嬌媚的可憐人兒。彷彿可以玩弄於股掌之上。

「你一定很憎恨王昭遠。」宋國的皇帝說。

前蜀國的皇帝默然。

「你的那些大臣，當初有的主戰有的主和。對主和的朕也不覺得現在應該對他們怎麼著，對主戰的朕也覺得不應該對他們怎麼著。其實朕也沒有想到這麼容易就把你的國家拿下了。」宋國的皇帝說。說話的時候他盯視著前蜀國的皇帝。

「這都是天意。天意滅蜀蜀國焉能不滅。」前蜀國皇帝說。

宋國皇帝笑了輕蔑地笑了。其實他本想對前蜀國皇帝好些，也沒想對他有什麼話語上的刺激，但是看到那樣嬌媚的人兒卻在了他的身邊就不平衡。他甚至怪罪他的手下，就是對他的私生活關心得不夠，非常不夠！朕的後宮怎麼就沒有這樣的可憐人兒？

可憐的人兒，你也真是不幸，攤上了一個亡國之君！就是貌相也比朕差多了！沒有一點兒魁梧的意思。而且現在瞅著特別地猥瑣！小女子，兩下比較你也應該有這印象！要是叫你選擇，你應該毫不猶豫地選擇朕！宋國皇帝的眼前不時地浮現花蕊夫人的嬌媚形象。而且，他很渴望再一次見到她。越來越渴望。渴望的時候，他的襠部堅挺，可是他不想在他的女人中找發洩對象，他就想找花蕊夫人想得非常急迫。

負責他起居飲食的太監頭子猴子在他眼前晃。猴子當然是綽號。外形像猴子，再加上心眼多，就得了個這綽號。猴子在皇上眼前晃的時候皇上有了主意。「這個蜀國的皇帝也真他媽的不懂事，也不知道來看望朕。」皇上說。

猴子的腦袋飛快地轉，想皇上到底是什麼意思。「是。」他一邊想著一邊說。

皇上知道他在想。皇上不想和他繞彎子。「那個小女子跟他白瞎了！」皇上說。

猴子豁然明白。「是是是。」他連聲說。

皇上嘆了口氣。

「奴才不知道皇上的決心有多大。」猴子說。

皇上笑望著猴子。

「皇上肯定不願意看到那個孟昶的存在吧？」

皇上不回答。

「奴才能辦好這事。只要皇上別怪罪奴才就行了。奴才覺得只要孟昶這個人不在了別的就都好辦了。」猴子說。

「你是個聰明的人，朕沒有看錯你。」皇上說。

「承蒙皇上誇獎，奴才一定能把事情辦好。」猴子表態。

猴子去見御醫。他問御醫什麼毒藥能當時不把人藥死而且當時還沒什麼反應。御醫就告訴他。猴子說那你就把那藥給我弄點吧。御醫立即用狐疑的眼神看猴子。御醫說這他可不敢，皇宮禁地他哪敢往外弄這種東西！猴子說你別忘了我可是給皇上辦事的！御醫說就這件事我怎麼能知道你是給皇上辦的事！猴子說我就是給皇上辦的事！御醫搖頭。猴子無奈。回去跟皇上借御劍。他跟皇上說，該死的御醫可以不相信他，但可以相信這劍！猴子把御劍在御醫面前高高擎起說你該認得皇上的御劍吧？御醫趕緊叩首說：「臣領旨。」

猴子去了秦國公府。孟昶被宋國皇帝封做了秦國公。秦國公在他的書房接見了猴子。他惶恐地向猴子施禮猴子大模大樣坐下。秦國公站著。猴子說你坐吧要不我坐著怪不得勁兒。秦國公就坐下。

猴子看見秦國公的案几上扣放著《貞觀政要》顯然秦國公正在看這書。猴子笑了猴子說：「皇上也常看這本書。」

秦國公紅了臉，說：「我是瞎看，瞎看。」

「當然，你肯定沒有皇上看得明白了！」

「那是，那是。」

「當然，你也是想把它看得明白的。」

「那是，那是。不不不，我只是瞎看，瞎看。」

「何必說謊話！難道你就願意做亡國的皇帝？你的心情我是理解的，皇上也理解。」

「在下萬分感謝，萬分感謝。」

「皇上挺關心你的，這不，特別叫我來看望你。還有什麼困難，皇上叫你就跟我說。」

「多謝皇上，多謝皇上。」

「你應該當面去謝皇上。應該當面。我一轉達就好像是通常的客套話了你說是不？」

「是是是，我應該去當面謝皇上應該當面。」

「也別太正規了，可以帶個女眷去。要是帶皇后去也太正規了。可以帶花蕊夫人去。」

「是是是，在下就按公公的意思做。」

皇上在書房接見孟昶。孟昶叩拜皇上的時候皇上正在批閱奏摺。他們進來的時候皇上抬眼瞅了瞅他們還微皺了眉頭彷彿他們的到來攪擾了他。皇上抬眼瞅了瞅他們，微皺了眉頭就繼續低頭批閱奏摺。孟昶和花蕊夫人只能叩拜。叩拜的時候，孟昶內心當然有點怪罪那個猴子太監，心說皇上不想見我你幹麼要那樣說？

皇上彷彿正閱著的那份奏摺只差不點兒批閱的話沒寫完就把它寫完。皇上擱下筆抬頭望向孟昶和他的花蕊夫人。「你們坐吧。」皇上說。話音冷冷的。皇上還沒拿準兒做出什麼樣的表情。拿不準兒的時候冷漠就是皇上最合適的表情。

皇上注視孟昶。你就是朕刀俎上的肉。但要不是朕想要你的花蕊夫人，朕會好好地待你。可你偏偏有這個花蕊夫人。花蕊夫人又偏偏被朕看上了。算你倒楣。皇上的目光移向花蕊夫人。低頭的花蕊夫人微紅著臉。嬌羞的神態。她緊抿朱唇腮上的酒窩兒能盛酒了醉死了人兒。

「秦國公，閒暇時做些什麼呢？」皇上問。

「朕……」孟昶頓覺失言立即大紅了臉。

皇上笑了。

「臣真是羞愧萬分！」孟昶說。

「沒有什麼的，好賴你也是當了二十年皇帝的人。朕呀朕的已經說順了嘴。朕開始當皇帝的時候說朕還彆扭著呢。就是個習慣的問題。」皇上說。

「皇上寬宏。」孟昶說。

「朕也知道，你初來這裡難免會感到苦悶。你可以常來我這裡嘛。我這裡有個機靈的猴子會叫你開心的。」皇上自己都被自己的話逗笑了。

孟昶和花蕊夫人也現出了笑意。

猴子也發出了怪異的笑聲。皇上叫他猴子但皇上信任他叫他幹機密的事這令他很開心很快樂。

「猴子今兒個給秦國公安排了什麼節目？」皇上問。

「龍虎鬥。保精彩。不過有點恐怖了，還是秦國公獨自去看吧，省了驚擾了夫人。至於夫人嘛，可以在宮中各處參觀參觀。」猴子說。猴子雖然並沒有事先得到皇上這樣的指令，但他知道皇上急呀，恨不得立即就和花蕊夫人在了一起。

孟昶望向花蕊夫人花蕊夫人低首不語孟昶就只好說謝皇上的安排。

猴子就說我們走吧。

孟昶就跟著走了。

就剩下了花蕊夫人。

皇上的眼睛就銳利地望向屋內的太監和宮女，太監和宮女不寒而慄，相互交換眼神就都出了去。屋內就只剩下了皇上和花蕊夫人。花蕊夫人低首在那裡。皇上呼吸急促，皇上站了起來走向花蕊夫人，皇上在花蕊夫人面前站下。花蕊夫人感覺到了皇上站在她的面前，她當然也呼吸急促，但她仍舊低首在那裡。皇上扶起了她，皇上把她擁在了懷中，她好像沒有骨頭一樣，嬌弱無力。皇上就把她抱起，親吻她的臉頰，親吻她的頸項，她呻吟起來，皇上把她放在案几上一番忙乎，皇上就直搗花蕊。花蕊夫人大叫，皇上也大叫，案几被向前推移幾下，地毯起了皺，很大很大的皺。皇上渴盼得太久太久了，所以皇上就沒有能夠把他的快樂伸長。皇上伏在花蕊夫人的身上喘著粗氣，花蕊夫人微閉著眼像死人一樣，皇上貼著她的耳畔說：朕會對你很好的。花蕊夫人當然聽到了皇上的話，有淚從她的眼角溢位。皇上沒有去為她拭去淚水，皇上起了來整理好了自己的衣飾。花蕊夫人就默默地起了來整理自己的衣飾，而後默默地坐在原來的位置。皇上也回到原來的位置，皇上望著花蕊夫人，在想跟她說點什麼。皇上一時還真不知道說點什麼。要說的用語言還真不好表述。靜寂叫皇上感到憋，皇上就喊：「來人！」就進來了太監和宮女。「領夫人到宮中各處走走。」皇上吩咐。

「我沒有氣力走了。」花蕊夫人低低地說。

皇上望著花蕊夫人他當然明白花蕊夫人是怎麼樣一種情況了他就說：「那就扶夫人到朕的房間歇息吧。」

花蕊夫人就被宮女扶到一旁的房間去了。

皇上就開始繼續批閱他的奏摺。

太監看到了地毯的皺，就把它伸平了。皇上像什麼都沒有發生一樣批閱他的奏摺。

所謂龍虎鬥，是兩條蟒蛇和一隻老虎的較量。孟昶沒覺得這節目有什麼趣味，但既然是皇上的安排他就得看。老虎咬死了一條蟒蛇，但另外那條蟒蛇卻纏在了老虎的身上，老虎轉著圈兒就是咬不著蟒蛇，老虎急得直轉圈兒，當然蟒蛇越來越緊地纏牠，也叫牠難受。這時孟昶才覺得這節目有那麼點兒意思。只是他心境不好否則能真的感覺挺有意思。要是在他自己的皇宮他真的能挺開心。後來老虎終於咬住了蟒蛇的頭，好歹算咬著了蟒蛇的頭，老虎哪敢放鬆就死死咬住，抖啊抖，就咬掉了蟒蛇的頭，蟒蛇的身體就鬆弛了，先來脫險的老虎氣呼呼地打量死去的蟒蛇。

孟昶和猴子回了來。仍舊批閱奏摺的皇上很安詳。皇上溫和地看向二人。但是皇上的眼睛微瞇著那是一種鄙視。

「猴子安排的節目如何？」皇上問。

「很好。很好。」孟昶答。

「去告訴花蕊夫人秦國公已經回來了。」皇上向一旁的宮女吩咐。

猴子看花蕊夫人從皇上的寢室出了來。但猴子看皇上的神態拿不準發沒發生那件事。看花蕊夫人的神態也拿不準發沒發生那件事。

花蕊夫人悄沒聲兒坐在了孟昶的身旁。

皇上想，要是知道這麼容易何必要鋤掉孟昶呢！孟昶呀孟昶呀，就算你倒楣了！

皇上睇眼看著花蕊夫人。別看你那麼嬌小可你的承受力還很強呢！挺從容。孟昶根本就看不出來發生了什麼。根本看不出來。

「猴子，安排朕與秦國公的膳食吧。」皇上說。

宴席中猴子似乎在很周到地照顧孟昶。他為孟昶斟上一杯杯酒。

「有一天朕會叫多國的皇帝們在這裡與朕一同飲酒。」皇上說。

孟昶明白皇上那話的意思。「一定會的。一定會的。」孟昶說。

這天夜裡孟昶暴斃。

皇上詔令：厚葬。

皇上還詔令孟昶的長子襲秦國公。

皇上鄭重地厚待著孟昶。

有一天猴子去孟家跟花蕊夫人說得去謝恩。花蕊夫人說她和先前的一號夫人，也就是原來的皇后同去。猴子說去個代表就行了。花蕊夫人當然明白皇上的意思：皇上想她了。她就去謝恩。而後宮中傳來話：花蕊夫人願意移居宮中。孟家能有什麼話可說？

皇上和花蕊夫人做愛的時候，花蕊夫人總是微閉著眼，嬌喘著任你隨便幹，而且好像總是傷感著。不幹她的時候她也總是傷感著。皇上幹了她一段時間，就被她的傷感弄得索然無味。花蕊夫人就整日深刻著自己的憂傷。

第十六章　網開一面

黃瓊芝悶得慌，就去看盧瓊仙怎樣給龔澄樞幫忙。她看那些剛剛被閹的大臣來研究事兒走路的神態總忍不住笑。雖然每個被閹的大臣皇上給了他們四十天的休養假，但是從他們走路的姿態上，仍然可以看出他們襠部的不便。對大臣們的閹割當然不能同時進行，否則一段時間內就會朝中無人了。分批進行。黃瓊芝幫盧瓊仙拿這拿那。拿得很樂意因為她覺得他們能叫她待在那兒就應該感激不盡了。黃瓊芝聽他們和大臣們討論一些事情。盧瓊仙說得少，龔澄樞說得多。龔澄樞問盧瓊仙意見，盧瓊仙總是非常簡短地答。冷漠的神情。黃瓊芝很樂意去給他們做跑腿的事兒，去大臣們那裡，去林延遇那裡。就是沒去過皇上那裡。因為如果需要去皇上那裡龔澄樞就親自去了。黃瓊芝內心隱隱地對龔澄樞不滿意。隱隱地不滿意。有時也不平。都是女侍中我卻成了打雜的！

皇上想起了李承渥。皇上本來可以宣龔澄樞當面交代，但是他去了龔澄樞辦公的處所。

黃瓊芝看見皇上臉紅了紅得發燙。她和他們叩拜皇上。而後皇上恩賜他們入了座。

皇上當然注意到了黃瓊芝。黃瓊芝感覺到了皇上注意的目光。

「朕差點兒忘記了朕還有個女侍中黃瓊芝。」皇上笑著說。

黃瓊芝的臉更紅更燙。

「你能主動到這裡幫助他們處理朝政也算是替朕分憂朕很高興。很高興。」皇上說。

黃瓊芝激動得不知道說什麼好她當即眼裡就潮溼了鼻子酸酸的她想哭。

「黃瓊仙侍中，待會兒你可隨朕到書房朕要和你談一些事情。」皇上說。

黃瓊芝簡直要暈了過去簡直不敢想像都讓她難以承受了！

皇上的目光移開，說：「朕這次來是想起李承渥將軍。還沒把他閹了吧？」

黃瓊芝撲哧笑了。

皇上也笑了。二人的笑活躍了屋中的氣氛。

「朕覺得李將軍是可以不閹割的。因為，他雖然是京都的官，但他並不在朝中辦公，可算外臣。」皇上說。

「盧侍中已經提出這問題。我也正要和皇上商議這事呢。如果皇上親自和李承渥說這事他會非常感激皇上的。」龔澄樞說。

「不必啦。朕為太子的時候他給朕帶來許多快樂，朕不應該忘記。」皇上說。皇上知道李承渥是一個不善於和皇上對話的人。你很少看到他笑。當然，他笑的時候很難看。因為他的嘴是歪的。那歪嘴在士兵面前會給他添威。但是他當然知道他在皇上面前不應該存在什麼威的問題。威的應該是皇上。

皇上的話把大夥弄得挺感動。就這件事來講，皇上挺有人情味的。

皇上覺得他已經辦完了他的事他得走了。皇上不想聽恭維。聽完了恭維再走他給人留的感動就會淡了。皇上應該叫人莫測。不跟李承渥直接說那事兒也有這效果。「黃侍中，隨朕一起去吧。」皇上說。完了起身就走。

黃瓊芝連忙跟在後邊。

皇上把黃瓊芝帶到他的書房。皇上落了座。黃瓊芝立在皇上面前。皇上看著她。看著她。

「皇上你總這樣看人家人家怪不好意思。」黃瓊芝低聲說嬌聲說。

看黃瓊芝這樣神態聽她這樣的聲音皇上就知道他對她不必太斟酌可以想怎樣就怎樣。雖然皇上想讓誰是他的人誰就得是他的人，但是皇上也不想瓜兒強摘。「坐到朕的身邊來。」皇上說。

黃瓊芝緊挨著皇上坐下。皇上的身材不如先前的皇上偉岸。皇上的那兒不知道能不能趕得上先前的皇上，

皇上的手搭在了黃瓊芝的肩，皇上輕輕地摟黃瓊芝就貼向了皇上彼此就感覺到了對方的體熱。「你是朕的侍中你想幫助朕做些什麼呢？或者說你願意為朕做什麼呢？」皇上問。皇上的手指一下一下地敲著黃瓊芝的肩。

「我不像瓊仙姐那樣能幹。」黃瓊芝說。她當然知道她不具備盧瓊仙處理事物的能力。其實她也沒有那興趣。可當然了，如果不能和皇上在一起她就要羨慕盧瓊仙了。她無法寂寞著自己。無法。

「那你可以做負責朕的快樂的侍中如何？」

「皇上你壞。」黃瓊芝在皇上的懷裡撒著嬌說。

「你能叫朕快樂嗎？」

黃瓊芝抬起臉來望向皇上。她莊重地點頭。

「和朕到朕的寢室？」

黃瓊芝心跳。黃瓊芝點頭。

「你是負責朕快樂的女侍中你能告訴朕怎樣能讓朕的快樂更長久？」完事的皇上問。

黃瓊芝想。她當然要想到那個龍鞭，想到樊胡子。她在想該不該把樊胡子供出來。那個龍鞭是真好使。可是後來那個皇上死了我可不願意現在的這個皇上再死了要是那樣還有誰能對我好？她這樣想的時候抱緊了一下皇上親了皇上的唇一下。

「別哄朕回答朕的問題。」皇上逼問皇上似乎挺嚴肅皇上的嚴肅當然是裝的但皇上裝的嚴肅你也不能不認真對待。

「我不是知道得很多。樊胡子比我知道得多些。」

「樊胡子？」

「是。」

樊胡子哀傷。她知道別的許多女人在等待機會。包括黃瓊芝。她知道黃瓊芝甚至在爭取機會她知道。沒人來看她。因為她甚至對侍侯她的宮女話語都很少。她或者盤膝而坐陷入冥想之中，或者自己給自己做衣裳。她知道盧瓊仙的故事，她挺羨慕盧瓊仙。雖然黃瓊芝也是女侍中，但她知道黃瓊芝半斤八兩。她知道盧瓊仙有實際負責的事物，而黃瓊芝沒有。她挺羨慕盧瓊仙。羨慕她每天都能接觸各色的人，只要自己想就能。羨慕盧瓊仙活得充實。她哀傷。哀傷自己什麼都不能做。她甚至懷念在家的日子，她可以聽到各色的人向她嘮叨著，獨自她可以隨心所欲地發落他們，享受他們誠心誠意的感激。他們把她當做了神仙一樣。

「你是朕的女人，你是朕寵幸了無數次的女人，你在這個宮中是應該有地位的，朕會保佑你的。」她彷彿聽到先前的皇上的聲音。

她瞪大眼睛望著幻象中的先皇，她眼裡溢位了淚水，她在心裡說：皇上你知道我很苦嗎？

「朕知道。可是你知道嗎？在這宮中你就是朕的化身！你應該讓人們知道這點。沒有人能夠欺負你的。」

幻象中的皇上一點一點地消失，但先皇的聲音餘響著。

黃瓊芝立在了面前。

樊胡子疑惑地看著她那眼神，分明說你怎麼來了？黃瓊芝已經許久沒來看她了，黃瓊芝在忙著自己。

「樊……樊姐，我……我帶你去……去見皇上。」黃瓊芝有些結巴。

「先皇的靈魂已經融入我的靈魂之中。我這樣說你可能很難理解。皇上也很難理解。先皇的靈魂融入我的靈魂之中。先皇的靈魂希望借我口告訴皇上一些事情。借我的口告訴。先皇的靈魂掛念著這個國家，掛念著皇宮，掛念著現在的皇上。我和你說這些你很難理解。皇上也很難理解。很難。」樊胡子冷漠地說。她的聲音似乎很遙遠。黃瓊芝說帶她去見皇上，她感覺到了屈辱。屈辱。你們以討好皇上為能事，我見皇上卻成為你們對我的恩賜。我不要，這種恩賜我不要！孤寂的痛苦難道還沒有磨練了我？而且，我忘不了先皇，先皇的靈魂也沒有忘記我，我是先皇的人，我不可以低三下四地去見什麼皇上，更不能再和皇上怎麼著！否則我何以面對先皇的靈魂何以面對？「先皇的靈魂也保佑著皇上。保佑著這個宮廷。所以這個宮廷才如此地平靜。這都是先皇保佑的結果，不知道皇上知道不知道這些。先皇保佑著每一個佑護皇上的人，先皇特別不希望皇上傷害了他們。你應該把這些告訴皇上。皇上也許不相信這些。但皇上應該相信。你去告訴皇上吧。」樊胡子冷漠地說。聲音似乎很遙遠。

「我……我去和皇上說。樊……樊姐，我……我走了。」黃瓊芝出了屋，長長地喘了口氣，她甚至有一種解放了的感覺。

黃瓊芝嗑磕巴巴講給皇上。皇上默然。朕不差你這一個女人。不差。

第十七章　忠良魂消

一個少年立在了尚書左丞的鍾允章面前。活脫一個皇上的形象。但細一瞅，嫩。嫩許多。「桂王前來拜見鍾大人。」鍾允章的手下介紹。

鍾允章還禮的時候挺懵：這桂王到這裡來幹什麼？

「本王想多知道些天下的事情，多知道些書本上學不到的事情，所以，想到鍾大人這裡幫助鍾大人辦公，並且請鍾大人多多指教。」

「桂王客氣。」鍾允章眼前當時就浮現那個在鐵床上被炙烤的油汪汪的軀體他甚至又聞到了那肉香叫人嘔吐的肉香。

雙方入了座。

「不知道桂王何以選擇在下這裡？」鍾允章問。

「本王的老師說這裡是處理皇上各種文書的機構。自然最重要的事情都要經過這裡。」

「桂王說的不差。可現在的情況是，我這裡只是一個送達的機構了。桂王如果到龔澄樞那裡似乎更合適些。」

桂王面露難色。他在斟酌回答的話語。後來他說：「那裡似乎離皇上近了。這不太好。」他說得很誠實。

鍾允章心裡一沉。你還知道這道理。可這裡離皇上也不遠。你自己怎麼弄也離皇上近著。鍾允章的脖子涼颼颼的。而且自己的下體也隱隱地提示他臨近的閹割時間。「你就在這裡吧。」鍾允章乾澀地說。他知道桂王應該聽出他的無奈。

桂王璇興就在鍾允章那裡看各種文書。遇到不解的問題就諮詢。

陰雲籠罩鍾允章心頭。龔澄樞不可能不馬上知道這事。皇上不可能不馬上知道這事。我鍾允章為朝廷效力就落得豈止掉卵子的結果！悲哉！悲哉！但是鍾允章要對桂王擠出笑。他甚至對桂王生出幾分哀憐。因為他看桂王的腦袋也危機著。而且先前的皇上對自己的親兄弟就狠毒著呢。看這個繼興皇帝能把滿朝文武的鳥兒給割了去也是個能下得了手的！鍾允章想自己的腦袋，想自己的家人，思來想去，他決定主動出擊，他要面見皇上。必須面見皇上因為如果讓龔澄樞轉述可能就會走了味道！就沒有和龔澄樞親近過鬼知道他會怎樣想！

皇上的生活區當然有太監守著。他們當然要擋鍾允章的駕。「請你們去通報皇上，說尚書左丞鍾允章要面聖。」鍾允章壓著對太監的厭惡說。

上前了許彥真。在這裡負責的太監頭子。「大臣面聖的事兒得由龔公公安排呀。這也是皇上的安排。鍾大人得理解我們。」許彥真說。鍾允章想發作，但他知道發作也沒有什麼好結果，他強壓怒火。小不忍則亂大謀啊。

鍾允章去見龔澄樞。

「什麼風把鍾大人刮到這裡來了真是稀客稀客。」龔澄樞做出笑意迎接。

「在下想見皇上還望龔大人行個方便。」

龔澄樞斂起了笑。你什麼事要見皇上？為什麼不和我說？你不知道和皇上商量的事要經過我這一道程序？

「在下也是不得已，還望龔大人理解。」

「皇上也不是我一個人的皇上，也不是就我一個人可以見的。鍾大人要見皇上那就見唄。但是皇上見不見你我可不知道。我可以讓許彥真通報皇上。我也就能做到這裡了。」

「那就謝了。」

「不用客氣。」

龔澄樞讓身邊的太監隨著鍾允章去傳達他的旨意。

「鍾大人您等著，我給您去通報。您的面子還真大呢，還沒有大臣這樣要見皇上呢。您等著，我一定給您好好地通報，可千萬別耽誤了您的什麼大事。」許彥真怪聲怪調地說。

鍾允章生氣。

許彥真知道鍾允章生氣，但不給你發作機會，去通報了。但一離開鍾允章視線就慢騰騰。甚至還在一棵大樹下坐了會兒，甚至還和遇到的一個太監說了話。後來他看到了皇上被太監和宮女簇擁著。皇上東張西望。許彥真問小貴子怎麼回事。小貴子說皇上在玩捉迷藏。皇上限定了一個範圍給黃瓊芝，讓她藏起來，皇上給自己限定了時間找她。要是找著了，黃瓊芝就得喝一罈子酒。找不著皇上就得和一罈子酒。皇上很想看醉態的黃瓊芝。

皇上在樹下的石凳坐下。「別亂找，得想，想一想這個死丫頭最常去的地方。」皇上拍著自己的腦門兒說。

「黃侍中經常去的地方嘛，一個是公公那兒，再一個嘛，就是樊胡子那兒了。」一個宮女說。

「公公那兒出了範圍，帶朕去樊胡子那裡。要是朕查明這個死丫頭跑出了範圍朕要叫她喝兩罈子酒！」皇上說。

「她可沒那個膽子。」小貴子說。說完他問許彥真：「你有事？」

「不急不急，皇上不是忙著嘛。」

樊胡子的屋內靜悄悄。樊胡子端坐在她的床上。皇上進了來她仍然端坐在她的床上她微閉著雙眼似乎沒看見沒感覺到進來的人。皇上當然想起黃瓊芝的話。父皇的靈魂依附於樊胡子的體內她當然不能向他叩拜。當然不能。皇上沒看到黃瓊芝的影子。皇上當然會想到床下。皇上眼珠一轉，向樊胡子跪了下去說孩兒時刻想念父皇他向床下一看正和黃瓊芝目光相遇皇上撲哧樂了。

就在皇上準備爬起來的時候，樊胡子說話了：「父皇看到孩兒生活得很快樂，父皇很高興，非常高興。」

皇上立即停止了爬起來的動作。

「父皇希望孩兒善待身邊的人，他們對你都是很忠心的，他們會給你更多的快樂。」

「孩兒謹記父皇教誨。」

「孩兒，去享受你的快樂吧。」

皇上就逃出了樊胡子的房間。「黃瓊芝，這回朕可得好好地整治整治你。」皇上說。

這時候皇上才有空兒看了一眼許彥真。他的那群人中本來是沒有這個人的。就在皇上的目光和自己的目光相遇的時候，許彥真趕緊說：「皇上，尚書左丞鍾允章要見你。」他沒說鍾大人要見你，而是說得很全，因為他不知道皇上知道不知道這個人。當然，按道理皇上應該知道。可應該的事多著呢。

皇上挺意外。「鍾允章要見幹什麼？」皇上皺眉問道。

「他沒說，他就說要見皇上。」

皇上總算因為今天心情挺好，勉強地說：「那就讓他到朕的書房吧。」

許彥真領鍾允章到了皇上的書房許彥真不走，他要知道鍾允章到底要幹什麼。他覺得他有義務替龔澄樞做這件事。他知道龔澄樞也肯定十分想知道這些。肯定十分想知道。

鍾允章叩拜皇上。皇上也不讓他起來就問什麼事。

「臣想就桂王的事和皇上談一談。」

「桂王？」皇上意外。

「桂王已經長大，就那麼讓他待著顯然已經不合適。他來到臣辦公處所，想了解一些朝政方面的事。他當然只是想增加自己的見識。但臣想若是給桂王封以實職，桂王會非常感激皇上的。臣以為，這樣做也展現了皇上的手足之情。假使皇上覺得現在這樣做還不合適，臣也想親自和皇上談自己的想法。因為如果別人說到桂王在臣處的事可能就要走樣了。臣知道即使皇上不同意臣的想法皇上也不會對臣有所怪罪。」

皇上意外。「朕倒不會怪罪你什麼。不過你說的事朕總得考慮一下。」皇上說。

「那桂王到臣處的事臣怎麼處理，臣也聽一下皇上的意思。」

「腿長在他的身上朕還能不讓他去？」

「臣只能友好待之。」

「那倒是。」

鍾允章走後皇上稍稍發了會兒呆就繼續他的快樂。

黃瓊芝喝了半罈子酒就告饒，皇上不准，堅絕不准。黃瓊芝就喝。喝幾口就大口喘會兒粗氣完了再喝。好歹算喝完了那罈子酒，喝完了黃瓊芝就耍酒瘋。嚷著熱熱熱，黃瓊芝抓撓著自己的胸部並扯下了自己的上衣。她嬌嫩的肌膚白裡泛紅。她跌跌撞撞地奔向了皇上的那張大床。她撲在大床上在上邊翻滾著。酒使她的血液沸騰。

皇上看著她翻滾皇上高興得不得了。

黃瓊芝翻滾著嚷熱熱熱。

皇上就說都給她脫了吧。

上前了宮女，就把黃瓊芝脫得只剩下褲衩兒了。

皇上說讓她光。

黃瓊芝就徹底赤條條了一絲不掛。「皇上，我要我要。」她兩手不時張向皇上。

皇上笑。皇上的笑是壞笑。

波斯女愣愣地看著翻滾的黃瓊芝，看著怪笑的皇上。

狗兒覺得黃瓊芝雖然是喝多了，但表現成這個樣子也有點不可思議。他疑問的眼神望向小貴子，小貴子小聲對他說那酒裡放進了春藥，狗兒恍然大悟：原來如此。

任黃瓊芝萬般呼喚，皇上就是不和黃瓊芝做就是不和她做。

黃瓊芝把枕頭摟在了下邊，黃瓊芝用枕頭摩擦著她的下體。

皇上雖然也已經亢奮但皇上忍著。「這個浪貨！這個浪貨！」皇上說。

這時許彥真正向龔澄樞彙報鍾允章面見皇上的事。

龔澄樞沉吟了半晌，說：「這個人呀，我們就得防著點了。他要是得勢了，我們這些人呀，還不得被打進十八層地獄！」龔澄樞眼珠上翻瞧著許彥真說。

「是。我就得更倒楣了，這小子今兒個對我老了不滿意了！」

「是嗎？」

「是。」

「那好，他正在負責皇上祭天的事，我就派你去和他一同辦理這事。你明白我的意思不？得滅滅他的威！別的大臣們要是也都像他那樣起來對付我們，那我們可是完了！準定完了！」

許彥真到鍾允章處報到。「祭天是宮中最大的祭祀活動，必須得把它辦好了。所以龔公公派我來和鍾大人一同辦理此事。」許彥真說。

鍾允章當然立即就明白：龔澄樞開始整治他了。

鍾允章到工地。工匠們在忙碌著。

石縫間長出的雜草已經被拔掉，東一堆西一堆地堆放著。「這些個草呀，幹麼不把它弄走？亂七八糟的。」許彥真說。像是對鍾允章說，又像是對工地的人說。

「是，是，我們立即把雜草弄走。」工地的人說。

鍾允章全當沒聽著。他的目光望向皇上祭天的圓丘。

「那個圓丘呀，應該讓它再高一點再大一點。」許彥真說。

鍾允章全當沒聽見。

「我跟您說的話您聽著了沒？鍾大人！」許彥真生氣地問。

「您說什麼來著？」鍾允章的目光轉向許彥真。

「那個圓丘呀，應該再高一些再大一些！」

「啊，是，是，我也這麼想。可是撥的款子沒有這筆費用！」

「你可以和龔公公說這事呀。」

「你也可以去說嘛！龔公公不是派你來和在下一同辦理這事嘛！」

許彥真生氣。生氣。生氣。還不太好發作。

跟在鍾允章身旁的桂王看著這一切。他憎恨許彥真。憎恨。他當然看出了許彥真的憤怒。「你叫什麼？」他問許彥真。

對突然說話的桂王許彥真挺意外。「許彥真。」他答。

「你似乎不該和鍾大人這樣說話！」桂王說。

許彥真的腦袋簡直都要給氣得炸開了。「在下秉承的是龔公公的旨意。而公公秉承的是皇上的旨意。在下不敢有稍微的疏忽。在下不敢。」許彥真強壓怒火說。

提到皇上桂王也不敢說什麼。其實他知道他什麼都不應該說但他看到許彥真在鍾允章面前的表現也實在生氣實在忍不住了。

「我們去看一看樂隊吧。」鍾允章嘆了口氣說。

鐘磬絲竹。這是為皇宮鍍金色的聲音。這是最容易叫皇上進入自我感覺良好的狀態中的聲音。

不光是皇上，每一個聽眾，你被這樣的聲音籠罩了，你的境界中就會暫時地把小小的自我剔除了，進入帝王事業的神聖。或者，進入虛擬的帝王境界。虛擬的帝王襟懷。鍾允章微閉雙眼，你會覺得他被樂聲俘獲。其實他在抵禦樂聲的招引。他在抵禦。樂聲很遙遠。他把那樂聲推得很遙遠。遙遠。祭天一結束，他就要被閹割了。皇上不知道這對於一個正直的大臣傷害有多重！皇上不知道！不知道！後來樂聲被鍾允章的主觀過了濾，悲愴。蒼涼。鍾允章眼前浮現屈原在江畔跌跌撞撞奔走呼號的景象。他的髮絲他的鬍鬚蓬亂地飄揚。他的結局是：投江。我不是屈原。我沒有達到屈原的境界。我還得苟且於這個朝廷。苟且。還得於這些個可惡的太監周旋。

「這個樂隊呀，還應該更大些。應該讓樂聲充溢天地間。聽起來充溢天地間。」許彥真說。

鍾允章睜開了眼睛，望向許彥真。鍾允章點了點頭，還做出了笑意。其實鍾允章的思維還沒有對許彥真的話語進行處理。鍾允章告訴自己：他說他的，你也不必和他爭論什麼，也不值得和他爭論什麼，你該怎麼做就怎麼做就是了。

許彥真對鍾允章的笑意對鍾允章的點頭很滿意。他甚至決定關於增高增大圓丘的事就妥協了就不再提起了。他真的希望鍾允章能夠協助他把這件事辦好。在他的觀念中應該是鍾允章協助他！因為他是來自龔澄樞身邊的人！來自龔澄樞身邊的人就是來自皇上身邊的人！他希望皇上在恢弘的排場中祭天的時候關注到他許彥真，看到他許彥真的辦事能力。也許，自己的出頭之日就到了。到了那個時候還有哪個大臣再敢像鍾允章這樣對待他！到了那個時候鍾允章你就後悔去吧！到了那個時候我就不是龔澄樞的跑腿，皇上可能就明確告訴龔澄樞讓我協助他處理朝政。是協助。或者，就單獨地叫負責個什麼事務。那時候吆五喝六的可就是我許彥真了！

但是樂隊到現場走場那天許彥真惱了。樂隊在緊挨著圓丘的下邊。合唱的人在圓丘之上靠著樂隊的那邊，許彥真越看越生氣因為他怎麼看樂隊都是原來那麼多人！「停下停下！」許彥真惱怒地嚷。

樂官趕緊跑了過來，看看許彥真的臉色，又看看鍾允章的臉色。「有什麼吩咐兩位大人？」樂官提拉著心問。

「我不是說過了嗎？樂隊的規模要加大加大加大！你們他媽的把我的話全當耳邊風了！」

鍾允章的目光尖銳地刺向許彥真他問：「你在罵誰？」

「我他媽的誰都罵！」

「把他給我哄下去！」鍾允章喊道。

「許彥真你太過分了你竟敢對朝廷命官無禮！」桂王喊。

鍾允章的隨從上了前。但是沒有動手他們在許彥真和鍾允章之間形成一道屏障他們以嚴厲的目光刺向許彥真。

「好，好，鍾允章，你是朝中第一個有種的！你就等著吧！你等著吧！」許彥真跌跌撞撞地離去。

「他肯定是去告狀。」桂王說。

鍾允章神情冷峻。他側歪著偷沉思了片刻對桂王說：「孩子，不要再待在我的身邊了這樣你很危險。」

鍾允章沒叫桂王他叫桂王孩子桂王感受到了一種慈祥一種無限的關愛。他流下熱淚來。

鍾允章下了獄。

許彥真成了負責皇上祭天的主管。雖然他還沒有任何職務但是是主管。沒有職務的主管更厲害因為誰都知道這樣的人是要被重用的否則就不能出現這樣的情況！這回是禮部尚書薛用丕協助他。

薛用丕是鍾允章推薦提拔上來的。鍾允章遭遇不幸他當然感到震驚。一方面他提醒自己處事要小心，一方面他也挺牽掛著鍾允章。他想到獄中去看望鍾允章。但是他不敢自己做主去。他實在不知道這事被許彥真知道了是一種什麼後果實在不知道。

「我這個人呀，犟著呢！你知道我是怎麼到了這宮裡來的嗎？」許彥真對薛用丕說。

「不知道。」

「當初呀，我向一個人發誓如果不能考取功名就不見她。結果呢，可能是我老小子真的不如人吧，反正我是名落孫山。我確實感覺非常沒有面子。非常沒有面子。就是在這種狀態下我就來到了這裡。是我主動來的。」

「你很有性格。這事說明許大人是一個很剛強的人。」

「也許是吧。」

應徵樂工的告示張貼各處。

趁著許彥真春風得意的狀態，薛用丕說：「應該問一下鍾允章，他有沒有什麼事需要向我們交接一下的。」

許彥真稍微露出那麼一點兒一愣的意思。「倒是應該。你去問他吧。」他說。

但是薛用丕去的時候許彥真跟著。薛用丕不敢露出一點兒什麼其他的意思。但是到了牢房門口的時候許彥真向薛用丕做了一個手勢，他不進去，卻要隱在牢門的旁邊兒。他要偷聽。

薛用丕立在神情頹唐的鍾允章面前。「鍾大人……」薛用丕不知道說什麼好。他知道許彥真在偷聽。「我……我在辦理皇上祭天的事。」他說。

「哦。那你就好自為之吧。你我都是兩個腦袋得掉一個。」

這句話把薛用丕給逗笑了不過是非常非常苦澀的笑。「我得盡力為皇上辦好這事。必須盡力。我來這裡也是想問一問鍾大人有沒有什麼需要向兄弟交代的事。」薛用丕想說你太剛了可他想起他對許彥真說過許彥真太剛強了的話。他想說你要多保重留得青山在不怕沒柴燒可他知道這話被許彥真聽了去可就了不得了。

「祭天的事我倒是沒有什麼可交代的。什麼叫好，其實根本就沒有個邊兒。其實皇上敬天應該敬在心裡，而不是敬在儀式上。我唯一牽掛的是我的兒子。我的兒子。你知道嗎？我的兒子非常非常崇拜他的老爸。非常崇拜。但是我現在卻落得這樣的下場，不知道兒子會怎樣看我。他現在還小。他所能知道的就是關在牢裡的人不是好人。他長大懂事的時候你應該告訴他我的一切。把我今天的事告訴他。讓他知道他的老爸絕對是他應該敬重的人！絕對是他應該敬重的人！」鍾允章說得很激動他流下滾滾熱淚。

薛用丕覺得他不能待下去了他眼裡也已溼潤他哽咽地說：「大人你多保重！」他轉身往外走往外走的時候他迅速調整自己的情緒他來到許彥真面前的時候他向許彥真搖了搖頭。

許彥真對他的搖頭狐疑。但是也沒說什麼。

「這個老小子呀，你要是不收拾了他，有那麼一天他要是得勢了，能把我們的皮給剝了！」聽完了許彥真的彙報，龔澄樞說。

「是是是。他要是有那麼一天得勢了第一個要收拾的就是我了。」說完許彥真就後悔了，應該說第一個要收拾的就是你老龔！我許彥真哪有你老龔那分量！哪裡還能值得人家鍾大人第一個收拾！

「他哪裡恨的是你一個人呀！他最恨的應該是我。是我把你給派了去的。」龔澄樞說。

「是是是。他最恨的就是您龔大人。」

「你應該到皇上那兒去，把鍾允章的事情和皇上說。還有，你知道最大的敵人是誰嘛？絕不是鍾允章！絕不是！」

許彥真知道龔澄樞矛頭所指。「還是龔大人深謀遠慮。」他說。他心說我倒不是沒想到，可我不敢多想，想到了也不敢說呀。皇上家裡的事誰敢多說誰敢亂說？

事關重大。許彥真結論要做的事。他把小貴子叫了出來，讓小貴子和皇上說他許彥真有重要的事情要向皇上彙報。小貴子說你不是可以直接見皇上的嗎?許彥真說事關重大,得在皇上合適的時候見皇上。要是在皇上不合適的時候見了皇上,就不知道是個什麼效果了。小貴子想想也是。皇上要是正幹事兒呢,哪會有耐心聽你許彥真說些亂七八糟的。

皇上在書房接見許彥真。

彙報。

彙報到鍾允章哄趕許彥真的情節,皇上憤怒,皇上可不是把許彥真當回了事兒,可問題是皇上認為鍾允章對許彥真的態度就是對他皇上的態度,這可就嚴重了,皇上臉色難看起來。

許彥真提到桂王幫助鍾允章。

「簡直要反了!反了!」皇上說。

提到鍾允章獄中的話語皇上站了起來。「族之!」皇上說。惡狠狠地說。

許彥真認為自己要達到的效果已經達到。可是他想到還有龔澄樞的目的呢。「桂王對皇上的做法可能要非常不滿意。」許彥真補了這麼一句。

皇上的眼前浮現父皇出殯的那一天,璇興走在靈柩前頭的情形。當時的璇興顯得很懂事。大臣們也會得出這印象。可大臣們要是對他璇興這麼印象了那朕怎麼辦?「關於桂王的事,你可叫龔澄樞來見朕。」皇上說。是咬牙切齒地說。

龔澄樞就來到了皇上的面前。

「許彥章跟朕提到了桂王的事。」皇上斟酌著說。

「桂王的事許彥真也已經和我說了。這事就得皇上拿主意了。旁的人呀，誰也不能說什麼。但是皇上應該想到先皇的做法。也正是先皇的做法，皇上才能有今天，大漢國才這麼一直穩定著。」

「那麼這件事兒朕就交給你辦吧。」

「這事可叫許彥真去辦。這小子可是能下得了手的主兒。他現在也正想著法兒叫皇上注意他呢。」龔澄樞也真夠毒的，既利用了許彥真，還詆毀了許彥真。

「你可以這麼辦。」皇上做出下了決心的樣子說。

許彥真帶領禁軍包圍鍾府。

「鍾允章蓄圖謀反，奉皇上旨意將你鍾家抄斬！」許彥張向驚恐的鐘家人說。

「我不知道這位大人是誰。但我有一個請求：能不能讓我們鍾家人自己了斷。」鍾允章的夫人說。

「那不是違背了皇上的旨意了嗎？皇上說的是抄斬而不是讓你們自行了斷。動手！」許彥真猙獰地下了令。他知道鍾夫人的意思，是要全家服毒。

連奴僕一併被殺。

許彥真帶人來到桂王府。桂王哪見過這陣勢他挺茫然他挺憤怒他質問：「許彥真你要幹什麼？」

「皇上想你了，讓我給你送來一杯酒！」許彥真陰陽怪氣地說。

「皇上送給我酒？」桂王盯視著盤盞中的酒壺。明明是一壺酒，可許彥真說是一杯酒，那還能是什麼酒？要我的命一杯足矣！「許彥真，你究竟要幹什麼？」桂王悲涼地問。對死亡的恐懼襲上心頭。

「皇上賞的酒你是不能不喝的！」許彥真說。

來的人就上前。

桂王後退。

「讓他把酒喝下去！」許彥真命令。

來的人就把桂王按倒把一杯毒酒強行灌了下去。灌得很專業。

桂王嘴角滴出了鮮血來。他的身體抽搐著。並且很快就停止。

太后出現了。她看到躺倒在地上的桂王當時就暈了過去。在呼叫中她甦醒過來，她悽楚地叫道：他是皇上同父同母的兄弟呀！

但是，許彥真等在她暈倒的時候就已離開。

按道理太后應該住在宮中。可是皇上和她不親。做太子的時候都不經常去探視她。做了皇上甚至乾脆就把她這個母親給忘記了。她就住到了桂王這裡。桂王對母親很孝順。這叫她感到慰藉。但是突然之間，什麼都沒有了。什麼都沒有了。

隨著祭天日期的臨近，對大臣們的閹割停止了。因為所有的大臣都得參加祭天。

第十八章 南唐皇帝

南唐朝廷。李煜：「各位愛卿，你們或者主戰，或者主降。主戰的慷慨激昂，主降的則顯得不那麼有底氣。朕在聽你們說，很認真地聽你們說。朕不能說你們誰對誰錯。你們都有你們的道理。都有。不管怎麼說，究竟宋國還沒有向中國開戰。但朕也知道，只是個時間問題。是個時間問題。朕也知道，我們應該在他們開戰前做出決斷。朕知道。你們退下吧，把這個問題留給朕來考慮吧。朕的命運也關係著你們的命運。關係著舉國百姓的命運。朕知道輕重。」

眾大臣退朝。李煜沒動。他微閉雙眼顯得很疲乏地坐在龍椅。

「皇上。」太監輕喚。

「叫樂隊來。叫他們來為朕演奏。」

樂隊來。奏樂。李煜凝神聽。樂聲為他屏障了許多事。屏障了他的許多憂愁。或者說憂慮。他是越來越不願意聽朝了。總是有叫他難以下結論的事情。總是有。總是面對大臣殷殷期待他決斷的目光。他在那目光中會產生一種羞愧的感覺。不知道為什麼，會產生一種羞愧的感覺。所以他想躲避那種目光。

樂聲像溫和的陽光，給你柔情蜜意。你的靈魂很愜意地躺下，享受那種柔情蜜意。你想睡去。像孩提時候在媽媽的拍撫下睡去。可是李煜忽然擺手示意樂隊停下。「二號位，你怎麼漏奏了一段音節？為什麼？」他說。

三號位的樂手面紅耳赤其實漏奏音節的是他！而且二號位樂手也看到了是他怎麼漏奏的音節。二號位樂手看了眼三號位樂手，向皇上說：「皇上耳力難欺！剛才我忽然鼻中發癢，就摳了下鼻孔。」

「你們對朕也太不尊重了！」皇上說。但口氣並不嚴厲。

皇上想起韓熙載來。他剛才那麼做也是受了韓熙載的影響。韓熙載聽樂，聽合樂，微閉雙眼，一邊聽一邊品評每個樂手的優劣。皇上訝異韓熙載的功夫。很訝異。皇上欣賞有一技之長的人。比如寫得一手好字，比如詩文上乘，比如劍術超群。韓熙載文章好。對音樂的功夫叫皇上開了眼界。真是開了眼界。皇上喜歡上了他。本來不喜歡。因為他聽說這韓熙載幾乎把京都最好的妓女都劃拉到他的府上去了。看她們的歌舞。和她們吟詩作畫。和她們廝守。但是皇上知道韓熙載耷拉著的眼皮後面有東西。知道那總是微帶沉思的神情後面有東西。但是韓熙載總是從容地面對皇上。而且總是不和皇上過分親近。你不和他說話他就不和你說話。你說不清楚大臣們在他韓熙載內心中的位置。說不清楚。你說他瞧不起吧，可聽說他還把大臣們請到他的府上，為他們舉行宴會。據說他的樂妓水準挺高。後來皇上找韓熙載談話，給他加了官，而後語重心長，讓他別和妓女打交道。皇上語重心長。韓熙載應允。皇上喜歡上了韓熙載。可韓熙載不來和皇上主動親近。你不叫他他就不來。但看那神情，對待事務好像比過去認真了。稍微把朝廷的事當作比較嚴肅的事兒來辦。皇上比較滿意了。因為是他韓熙載。要是別人就是個不滿意。肯定不滿意。但是皇上還是想韓熙載能經常地和自己親近。比如現在，很想讓韓熙載知道對樂手的功夫自己也已經很厲害了。應該再接近韓熙載。皇上想讓韓熙載知道自己是一個對音樂造詣很高的皇上。朕雖然為一國之君，但是對音樂造詣很深。皇上希望讓韓熙載從內心尊崇自己。皇上想征服韓熙載的心。皇上讓把韓熙載叫來。轉而一想，叫韓熙載到這裡來在韓熙載面前表現自己的功夫這容易叫韓熙載認為自己也太和他叫勁兒了。這勁兒叫得沒啥意義。皇上就說叫韓熙載到書房。皇上要和韓熙載談論國事。皇上要聽一聽他韓熙載的高見。

一散朝韓熙載乘車一溜煙回到了府上。回到了自己的家。一進大門他就揉搓著胸口說悶死啦悶死啦他叫樂妓們立即為他歌舞為他奏樂。在歌舞中在樂聲中他平息了內心。他從心裡瞧不起滿朝文武從心裡瞧不起。他知道他要是一開了口就會樹敵而且會樹敵很多。所以他不開口就是不開口。皇上都不耐煩著他的國家你著個什麼急！你勉強著皇上事兒辦起來也會走樣。你一再勉強皇上皇上就要勉強你了。所以你別惹皇上不高興。別惹大夥兒不高興。所以你看他們煞有其事地在那兒想事、議事真的叫你感到好笑。韓熙載特別覺得那些大臣們真能裝。裝。我一開口他們就會覺得我輕蔑了他們所以我不開口。要是真能起個什麼作用我開口得罪了你們也值得。可是沒有用。這是一個非常非常文弱的國度。這是一個絲毫也沒有陽剛之氣的國度。憑你一個韓熙載就怎麼樣了？既然不能怎麼樣那就閉上你的臭嘴！

雖然在家裡的感覺好，但是還是得去辦公的處所。情緒已經調整過來，身體還懶著，拖延著。需要下個決心才能站起。正在這個時候朝中找他的人到了府上。皇上叫他去。

李煜畫起了畫。畫的是昭惠後周氏。已經不在了的周氏。周氏生下了三個兒子。她尤其喜愛三兒子。清秀的三兒子。但是老天偏偏奪你所愛，三兒子不幸夭折！周後無限哀傷。哀傷滲透她的身心。終於，她追隨她的愛子去了。給李煜留下了無限的懷念。懷念。為她寫了好多首詞，為她畫了無數幅畫。這不，又在畫。他要畫出周後的弱不禁風，畫出周後的無限溫柔的性情，畫出周後的無限善良。她從不嫉妒宮中的女人。再得寵的女人她也不嫉妒。你來到她的面前，她就給你柔情。柔情得叫你的身子骨發軟。你不理她的日子裡你也不會聽到來自她那頭兒對你的任何打擾。但是你不能不感覺到她的存在。不能不感覺。所以你再歡樂你也得不時地要去她那兒，去被她柔情一回。就像大臣要定期上朝一樣。可是她不在了。可是你經常會感覺她仍然活著。你甚至感覺著她呼吸的氣息。感覺著她的存在，你會經常推開你寵愛著的女人。就寫她。就畫她。追憶她的音容笑貌。

「臣韓熙載叩見皇上。」

李煜瞥了眼韓熙載，目光又落在眼前的畫上。畫的當然是昭惠夫人。他向自己的畫搖了搖頭，嘆了口氣。「愛卿請起。近前坐吧。」他說。

韓熙載就在靠近皇上的案几前坐下。處於禮貌韓熙載的目光得投向皇上的畫。

皇上知道韓熙載的目光在投向自己的畫兒，他持筆的手向韓熙載指了指自己的案几前。

韓熙載就坐到了皇上的對面。

「你對朕的畫看出了什麼?」皇上問。問完之後皇上再一次向自己的畫兒搖了搖頭。看樣子他對畫挺不滿意。

韓熙載稍微注意地看皇上的畫。但是他可不想當皇上的老師。他可不想指點皇上。「皇上的丹青之道還是有一定造詣的。不，應該說造詣很深。」他說。他看皇上畫的眼睛不知不覺有些睖縫：他看到了皇上的明天！

皇上向韓熙載搖頭。向韓熙載搖頭的時候，他看到了韓熙載的憔悴和委頓。「你應該和朕說真話。你總該有和朕說真話的時候。這又不是上朝，你不好就放鬆一點?」皇上說。

在無關痛癢的事情上皇上要聽真話。皇上要聽真話是一種姿態。

「朕發現一個祕密。你知道嗎?朕發現一個祕密。」

韓熙載做出認真聽和好奇的神態。

「手是有表情的。手的表情不比人的面部差。甚至當你的面部偽飾著的時候，你的手洩漏著你的天機。所以，朕對所畫的手不滿意。總是不滿意。其實就是在上朝議政的時候，朕觀察你們的手，基本理會了你們內心的波動。所以朕對所畫的手很不滿意。非常不滿意。」

「皇上在藝術上確是大家風範啊。」

皇上的目光向韓熙載銳利。皇上當然狐疑韓熙載的禮讚。狐疑。當然狐疑。「為臣，要經常有諍言。朕需要諍言。諍言難得呀。許多情況下，完全要靠自己做出決斷。也只能自己做出決斷。」皇上顯得還挺委屈。「議政的時候，朕知道有的大臣僅僅是處於他位置的職分不能不說些什麼。言不及義！想的不深呀。」皇上說。

為什麼會這樣呢？韓熙載不買皇上的帳。

「關於如何對待大宋的問題，朕決定為了百姓免遭塗炭，我唐國可做附屬國。雖然，這樣做對於朕來說是屈辱的。非常屈辱！」

「皇上主意已定？」

「朕已經下了決心！」

之後韓熙載縱情聲色。在大宋滅唐之前去了極樂世界。

第十九章　圖強之計

宋國使臣抵達。途徑南唐。龔澄樞先接見。使臣說沒什麼特別的事情，只是向漢國送交一份國書。兩國之間，總有些事情要溝通。使臣面前那個精緻的木匣，裡邊躺著的，當然就是那份國書了。使臣的目光也落在木匣上。他在看龔澄樞的意思，這國書是轉交給皇上呢，還是直接交給皇上。按道理，應該直接交給皇上。使臣代表的是大宋國。堂堂的大宋國。龔澄樞當然也知道這個道理。去向皇上彙報。

「明天是朕祭天的日子。」皇上說。

「是。」

「許彥真準備得怎麼樣？」

「這小子是個野心家，幹得甭提有多賣力氣了。現在大臣們都怕著這小子呢。」

皇上完全明白龔澄樞話語中的意思。「祭天之後朕再見宋國使臣。」皇上說。

「皇上的意思是不是讓宋國使臣做為觀禮貴賓？」

「不錯。」

皇上去祭天。街巷兩旁，是森嚴的禁軍。一個百姓都沒有。森嚴的氛圍籠罩。皇上感覺到了他的威。皇上的威。雖然朕每日待在宮裡，但大臣們還是能夠把事辦得明白的。這說明朕這個皇帝當得還是明白的。大臣們還是盡職的。

臨近祭天的場所了。遠遠的，就看到了象隊。李承渥的象隊。李承渥的象隊不是禁軍不是。通常皇上的行動只由禁軍負責。但是李承渥的象隊被調了來。佇列凜然。

文武百官剛就要叩拜皇上皇上止住他們：「眾愛卿且慢，今天是祭天的日子，我們是來祭拜蒼天的，朕在這裡不敢被你們叩拜。朕今天見你們這番面貌，朕很高興。十分高興。這就是我大漢應該有的氣派！朕順從天意，天必佑朕！」

文武百官跪了下去聲振郊野：「皇上萬歲萬歲萬萬歲！」

文武百官這一跪，皇上看到了不跪的宋國使臣。皇上輕蔑地笑了。他也不說叫群臣請起的話，去了他休息的房間。皇上進了休息間後是許彥真說你們都起來吧，群臣這才起了來。

「這李承渥的象隊是誰給調來的？」皇上問龔澄樞。

「許彥真。我也不知道這事。這小子也不知道怎麼跟李承渥說的，竟然搬動了他。」

「這個人膽子太大了！」皇上說。

「皇上明鑑。皇上明鑑。」

從休息室到圓丘，鋪著紅布。皇上率文武百官走向圓丘。在樂聲中陽光像絲線像金色的絲線。金色的絲線被樂聲撥動產生出更玄妙的樂聲。你不能不被莊嚴。雖然是暫時的莊嚴。你不能不覺得皇上不像皇上了。不像皇上還皇上著只能說明是天意。天意如此你還有啥可說的。

皇上率文武百官登上圓丘。圓丘比先前更高更廣闊了。

「進香。」許彥真喊，喊聲在合唱隊的和聲中是不諧的一聲。

皇上瞅了眼許彥真，告訴他自己的這個感受。皇上進香。他努力讓自己的動作瀟灑。他一邊進香一邊感受著和聲。和聲像女人清涼的手指撫摩著你。他也奇怪。朕在祭天，為什麼會有這麼清晰的感覺？為什麼？難道朕感受的是天後的手指？可朕隱隱地，卻有著異樣的感覺。異樣的感覺。如果那是天後的手指那朕就褻瀆了天後。那朕就褻瀆了她。就在這樣的念頭中皇上完成了進香。比較從容地完成了進香。做皇上和做官就是不一樣。做皇上你能很快就從容。而做官，在皇上面前你可能永遠也從容不了。

「誦讀祭文。皇上親自誦讀祭文。」許彥真喊。許彥真親自司禮。

本來祭文可以由大臣誦讀。但是龔澄樞設計皇上親自。他的想法是應該發揮一下皇上的長處所以讓皇上親自。平常大臣們看不到皇上的風采那今日就叫你們看一看。看一看皇上絕不是吃乾飯的。

樂聲合唱聲已經停止。皇上的聲音渾厚著。其實皇上完全可以手持祭文念。但皇上背誦。記憶力超強的皇上背這篇小小的祭文那是小菜一碟。可龔澄樞的意思就讓皇上用這小菜一碟的事顯示皇上的不凡。

祭文完，皇上再一次進香與此同時群臣向蒼天叩首說：「蒼天在上，佑我大漢！」

「蒼天在上，佑我大漢！」沒有叩首將士們齊聲喊道。在群臣的聲音之後喊道。反覆地喊道。聲震郊野。

皇上履行完了祭天的所有手續，回宮。連皇上自己都覺得彷彿演完了一場戲似的。但他對自己很滿意。沒有流露出什麼不自然。一點兒也沒有。朕已經成熟。已經有了一國之君的風範。

皇上向小貴子擺手，馬上的小貴子靠近了皇上問：「皇上有什麼事要吩咐？」

「告訴龔澄樞，朕到宮中之後見宋國使臣。就說朕請他喝茶。」

宋國使臣向皇上遞交國書。皇上沒看。皇上讓小貴子遞給了龔澄樞。龔澄樞就把國書打了開來唸給了皇上。無非是通告漢國李煜已經向宋國稱臣，漢國對唐國不必再以國家待之。龔澄樞唸完了國書望著皇上笑。皇上也明白了這份國書的玄外之音：唐國已經向我大宋稱臣你漢國怎麼想呀？

「這事朕知道了，上茶。」

茶就上來了。宋國使臣看著茶具有些發愣。茶杯太小了，像牛眼睛那麼大。他的對面跪坐了一位宮女，是專門為他斟茶的。

皇上舉杯，示意使臣喝茶。

使臣就讓茶水沾了沾唇。

「這茶的感覺如何？」皇上問宋國使臣。

「不錯。不錯。」

「你知道這茶叫什麼名字嗎?」

「在下對茶道不甚了了。」

「那朕告訴你:這道茶的名字叫——」皇上頓了下,說,「小南強!」

使臣和龔澄樞都是做出令人噴飯的動作而後都是——強忍住,都馬上正常了自己的神情。

「好茶。好茶。」使臣說。

皇上以茶待使者是受了李託的影響。皇上去李託家的時候李託問皇上:「皇上願意和老臣對弈還是願意和老臣品茶?或者,一邊對弈一邊品茶。」李託說得很慈祥。一位老者的語氣。

「下棋吧,猜想你肯定要輸。我不是說你棋下得不如朕,而是你們總不好意思贏朕。搞得朕都不知道自己棋下得到底怎樣了。所以我們還是就品茶。」

「好,我們君臣就品茶。」

第一道茶上了來。李託面前一壺,皇上面前一壺。侍女為皇上和李託個斟一杯。那杯小小的,牛眼睛般大小。

李託向立在一邊兒的管家招手,管家湊向前俯身把耳朵給李託。李託就和他耳語了一句。管家應命而去。

片刻進來了兩個抱著琴的嬌麗的小女子。一打眼就是雙胞胎。只是一個的個頭兒稍微高那麼一點點。

「這是我的兩個女兒。大的……就是那個個頭兒高些的，叫李豔。豔麗的豔。我叫她們大燕小豔。」

就起了琴聲。李託舉起了茶，有滋有味地呷了口。皇上特別留意到了二女的手指，纖纖的手指富有透明感，真的很像嫩筍。皇上想像那嫩筍樣的手指在自己的脊背上滑動的感覺，皇上顫慄了一下。

「皇上現在喝的是綠茶。綠茶的種類太多了。我們今天就只能喝這一種了。綠茶配比是一芽二葉。鍋炒的時候是特別講究的。火候要掌握得非常嚴格。不到火候不行。過一點點也不行。它的特點是香氣清高持久，湯色黃綠清澈，葉子要有亮色，嫩綠明亮。如果用水不當，也會破壞了它的特性。這水用的是小營山山腰的泉水。流到山下的泉水多了溫性。而且泉水愈往下愈濁。如果用這樣的水入茶，香味兒就不純了。」

只碰了一下的綠茶撤了下去，又是一道茶。

「皇上很忙，不可能有心於茶道。如果皇上精於茶道，那麼我們品茶的順序就可循序漸進，將細微差別的種類排列在一起，去體會它們的細微之處。老臣現在給皇上排列的順序是一淡一濃，反差很大。這樣就很容易體會它們的差異了。皇上少年有為，其實是不必忱於此道的。老臣老了，總追求一種淡薄的心境。所以對於茶道就有了一些心得。老臣知道，這些心得對於治國安邦沒啥用場。皇上現在喝的是紅茶。配比是一芽三葉。它的品質特徵是紅湯紅葉，香甜味醇。用的是思晴山山腰的潭水泡製。要是用泉水泡製，泉水的清冽就會破壞了紅茶的品性了，顯得不倫不類了。」

皇上呷了口，沒讓杯離唇，又大喝了一口把杯中茶全喝了下去。而後皇上向李託點了點頭，表示對李託茶道的精通讚佩。「李大人對茶道有如此的體會，也必能體會朕的心思。」皇上說。皇上的目光又在了李託兩個女兒的身上。

「老臣是皇上的臣。老臣雖然愚鈍，也應該明瞭皇上的心跡。」

「茶好，二女更好。」

李託一時不知道怎樣接皇上的話。

「朕希望能夠朝朝夕夕聽到二女的琴聲。」

「能滿足皇上的這個願望是老臣的福分。」

「你能這樣認為朕感到欣慰。」

二女的臉上布上了紅暈。琴聲亂了。哪能不亂？

「那麼，就讓二女入宮吧。」

「可是這禮儀……」

「朕討厭禮儀。非常討厭禮儀。」

「可是沒有禮儀……」李託想說沒有禮儀我的臉面怎麼辦？

皇上明白李託的意思。當然明白。皇上想了想，說：「朕有個辦法解決這事。而且能讓李大人更加榮光。」

「皇上的意思是……」

「朕可賜你金匾，為你親書『國文府』三個字。」

「老臣謝皇上恩寵。」李託連忙避席叩首謝恩。

之後皇上辦完祭天的事。之後皇上又沒什麼事了。之後皇上的匾送到了李託的府上。李託知道他得趕緊把女兒送到宮中去了。皇上著急，所以皇上的匾才送得那麼快。在幾天之後，李託懷著非常複雜的心情把兩個女兒送到了宮中。

洞房花燭夜。

第二天皇上本應有個好心情。但是皇上顯得很煩躁。太監們納悶。這是不應該的。就核計是大燕小豔惹皇上不高興了。還能是怎麼一回事？不管怎麼說，皇上煩躁著，太監們就得小心著。後來皇上把吳根叫到了書房。皇上叫書房內就剩了他和吳根兩個人。

「朕覺得你在這些人當中還是見多識廣的。」皇上說。

狗兒被皇上給閹了之後皇上從來也沒有這樣待他。狗兒默默地照顧著波斯女。能不開口就不開口。開口說出的話也叫你聽著彆扭。有些陰陽怪氣的。狗兒被太監們冷落著。狗兒被皇上冷落著。但狗兒好像不在意這些。但是今天皇上和他單獨。狗兒冷靜著。他做出繼續聽皇上說下去的神態。

「洞房花燭夜，朕怎麼突然沒有了能力呢？你說這是怎麼一回事？就是一點兒能力也沒有了。這叫朕感覺很難堪。非常難堪。」皇上說。皇上撓著他的鬢角。後來又撓他的前胸。

狗兒露出一點點的笑意。他當然知道了皇上是怎麼一回事了。他當然內心中立即就幸災樂禍。當然他得注意別惹火了皇上。他把自己臉上浮現出的那點兒笑意收了回去。「皇上可以找御醫。」狗兒說。

「朕現在不是找的你嘛。」皇上現出不高興來。

「我要是瞎亂說皇上不會怪罪我吧？」

「不會。你說吧。」

「如果皇上看著別人在那兩個女人做皇上還能不行嗎？」

皇上著實被狗兒的話嚇了一跳。皇上瞪著狗兒。

「我確實聽說有人用這種方法讓自己產生性慾。」

皇上有點發呆。狗兒能給出這種主意實在叫他意外非常意外意外極了。「可是朕能找誰去做這種事？」皇上呆呆地說。

「這有什麼難的。淨身房就有人嘛。就有等著閹割的人。都是年輕的人。當然不是找等待閹割的大臣。皇上也不可能找他們。宮中這麼多的女人皇上哪能寵幸得過來。這樣做皇上既可以開心還珍惜了自己的身體。一箭雙鵰。」

「這事你們可以去辦。」皇上乾澀地說。

「我去不行。我去領不出來人。得叫小貴子去。都知道他是皇上身邊的人。」

「那你和小貴子說。就叫辦。」

祭完了天之後許彥真就也沒什麼事了。龔澄樞也不交給他什麼新的事務做。許彥真挺苦悶。龔澄樞知道他挺苦悶。但就是仍舊著。好像什麼事情都沒有發生一樣。讓你許彥真就應該像先前一樣低微著。你本來就是一個低微的太監，你怎麼想一步登天呀？許彥真怨恨著龔澄樞。也只能悄悄地怨恨。人家龔澄樞還跟你微笑。雖然知道你怨恨著，但就是跟你微笑著。許彥真就只能做著把守皇上宮門的事兒。

他把手下一頓臭罵。手下向他報告小貴子把一個身分不明的人帶了進去。皇上的身邊要是新配了太監他必須知道。但是他還沒有得到新配備了太監的名單。他覺得有責任把這件事搞清楚。他訓斥手下：「你們是幹什麼的？你們是給皇上把門啊！絕不能隨便叫什麼人就到了皇上的身邊！要是出了什麼事我們就是掉腦袋的罪！」

他叫手下去叫小貴子。他要問個清楚。

小貴子當然知道許彥真要問什麼。小貴子歸林延遇直接領導。小貴子說脫不開身，沒有林延遇和皇上的吩咐不能擅離職守。

皇上的寢室。皇上端坐在他的大床上。薄薄的緯紗外，是被帶進來的那個青年在和一個宮女交合。皇上的身邊是大燕和小豔。百般羞澀的大燕和小豔。

外邊把門的太監進來向小貴子說許彥真在外邊找他。小貴子十分不高興地出了去。

「好像皇上身邊又配備了新的人手。」

「我可是皇上身邊的人。皇上的事情恐怕不一定什麼都得叫你知道。」

「你放肆！」許彥真肺都要氣炸了。

「但這裡可絕不是你許彥真放肆的地方！」小貴子沒吃那一套。小貴子轉首對守在門外的太監說：「皇上的寢室是不可以隨便闖進的！」完了自己就進了去。

許彥真不敢硬闖，因為這裡是皇上的寢室。如果是皇上的書房，他可以要求皇上見他，他可以讓太監給他通報。他當然懂得皇上在寢室的時候是最不適宜見皇上的時候。他去了龔澄樞那裡，把他的惱怒告訴龔澄樞。他試圖讓龔澄樞覺得小貴子向他許彥真猖狂就是向龔澄樞猖狂。

龔澄樞頭腦冷靜著呢，他不相信小貴子有敢闖禍的膽量。他猜想還是皇上又在搞什麼鬼名堂。因為有皇上做靠山小貴子才不在乎他什麼許彥真。但是他不動聲色。「這事你得跟皇上說了。要不，要是出了什麼事兒呀，這責任可就是你的了。你不就是幹這個的嘛。」龔澄樞說。

許彥真覺得龔澄樞說得有道理。許彥真當然是想著讓龔澄樞干預這事，但是龔澄樞這樣說叫他無話可說。而且直接請求龔澄樞出頭，也有點貶低了自己。我許彥真就叫一個小貴子給治住了？

許彥真祕密調查。這個時候他才感覺皇上身邊沒有他自己的人。他知道這是他的失誤。非常大的失誤。他不惜重金調查。他終於查出點兒眉目：混進去的可能是個帶把兒的太監——假太監！他挺糊塗。他想不明白是怎麼一回事。他也沒耐心繼續調查了。他去見皇上。當然是皇上在書房的時候。

皇上等著他說話。皇上翻愣著眼睛看著他。

許彥真的目光掃向屋內尋找他不熟悉的太監。他當然看到了小貴子。不知怎麼的他有些慌亂一時他沒看出來哪個太監是他從沒看到過的。

「許彥真，你來見朕到底要說什麼？」皇上不耐煩。

「以往，皇上身邊如果有新添置的太監，都會通報奴才。可是前幾天奴才知道有不明身分的人進了來。奴才不知道怎麼一回事。」

「朕的身邊有不明身分的人嗎？」

這話叫許彥真不好回答。許彥真的汗下了來。

小貴子在冷笑。

「奴才是怕皇上有什麼萬一。」

「有你這麼忠心的奴才朕還怕有什麼萬一？」皇上說皇上是冷笑著說這番話。

「奴才告退。」

皇上沒話。皇上始終翻愣著眼睛看許彥真。

許彥真只得退了出去。只得退了出去。

「這個狗奴才心裡恨著皇上呢。」小貴子說。

「朕知道。」

皇上召見龔澄樞。「朕不想再見到許彥真這個人。」皇上乾脆地說。「割舌，處死！」皇上補充。

「處理他皇上你連詔令都不必下的，他什麼都不是！這種人，就該落得這種下場！」龔澄樞說。

但是執行的時候龔澄樞也有點變通。「舌頭就不割了，直接把他勒死算了。這種人呀，不值得給我們添麻煩。」龔澄樞對執行的人說。當然不是當著許彥真的面。他不可能讓許彥真有機會當面恨自己一回。不可能。

從此小貴子可以隨心所欲地給皇上倒騰假太監。

但皇上不喜歡大燕和小豔了。不喜歡的原因是皇上和她們幹大活的時候她們不浪。幹大活的時候她們總是做出痛苦狀。不叫床。發出的聲音是呻吟。而且閒著的那一個總是在一邊呆呆地看不知道她還能幹啥。經過比較皇上還是喜歡波斯女，喜歡黃瓊芝。波斯女幹大活的時候可以有力地把皇上抱得緊緊。可以大呼小叫。無所顧忌地浪。黃瓊芝會賤。賤得你心裡癢癢的。而且她知道你想叫她幹什麼。大燕和小豔就閒著了。

有一天皇上想起了閒著的大燕和小豔，想起她們沒有給他過真正的快樂，皇上產生了一個惡毒的想法：你們和朕不是不能快樂嗎？朕就叫你們快樂死！

「朕不能使你們姐妹快樂，朕深感過意不去。朕今天要補償你們。」皇上和大燕小豔說。

大燕和小豔疑惑地望著皇上。

皇上不細和她們說。

波斯女來了。

兩個假太監來了。

皇上引波斯女端坐他的大床。

上前了宮女，引大燕和小豔到兩個假太監面前。宮女就要提她們除衣。小豔回頭向皇上喊不要！

皇上微笑地望著她們。

大燕呆呆地，任人擺布。小豔帶著驚恐的表情任人擺布。她們不可能沒有羞辱的感覺。不可能。但是皇上要做的事你覺著羞辱又能怎麼著？

小貴子啪啪個抽了兩個假太監一鞭，說：「你們兩個發什麼呆？」

兩個太監都是一激靈，之後就飛快地除自己的衣裳。

「給我上！」小貴子照兩個假太監又是各一鞭。

假太監就撲上去。

大燕和小豔大叫。

和朕怎麼不這麼大叫？賤！皇上想。

「使勁抽他們，這樣他們就能更久些。」吳根和小貴子說。吳根說的聲音挺高，他想讓皇上聽到。但是他不看皇上，他是向著小貴子說。

小貴子點頭。

啪啪聲不絕。

鞭子帶著了大燕和小豔她們就發出尖叫。

皇上滿意地點頭。

波斯女的手不由自主地揉搓著她的下體。

皇上注意到了，皇上滿意地笑。後來皇上就和波斯女滾到了一起。大汗淋漓的皇上向小貴子喊：「你可鞭朕！」

小貴子猶疑。

皇上向狗兒怒目喊道：「吳根，你不是痛恨朕嗎？你可鞭打朕發洩你的仇恨！」

吳根從小貴子手中拿過了鞭子。他走向皇上。

「你打吧，朕不會怪罪於你的！」

鞭子抽向皇上。當然並不是很用力。但皇上嫩白的肌膚立即就是一道血痕。皇上大叫一聲皇上立時毛髮都豎立了起來就別說他的那個玩意兒了。「好！好！再打！再打！」皇上叫。

吳根就叫皇上略微有些痛地繼續抽打。

波斯女狂叫著。她已經不必害一丁點兒的羞。根本不必。皇上要是無恥了，皇上身邊的人不必有羞恥心。你要是還羞恥著那皇上怎麼辦？

小貴子訝異吳根的膽量。

夜晚，黃瓊芝在皇上的大床上撫摩著皇上身上的鞭痕，做出特別心疼的樣子說：「死狗兒好狠呀！」

皇上不以為然。「要不要咱倆做的時候讓死狗兒抽你？」皇上笑著問。鞭痕火辣辣著，但是和當時給皇上帶來的快樂相比，皇上不覺得這算什麼。皇上知道了什麼叫痛快。痛才快樂。

「我可不要死狗兒抽我。」黃瓊芝嬌滴滴地說。

第二十章　新科狀元

漢庭終於又開科取士了。已經有四、五年沒有科舉了。龔澄樞覺得大漢正太平盛世著，當然就得辦太平盛世的事。

每一張答卷考生都得首先自己註上是否願意淨身為宦。

考場雖然也是規模著，但你能感覺有冷清的氛圍。甚至，能感覺到一種血腥味。假如你在應試你會一邊答著卷一邊擔心著自己的下邊。擔心下邊的那個物件。你既想中又不想中。你一邊矛盾著一邊答著著卷。考官們當然明白，有的秀才就是因為害怕被閹割而沒有來應試。如果在以前，哪個考生要是覺得答得很滿意，從考場出來的時候會喜形於色。但是現在，他們出來的時候大都是嚴肅著。甚至悲戚著。

皇上在林蔭下納涼。皇上一時性起。皇上說讓宮女站成兩排，一排十個人，讓那兩個假太監幹。一人面對十個宮女。「你們兩個，誰要是先不行了，就送你們回淨身房淨身去！」皇上說。皇上的臉上是惡毒的笑。

假太監大叫著行事。他們特別用力。他們都想最快的速度讓宮女倒下。只要宮女倒下就算拿下了一個宮女。所以有的宮女倒下並不完全是性方面的原因，而是抗不住他們的撞擊。在他們的撞擊下一個又一個宮女倒下。

樹上的鳥兒熱烈地叫著。它們在觀摩。有鳥屎落下，落在等候著的那個宮女的屁股上。這引得眾人大笑。大笑著的人看皇上的目光望著樹上而且皇上也在咧著大嘴笑。眾人循著皇上的目光望去，樹上的鳥兒們也在熱烈地交歡。

吏部緊張地批閱試卷。能夠成為進士的名單確定。通常前幾名要由皇上殿試，從而產生狀元。前幾名名單呈遞給了皇上，皇上殿試。反正是考別人，博記的皇上當然想利用一下他的這個長項。而且，他也想聽一聽前秀才們能胡說八道些什麼道理。皇上不願聽大臣們嘮叨。但皇上想聽一聽前秀才們的嘮叨。也許能挺可笑。但就是可笑，皇上也想聽一聽怎麼可笑。關鍵是，皇上聽前秀才們嘮叨在心理上不會感到拘束。

輪到第三名。鄭思鳴接受殿試。

「鄭思鳴鄭思鳴，你一心想著出名吧？」皇上調侃。

「草民經常想的是效力於朝廷。只有效力於朝廷，才成其名。而且，草民是不鳴則已一鳴驚人的鳴，這個鳴字有求實之意。」

「你答得很好。朕再考你。有這麼一段話，你看出自哪裡。貪吏而不可為而可為，廉吏而可為而不可為。貪吏而不可為者，當時有汙名。而可為者，子孫以家成。廉吏而可為者，當時有清名。而不可為者，子孫困窮被褐而負薪。貪吏常苦富，廉吏常苦貧。獨不見楚相孫叔敖，廉潔不受錢。」背誦的時候皇上站了起來，在龍椅前來回走著背。背完皇上坐下。皇上望著鄭思鳴。

鄭思鳴面露喜色，答：「草民對這段文字非常熟悉。草民和郭三曾經討論過這段文字，頗多感慨。」

「郭三是誰？」

「郭三是誰？」

「郭三是草民的鄰居。他排行第三，所以大家就叫他郭三。他的母親是皇上身邊的人。是專門給皇上做衣服的。其實他的才學要比草民好許多。真的好許多。」

「他這次應試了嗎？」

「沒有。」

「為什麼？」

為什麼？郭三說他不想做太監。他不想做太監。郭三自負，非常自負。因為自負才更怕當太監。如果僅僅就是個一般進士，不同意定會留在朝廷，就不容易遭受閹割的命運。可是能和皇上說郭三不願意做太監嗎？讓朝官做太監是皇上的決定你得說是英明的決定可你說郭三不願意做太監皇上能高興嗎？「郭三想文武兼備。他現在正學習武功和研究兵法典籍。」鄭思鳴說。

「哦。」

鄭思鳴忘了回答皇上的問題，做出等待皇上問話的神態。

「那你回答朕剛才問你的問題吧。」皇上說。

皇上剛才問什麼問題了？鄭思鳴想了一下才想起。「這段文字見之於孫叔熬的碑。司馬遷遊歷山河的時候想必也見過這碑。所以在《史記》的滑稽傳中對這段文字也有記述。那段記述是這樣的：『楚相孫叔敖死，其子窮困負薪。優孟憐之。即為孫叔敖衣冠，抵掌談語。歲餘，像孫叔敖。楚王置酒。優孟前為舞。王大驚，以為孫叔敖復生也。優孟曰，楚相不足為也，孫叔敖為相，盡忠為廉，王得以伯，今死，其子貧負薪。必如孫叔敖，不如自殺。』因歌云云。『王乃召孫叔敖子，封之寢丘。』」

皇上望著鄭思鳴。那是滿意的矚望。

鄭思鳴避開皇上的目光，垂手聽候皇上的裁決。

皇上提筆在名單上圈住了鄭思名的名字。「本次狀元就是這個鄭思鳴了。」皇上說。

鄭思鳴惶恐地跪下叩首說：草民謝皇上龍恩，謝皇上獎掖！

「皇上，還有兩人沒有殿試。」龔澄樞著急地說。

「免了，定為其他名次吧。」皇上說。

「那麼其他的名次……？」

「就由你和吏部議定吧。」

鄭思鳴被帶到龔澄樞辦公的房間。龔澄樞找他談話。「你小子也夠造化的，還沒等全部殿試完就被定了狀元。皇上善記，可能就對善記的人高看一眼。從現在起，你就是我們中的一員了。當然了，首先要辦的事情呢，就是淨身。之後我和吏部給你定官職。」龔澄樞說。

「馬……馬上淨身？」鄭思嗚結巴了。

「是。你和他們去吧。」

龔澄樞的手下就做出送鄭思嗚走的姿態。鄭思嗚也只得隨他們走跟蹌地隨他們走。出了龔澄樞的房間，就讓驚恐更多地表露出來。「怎麼馬上就要淨身？怎麼馬上就要淨身？」他不斷地叨咕。「我得回趟家。我得回趟家。」他向送他去淨身房的人叨咕。

「那是不行的，龔大人的話你得聽。」送他去淨身房的人說。

「不行，我得回趟家，我得回趟家。你們提我跟龔大人說一聲我得回趟家。我回趟家。」鄭思嗚就往宮外走。送他的人想拽他他就變成了小跑。

送他去淨身房的人面面相覷。「操他個死娘的！」一人罵道。

他們去向龔澄樞稟報。「人家究竟是狀元，我們也不敢動強。」他們說。

龔澄樞冷笑，說：「狀元是皇上欽點的，他不想當了都是不成的。是狀元就得閹！由不得他！跑到家裡去了，就給我帶人到他家裡去動刀！告訴他，這事如果讓皇上知道了，皇上會不高興的。會非常不高興。而且，這事也最好別叫皇上知道。別影響了皇上的心情！」

狀元跑到家裡就流淚就痛苦。妻問他怎麼回事。母親問他怎麼回事。他沒父親。而且他還就哥一個。所以也只能是妻和母親關注地問他怎麼回事。「他們要閹我！他們果然要閹我！」狀元說。

妻和母親當然都是一驚。

「我做了狀元，他們要閹我。」狀元補充說。

妻和母親都沒有現出鄭思鳴做了狀元的喜悅。都沒有。閹割比當狀元更具嚴重性。雖然母親和妻開著一家小吃店，起早趟黑，不叫鄭思鳴插手，就為了讓他有朝一日考取功名，但，他們一致認為，閹割比當狀元更具嚴重性。「為什麼當狀元就得閹割？」母親似自言自語又似在問。

「他們可能是要把我留在朝廷。」

動刀的人到了。龔澄樞的話被轉述給狀元一家。

母親跪地磕頭哭訴：「我家可是連後人還都沒有的啊。」

「可是朝廷的規矩不能因為你家的情況就更改了呀。」來人說。

「那就寬限幾天吧，也好讓他給我們鄭家留個後。」母親哀求。

「求求個位大爺了。求求各位大爺了。」妻也磕頭哀求。

來人相互以目光徵詢意見。最後決定回去請示。

「三天。就給他們三天時間。」龔澄樞說。

母親閉了店。母親不讓兒媳婦插手任何事情，就讓她和兒子待在房間。母親全力照顧他們。給他們做最好吃的。母親隱隱地感覺到兒子在那方面不是強烈。書呆子也許都這樣。母親去藥店買了壯陽的藥，悄悄地放在了飯食中。兒子和兒媳婦的飯食也是送到房間的。「你們不許給我出屋！給老老實實地在屋裡待著！」每次進屋母親都要嘮叨。

終於，母親聽到兒子房中傳驚天動地的聲響，聽到兒媳婦的呻吟甚至慘叫。母親自己向自己點了點頭。

鄭思鳴所說的那個郭三來看他，也被母親擋了駕。「皇上就給了三天時間，就三天時間呀，讓他給我們鄭家留個後吧。」母親說，說著說著，母親流了淚。

三天後鄭思鳴在家中被閹割。那一聲慘叫肅穆了鄉鄰的氛圍。好一陣子，肅穆了鄉鄰的氛圍。當時郭三正在讀《鬼谷子》。那一聲慘叫之後郭三的注意力怎麼也回不到《鬼谷子》書上了。

第二十一章　兵敗如山

唐國使者抵達。皇上在書房接見。使者遞交國書。國書內容：「大宋崛起，唐已臣屬，順從天意。唐與漢，鄰也。雖往來不多，但究竟無芥蒂。故唐不願坐視宋與漢兵戈相交。兵戈相交，則漢必敗，生靈塗炭。故唐敦勸漢早日與大宋通好，並臣屬大宋。天下歸一，天意也。勿違。」

皇上看完國書冷笑，把國書撕個粉碎，咬牙切齒地說：「李煜什麼資格和朕說這番話！把這個使者給朕關起來關起來！」

「兩國相交不斬來使！」被往外拽的使者喊。

「唐既已臣屬於宋國何談國家！」皇上說。使者被拽了出去。「再說，朕也沒說要斬。」皇上叨咕。

「宋軍在大舉攻楚。」龔澄樞說。

皇上翻愣著眼睛看龔澄樞，心說你怎麼才跟朕說這件事？你要早說朕可能不會這麼對待唐國的使者。在這種情況下唐國的到來並且所負的使命就不算唐突了。

「我們也確實應該採取對策了。」龔澄樞說。

「你不會讓朕接受唐國的建議吧？」

「當然不會。」

皇上點頭，意思他同意不降的意見。

「楚軍正在苦戰，中國還有時間做出部署。」

「怎樣部署？」

「當然得向邊境地帶部署兵力。」

「你得親自出馬。」

「皇上信任奴才，奴才豈敢不效死力。」龔澄樞乾澀地說。你雖然不懂帶兵但是皇上信任你你能說什麼？你說什麼皇上都會認為是你膽子小怕死。「皇上可叫信任的人鎮守各方。」龔澄樞說。

「是。朕是叫你們統領軍隊又不是讓你們上陣！」

「是。」

「你替朕好好地籌劃。」

「是。」

李承渥的象隊向邊陲開拔。

楚軍敗績的消息接二連三地傳到漢庭。

龔澄樞、李托出發。

龔澄樞的想法：我走了，李託必然專政。我回來的時候那權可就收不回來了！所以，你小子就跟我一塊兒走吧！你雖然年歲是大，可皇上說了，又不是叫你上陣！

皇上想：李託心靜如水，也許正適合帶兵呢。

盧瓊仙把持了朝廷的中樞大權。盧瓊仙也有心靜如水的特點，但是叫人放心的心靜如水。李託，那種心靜如水可能就是一種排遣。一旦有了機會就說不上是怎樣一種情況了。

在靜寂中皇上來到盧瓊仙辦公的處所。

「皇上應該看一看兵法方面的書籍。」盧瓊仙說。

皇上點頭。

兵法書籍就擺在了皇上的案頭。

皇上當然想思索得深入一些。皇上想和人交流。皇上不想找大臣。仍然不想找大臣。不想找太監。雖然用著太監們，骨子裡他又瞧不起太監們。他想起鄭思嗚說起的那個郭三。本朝狀元都挺佩服的郭三。郭三應該是交流的最佳人選。和這種人交流你可以找到一種居高臨下的感覺。你看著他受寵若驚的樣子，你總會感到很開心的。他不應該不珍惜這機會。他會絞盡腦汁地和你交流，讓你認可他的才。

本可以讓鄭思嗚去找郭三。皇上找來了郭三他媽。

皇上面對了滿頭銀髮的老嫗。「你坐吧，朕和你說說話。」皇上說。

老嫗就由跪姿改成了坐姿。旁邊的太監把老嫗引到了一邊的案几前。

皇上正要開口說話，老嫗跪著來到了皇上的近前，皇上挺吃驚，不知道她要幹什麼。老嫗伸手去伸皇上的衣袖，伸完了老嫗回到她的座位說：「老嫗嚇了一跳，以為皇上的衣服沒有做好。」

皇上覺得有些好笑。但也有些感動。「朕聽說你在宮裡做了有二十年的衣服了。」皇上說。

「是。老嫗就怕給皇上做的衣服出什麼問題。老嫗沒有機會給皇上量尺寸，老嫗經常要遠遠地看皇上的身材。看著皇上穿著老嫗的衣服威風著，老嫗心裡頭呀，就高興著。」

皇上打量老嫗的衣著，普普通通的，皇上就又多了些感動。「你衣服做得好，朕還聽說，你有一個出色的兒子。叫他來見朕。可叫鄭思鳴領他來見朕。」皇上說。

「草民郭崇韜叩見皇上。」

皇上知道郭三叫郭崇韜了。皇上注意到鄭思鳴進來要下跪的時候，哎呀了一聲，用手捂了腹部一下，隨後努力做出正常壯。皇上知道那是鄭思鳴閹割的手術過的時間太短了，還沒有康復。緊接著皇上看到鄭思鳴疼得滿頭大汗，皇上看到鄭思鳴的襠部被血浸透。旁邊的太監們也看到了這種情況。「送鄭思鳴回家中休養。」皇上向太監們說。

小貴子就立即安排帶走了鄭思鳴。

皇上當然會覺得鄭思鳴煞了他和郭崇韜的會面。但皇上若無其事。也只能若無其事。「天下紛紜，大敵當前，朝廷正是用人之時。」皇上說。

郭崇韜當然無法接皇上的這話茬，就做出聽皇上繼續說下去的神情。

「朕聽說你熟讀兵法。」

「是。」說完這個是後郭崇韜就覺得不妥覺得自己也太猖狂了一點兒也不謙虛特別這是在皇上面前。「草民當然希望對國家對皇上能夠有所作為。」郭崇韜想用後一句話減輕一下前面話語中的猖狂成分。

皇上當然想問：「那你為什麼不參加科舉考試？」皇上也想到了郭崇韜因為不願意做太監而不參加科舉考試的可能。極大可能。皇上感覺到了郭崇韜的自負。極大自負。皇上不想去制服，不想讓郭崇韜制服得像身邊的人。那樣，郭崇韜就沒有話語了。就只是聽皇上說了。皇上現在想聽人說。就想聽人說。想聽有見地的話。不想聽敷衍的話。不想。都什麼時候了！皇上沒有心情再去聽那些話。一點兒心情也沒有。「朕也想研讀兵書。你說究竟怎麼入手為好？」皇上問。

「當然首推《孫子兵法》。哦，草民獨愛《孫子兵法》。草民也敬佩孫武的瀟灑：求進而不卑。」

「求進而不卑怎麼講？」

「《孫子兵法》實際上就是孫武給吳王的上書。雖然是上書，雖然也求進取，但是沒有一句諛詞。沒有一句。而且直截了當地說，你聽從我的計謀，用兵打仗就一定勝利，我就留下，不能聽從我的計謀，用兵打仗就必敗無疑，我就離去。」

「將聽吾計，用之必勝，留之。將不聽吾計，用之必敗，去之。」皇上背出了原句。皇上微笑著背出了原句。

「而且，在全書中孫武不斷地強調將帥的獨立性。」

「故知兵之將，生民之司命，國家安危之主也。還有……」

「將在外君命有所不授。」郭崇韜接著皇上背。

「對對對。」皇上笑著說。「從現在開始，你就給朕講《孫子兵法》，講你對每一句的心得。」皇上說。

皇上不知道宋軍到底能不能進攻漢國。但是皇上等著宋軍進攻漢國。等得心焦。該來的早晚要來那就早點來吧。後來皇上想到了《漢書．項籍傳》中的一句話：「先發制人，後發制於人。」還有《左傳》中的一段話：「軍志有之，先人有奪人之心。」難道朕就這麼等著人家來打朕嗎？就這麼老老實實等著人家來打朕嗎？有點荒唐。要是那樣朕也比李煜強不到那兒去！朕應該來他個先聲奪人！讓他們看看我大漢也是強大的。對，就先聲奪人！先聲奪人！皇上主意已定，皇上沒有和郭崇韜透露一點兒他的這想法，他的這想法兒一點兒一點兒地就形成了。主意已定。那麼讓誰發起進攻呢？當然想到了李承渥。但是也想到了李承渥是大漢的一張王牌，不應該輕易亮出。最後決定讓龔澄樞先出擊。看看你這個老狐狸到底有什麼能耐。詔令發出。

龔澄樞拔楚城一座。消息傳來，皇上大為振奮。「龔澄樞拔楚城一座。」他對郭崇韜說。

郭崇韜吃了一驚。不知道是怎麼回事。

皇上講起他的先發制人。

郭崇韜心說你幫著宋軍撤去了宋與漢國之間的屏障。你使得楚國更加沒有力量與宋軍抗衡。愚蠢。可是絕不能說皇上愚蠢。絕不能。郭崇韜對皇上的先發制人不予評論。

皇上以為是郭崇韜覺出了皇上的厲害呢。皇上是聰明人，皇上懂得應用兵法。「孫武跟國王強調將的獨立性，可他就不知道，吳王既是國王又是將。所以吳王是可以離得開孫武的。」皇上說。

「歷史上的吳王也確是如此。」郭崇韜說。心裡挺認同皇上的博學。他心說皇上要是再謙虛一點就更好了。可是皇上謙虛不謙虛皇上自己說了算。

從此郭崇韜和皇上講兵法的時候說得少了，總是擺出聽皇上說的神情。

楚國滅亡。大宋皇帝趙匡胤問楚國皇帝有什麼要求，楚國皇帝說：「漢國乘中國危機時刻進攻中國，此仇切齒難忘！希望宋國早日進攻漢國，也算給俺出口惡氣！」

趙匡胤大笑，說：「好，好，朕就給你出這口惡氣。」

宋軍首先將漢軍占領的前楚國的城池攻下。而後便向龔澄樞直接統率的軍隊進攻。龔承樞抱頭鼠竄。想投奔李託，無顏。想到李承渥那兒，眼前浮現李承渥那冷酷的目光龔澄樞膽怯。他知道他要是哪句話沒整好李承渥就能把自己給砍了。砍了就砍了，皇上也不能把李承渥怎麼樣。特別是這個時候。還是皇上身邊安全。只要皇上不要自己的老命還是皇上身邊安全。我龔承樞的腦袋就是砍也得皇上砍！何況，皇上這個時候身邊是多麼需要有人幫他拿主意呀。我龔承樞的長項是幫著皇上拿主意哪裡是帶兵打仗！皇上當初就不應該讓我去！要說怪呀，還真應該怪皇上！只不過回去也不能這麼說就是了。

在皇上面前龔承樞盡情地讓自己狼狽鼻涕一把淚一把：「奴才叫皇上失望了呀！奴才無能呀！奴

才愧對皇上呀！奴才願意接受皇上處置呀！奴才該死呀該死呀！……」

皇上發呆。任龔澄樞在那兒狼狽。皇上發呆了好一陣子才向龔澄樞擺手讓他下去。皇上跟龔澄樞什麼話也沒有。龔澄樞退下之後皇上又發了好一陣子呆。

「其實勝敗乃兵家常事。」郭崇韜說。

皇上搖頭。

「其實並不是誰都能統帥軍隊的。」郭崇韜說。

皇上緩緩地點頭。孫武強調將帥的獨立性。但是吳王認為自己除了能做國王外還能做將帥。所以你在吳國的征伐中看到的是吳王的身影而不是孫武。朕也想除了做皇上外還能做將帥。就算不能，朕也要有更多的主意。要勇於決斷。皇上幹麼的？不就是決斷的？皇上的目光若有所思地望著郭崇韜。也許起用他就是非同尋常的一個響動。朕總得有非同尋常的響動。但是前方還有李託。還有李承渥。他們會有驚人之舉嗎？

李託大敗。

李託奔回京城稱病不朝。他的一道奏本送到朝中。奏本中宋軍強勁，漢軍實無力抗爭。

當然這奏本到了皇上的手中。龔澄樞親自把它送到了皇上的手中。龔澄樞雖然沒有得到皇上對他的任何處置意見，自己去幹他原來的那個角色。一點一點的，就自然了自己。李託的消息甚至給他帶來喜悅。你李託都敗了那我龔澄樞的失敗就沒什麼可怪的了。看看，你李託不是說了嗎？宋軍強勁。龔澄樞親自將奏本送給皇上。

皇上把奏本撕了皇上氣得渾身直哆嗦。和龔澄樞一樣，李託也把殘餘的人馬給了李承渥。唯稍稍叫皇上有那麼一丁點的滿意。但是皇上恨李託。痛恨李託。敗了就敗竟然連朕的面都不見！原來皇上覺得李託的雙胞胎女兒讓別人給幹了心中有些歉意但現在沒有了一點兒也沒有了。而且覺著幹得還不夠！

「除了李承渥的人馬，朕要調集其他的全部人馬歸郭崇韜統帥！」皇上說。

郭崇韜呆愣。雖然做夢都想著的是建功立業，但是突然之間這麼重的擔子就擱在了肩上！而且沒有任何經驗。但是機會在了面前。你必須抓住必須抓住！郭崇韜避席叩首：「草民必當竭盡全力效忠國家。」

皇上拍案子：「什麼草民，從現在起你就是朕的大將軍！」皇上拍得太用力了案上的茶杯彈了起來誰灑了浸溼了案上的書，還有剛才撕碎的李託奏本。一旁的宮女上前要搶救皇上的書皇上揚手推開宮女說：「不用了！」皇上低頭看茶水一點一點地浸進紙中皇上有淚水滴下。

龔澄樞黯然。

「李承渥將軍方面的消息要及時傳遞給朕。」皇上說。

「我已經安排。每天三次。白天兩次夜晚一次。」龔澄樞答。

李承渥的部眾在宋軍面前突兀。宋軍不可能繞過李承渥向縱深進攻，因為擔心前後夾擊。宋軍必須要解決掉李承渥。必須。宋軍當然風聞李承渥象隊厲害。他們還沒有和象隊做過戰。但是他們必須面隊李承渥的象隊。必須。李承渥當然知道宋軍的想法。他嚴陣以待。他屯兵蓮花峰下。遠方，宋軍在集結。

李承渥和幾個部將在高處遙望宋軍的方向。天際處，有瀰散的塵煙。「你們應該知道《孫子兵法》中的那段話：眾樹動者，來也。眾草多障者，疑也。鳥起也，伏也。獸駭者，覆也。塵高而銳者，車來也。卑而廣者，徒來也。散而條達者，樵採也。少而往來者，營軍也。宋軍在集結。他們要向我們進攻了。」李承渥說。

宋軍統帥部署進攻：「說李承渥的象隊有多厲害，我們還沒有領教。因此我們要多一手準備。如果我們不能抵禦李承渥我們不能讓李承渥掩殺不止那是我們不能忍受的！因此我們要在兩側部署伏兵，一旦進攻的部隊往後撤退李承渥追殺過來我們就叫他有來無回！我們就可反敗為勝！」

宋軍開始進攻。大營前，李承渥傾營而出，擺好陣勢。象們也像將士們一樣嚴肅，它們知道用它們的時候到了。養兵千日用兵一時它們也許明白這個道理。它們也有鎧甲。長長的鼻子只能暴露在外。鎧甲中有一個洞，讓它們的鼻子穿過探出在外。一般的箭傷很難把象們怎麼樣。但是李承渥想到的是象們的疼痛。象們要是忍受不了疼痛，會不會難以駕御，不聽指揮。象們是勇敢的，即使發瘋也是向前而去向敵人發瘋。那樣象們就和我軍將士同仇敵愾了。那是最好的效果。每個像的脊背上，都有三個士兵。當然，將帥們的象背上只承載一個人。象隊的後面是騎兵。馬們不時地噴著響鼻。騎兵的後面是步兵。整個隊形是從前面往後矮下去。步兵們根本看不到前面的情形。李承渥的部隊原本沒有騎兵和步兵，騎兵和步兵是龔澄樞和李託的殘部。

鼓聲敲擊著將士們的心。

宋軍列陣。兩軍對峙凝聚了肅殺的氛圍。

宋軍的統帥也想照例喊幾句勸降的話，但是看李承渥部隊的嚴整覺得喊不出來。

他們聽說李承渥嘴歪，他們望前方被核心著的那個人威風凜凜看不出嘴歪。當然他們也沒有判斷錯，那個人就是李承渥。他在象隊的最前方。

兩方都是激越的鼓聲。宋軍人多勢眾。漢軍當然看到宋軍的人多勢眾，但他們更看到了隊伍最前方李承渥冷酷著的表情。冷酷著表情的李承渥那嘴看起來比平時更歪。

宋軍掩殺過來。李承渥凝視了片刻宋軍的掩殺才手一揮喊道：「給我衝！」

宋軍的騎兵和象隊相遇。馬和象們忙著憤怒，只有將士們的喊殺聲。但大地在象們和馬們的鐵蹄下震顫著。李承渥身先士卒。開始的時候宋軍的兵士還有一些衝進了象隊之中。但很快，象隊就成了宋軍無法踰越的牆，而且是向前移動的牆。甚至，象們還用它們長長的鼻子把宋兵從馬背上捲起天擲。

宋軍後退。

象隊推進。

宋軍崩潰。

象隊掩殺。

宋軍士兵在象們的鐵蹄下發出慘嚎。

兵敗如山倒，宋軍的騎兵也踐踏著他們自己的士兵。後來宋軍的步兵被拋在了後面任漢軍掩殺。

後來李承渥讓他的隊伍停止掩殺。整個隊伍停了下來。李承渥望著潰逃的宋軍冷笑。他知道前邊就是宋軍的伏擊圈了他知道。他知道他要是追殺下去他的兩側會突然遭到攻殺而潰逃著的宋軍也會折轉回來攻殺。

李承渥回到他的營帳。朝廷的信使向他道賀而且急著要向皇上去報捷。李承渥仍然是嚴峻的神情。他擺手示意信使在一邊兒坐下等一等。李承渥沉思。他坐在案前沉思。他在想他一直縈繞在心中的心事。後來他開始寫一封信讓信使交給皇上。信使出發。

到宮中的時候已經是午夜。龔澄樞領著信使去見皇上。

皇上沒睡，皇上待在書房。皇上的身影在書房中來回地走動，皇上高聲背誦著《孫子兵法》。他當然知道國家滅亡了之後對他意味著什麼。當然知道。不用你告訴。但是這情景是叫人感動的。龔澄樞和信使鼻子都酸酸的。小貴子向皇上通報。

蓮花峰大捷。皇上高興得直搓手。之後皇上看李承渥的信。信中說他希望能叫那個庖丁到軍中去殺敵，說庖丁的刀法必能給敵軍以恐懼。李承渥是要讓庖丁解人。是個主意。也是一種攻心。但是皇上望著信沉思。是的，庖丁可以解人。如果哪位觸犯了朝廷的禁忌朕要把他在群臣面前讓這個庖丁把他解了群臣誰還敢怠慢！庖丁還是朕先留著吧。用人之時，朕一定要有威！

「敦促郭崇韜迅速開拔邊陲！能夠和大宋抗衡的也許只有我大漢了！」皇上說。

郭崇韜的部隊組建完畢。就要開拔。皇上叫來了郭崇韜。

「號令三軍你要立威！先立威！」皇上說。

「皇上英明。」郭崇韜已經熟悉了在皇上面前的套話。

「找一個殺一儆百的人！」

「有一個逃兵。」

「行。就拿他殺一儆百！把他給劓了，在全軍面前劓了！朕要叫淨身房的那個庖丁去行刑！你知道那個庖丁嗎？」

「臣在家中的時候就聽說過關於這個人的傳說。」

「就讓他行刑！行刑之後就立即開拔！」

庖丁站到了那個逃兵面前。庖丁的助手端著盤子，盤子中是庖丁的刀。給人淨身的刀。庖丁望著那刀說：「我把刀拿錯了。」

「是錯了。」助手說。助手當然是個太監。

庖丁繼續望了會兒那刀，就收回目光望向逃兵，打量逃兵。

逃兵恐懼著，他的牙齒磕碰著。「不要殺我。」逃兵說。

庖丁的手從逃兵的上面往下撫摩。庖丁沒有劓過人，庖丁在熟悉逃兵的身體。

逃兵全身赤裸一絲不掛。「不要殺我！」逃兵向郭崇韜喊。他被捆綁在一棵大樹上。

郭崇韜的身後是即將開拔的大軍。全軍都能看得著那個逃兵因為捆綁逃兵的那棵大樹長在一個大土堆上。那大土堆可能是一座大墳。天地肅穆著。只突出著逃兵的恐懼。

一盆水澆在了逃兵的身上。

庖丁拿起了刀，把它浸在了水中。庖丁拿出了刀，水珠兒白亮亮地滑落。庖丁面對了逃兵。所有的人都屏住了呼吸連逃兵都停止了喊叫恐懼地望著那刀。

庖丁突然發出大叫逃兵也同時大叫更多的人——移開了目光。庖丁動刀了逃兵由大叫變成慘叫那慘叫突然停止仔細看去原來庖丁一刀捅在了逃兵的心臟。庖丁於心不忍提前結束了逃兵的性命。但是逃兵剛才的慘叫聲仍然迴響在眾人的耳畔。逃兵上半身的肉已經全被庖丁剔下看上去叫人毛骨悚然。

「出發！」郭崇韜喊道，同時上馬。

隊伍出發。

郭崇韜未動，他望著庖丁因為庖丁望著他。

「郭將軍，讓我跟你們去殺敵吧！」庖丁喊。

郭崇韜望著庖丁。

「郭將軍，讓我跟你們去殺敵吧！」庖丁的聲音帶上了哭腔。

「讓他跟我們走。」郭崇韜向身邊的人說。

皇上聽說郭崇韜帶走了庖丁什麼也沒說。

宋軍將領議事：

「我們必須盡快擊敗李承渥的象隊。必須盡快。我們不能給漢國以喘息的機會！」

「可是這個李承渥實在不是個白給的。不僅僅是象隊的問題。」

「李承渥不可怕可怕的是象隊。只要我們能夠把象隊破了李承渥是什麼？」

「可是我們的弓箭似乎更激怒那些像！」

「那麼像怕什麼？」

「象怕火！」

「那我們就在火上想辦法！」

「是，我們可以就在這上想辦法！」

宋軍再次進攻了。李承渥當然知道宋軍在第一次進攻失敗的情況下能夠再次進攻必然是有備而來。而且，他已經望到了宋軍隊伍的嚴整。宋軍怎麼可能輕易就向他李承渥認輸呢？今天李承渥的嘴歪得特別厲害。他當然沒有絲毫輕視宋軍的意思。所向披靡的宋軍他哪敢輕視！

宋軍擺好了陣勢。騎兵的前面全都是弓弩手。而且還可以看到箭頭上分明捆綁著什麼東西。李承渥略微猜測到宋軍的意圖心中一沉。我李承渥的象隊要是完了，大漢的命運也就到了盡頭了。撤退也已經來不及了，這個時候撤退就是宋軍的掩殺。只有迎戰！

兩邊都是激勵自己將士的鼓聲。

宋軍向前逼近。

李承渥盯視著逼近的宋軍。

宋軍逼近。

李承渥揚起了他的劍劍鋒閃爍出刺眼的光芒李承渥高聲喊道——給我衝啊！

象們向敵陣衝去宋軍立即停了下來弓弩向著象陣瞄準。每個弓弩手的旁邊都有一個士兵，準備隨時點燃箭頭上的火藥捻子。

象們進入了射程之內宋軍將領高喊：「點火！」火藥捻子哧哧地燃著。象們在逼近，大地在象們的鐵蹄下震顫。「放！」宋軍將領喊。弓弩齊發。火藥在象們的身上爆炸爆炸出五顏六色。象們哪見過這些，象們立即亂了陣腳，象們扭頭就往回跑，漢軍大亂，象們拚命地往回跑，象背上的士兵有的摔了下來，象們踐踏著自己的士兵，宋軍哪能放過這機會，立即掩殺不止。宋軍殺聲動地。弓弩手早已退了後騎兵衝殺在前。無力控制局面的李承渥懊悔不迭，他就沒有像宋軍將領那樣做出萬一失敗的準備，否則在這個時候也會有個接應！象隊休矣！象隊休矣！李承渥把他的所有懊悔發洩在追殺他的宋軍將士身上，他和他們殊死搏殺。最終，他逃脫了宋軍的追殺。

他的身邊只剩下幾十隻象了，象背上的將士們圍在他的周圍等著他的指令。

他望著北方。他淚流滿面。「我有什麼臉面去見皇上！」他說他嘴唇顫抖著說。他向身邊的一位將領說：「你帶弟兄們回京城吧。告訴皇上，求全之計只有——降。」

「李承渥要是現在在朕的面前，朕非得把他颳了！」皇上聽了李承渥手下的報告惱羞成怒。「讓朕投降，可朕還有郭崇韜，朕憑什麼降！」皇上喊。「養兵千日用兵一時，可——你們頃刻之間就土崩瓦解！」皇上痛心地說。「你們速去郭崇韜那裡吧，你們要戴罪立功！」皇上喊。李承渥的手下退了出去剩下龔澄樞呆立著。「你們都給我滾出去！」皇上喊。皇上雖然說的是你們，但滾出去的只有龔澄樞。太監們沒有滾。照顧皇上的宮女們沒有滾。

全國的兵力都在郭崇韜那裡了。皇上當然深知郭崇韜要是失敗了的後果。當然知道。因為知道，所以皇上坐立不寧。他對郭崇韜也不太相信了。皇上幾乎誰都不相信了。皇上現在更加討厭龔澄樞了，因為龔澄樞沒有什麼主意給他。

皇上叫來了林延遇。「朕想聽聽你的看法。朕好像沒什麼人可以相信了。」皇上說。

小貴子去叫的林延遇。路上小貴子早把情況告訴了林延遇。林延遇一時不知道說什麼。

「皇上只能有一個。給皇上拿主意辦事的人好像也只能有一個。朕知道你不願意和龔澄樞爭。你比他品行要好。朕也知道你對先皇就非常忠誠。朕知道的。」皇上說。

林延遇落淚了。「其實呀，奴才是非常惦念皇上的。鬧到今天這步田地呀，奴才的心都要碎了呀。」林延遇泣不成聲。

「林公公，朕是叫你來給朕出主意的，不是叫你來哭喪的。」

「奴才心裡難受呀。」

「可你這麼一哭，朕的心裡也難受。」

「奴才以為呀，皇上得準備後路了！」

皇上發了會兒呆問：「怎麼準備後路？」皇上問得很乾澀。

「皇上應該準備撤出京城了。」

「可你讓朕往哪裡去？」

「皇上可以撤到海上去。海上有許多的島嶼可以讓皇上安身。」

「林延遇，你就替朕做好這方面的準備吧。」

第二十二章　新第品茶

李承渥有許多條船。一些士兵看管著那些船隻。有的是當初用來冒充海盜的船。有的是冒充海盜時奪來的其中就包括波斯女父親的那條大船。在所有的船中波斯女父親的那條大船是最大最好的。所以宮中的珍寶先往這條船上裝。林延遇來看過船做出這個決定。林延遇和狗兒組織搬運。小貴子當然要留在皇上的身邊。沒有人了，就是太監們在搬運。白天黑夜不停。

夜幕中狗兒再次隨車來到，看管船隻的一位士兵來到他的身邊，低低地說：「有人要見你。」

狗兒跟著那士兵上了另外一條大船，在船艙中他看到了李承渥。仇人李承渥。李承渥盤膝坐在床上。狗兒驚懼。李承渥可能要除掉自己而後帶著船隊逃走！

「你還想要你的那個漂亮妹嗎？如果你還要她的話我可以送你們回波斯！」

狗兒意外。

「我可以隨時讓船隊出發。」

「等我一下，下趟車我把漂亮妹帶來。我不能撇下她。」

「應該這樣。」

由於做著逃跑的準備，皇上的心反而靜了下來。皇上叫來了太傅。皇上要和太傅對弈。太傅老得很厲害。太傅已經老眼昏花。太傅伏首認真地和皇上對弈。太傅不時地用手背兒揩抹嘴角的涎水。

雖然已經是深夜，兩個人都是一點兒睡意也沒有。

正下著棋的時候皇上向小貴子下令：「把皇宮點了朕要叫宋軍什麼也得不到！」

「皇上，你是說把這皇宮放火燒了？」

「是。」皇上望向小貴子皇上目光銳利地望向小貴子。

太傅好像什麼都沒聽見，聚精會神地看著棋盤。

皇宮就燃起了大火。

外邊傳來太監和宮女們的驚慌。皇上和太傅從容地下著棋。

宮中的太監們和女人們望著大火驚懼。

狗兒在人群中找到了波斯女牽了她的手就走。當時黃瓊芝、樊胡子也在她的身邊。狗兒向波斯女說：皇上找你，牽了她的手就走。狗兒把波斯女帶到了她的房間，波斯女看到她的屋中放著一個大箱子。一進了屋狗兒抱住波斯女說：「漂亮妹，漂亮妹，我要帶你回家了！我們要回家了！」他讓波斯女躺在了箱子中。運送寶物的車就在屋外等候。狗兒出去對和他一同運送寶物的太監說：「屋裡的箱子已經裝滿把箱子抬上車！」那些太監現在是歸狗兒指揮的，林延遇就是這樣安排的。箱子就抬上了車馬車急馳出了宮。

林延遇踉踉蹌蹌地跑來向皇上磕頭不已，說皇上呀，奴才該死，奴才該死！

皇上皺眉望著林延遇。

林延遇說船隊已經開走了吳根沒了蹤影波斯女也沒了蹤影！

皇上望著林延遇嘴唇動了動，沒說出什麼，後來皇上笑了，就低頭去看棋盤。有淚落到棋盤。

郭崇韜的軍隊和宋軍開戰。

庖丁本來是騎著馬的衝入敵陣中，他卻跳下了馬衝殺，他覺得他在馬上動作施展不開。一匹匹馬的頭被他解了下來，宋軍騎兵躲閃著他他成了令人恐懼的煞星！

「把他給我射死！把他給我射死！」宋軍將領指揮。

庖丁亂箭穿身撲倒在地。

郭崇韜也死於戰場。

接著，宋軍如入無人之境挺進漢國都城。

京郊，漢國皇帝一身素衣，率百官和太監們女人們迎降。

「中國皇帝早已傳下在京都為你造好宅第，並且封你為恩赦侯。」宋軍將領說。

劉倀叩首謝恩。

宋軍中的黃景天找到了樊胡子。父女相認但樊胡子看父親很陌生。

「孩子，爹叫你受苦了。」

樊胡子無語。

「孩子，跟爹走吧。」

樊胡子搖頭。

「為什麼？」

「孩兒在皇上身邊生活慣了，孩兒不想離開皇上。」

小時候樊胡子特別懂事。總是把著父親的手偎在父親的身邊一聲不吭。黃景天當然要憶起那雙小手把著他的那種感覺。那時的樊胡子是一個多麼純淨的孩子呀。黃景天當然要經常想起女兒有時想得厲害。想到黃家照顧著他的女兒他化名的時候就姓了黃。他當然聽到了關於龍鞭的傳說。他很想告訴女兒那龍鞭的真實。那龍鞭其實就是鹿鞭，一個長滿了瘤的鹿鞭。還沒有做宋國間諜的時候他喜歡雲遊。他還要生存。特別是，他還要養活他那沒有母親的女兒。宰殺那隻鹿的時候他看到了那鹿鞭。那鹿鞭本來也是要扔掉的。他要了去，他要和世人開一個玩笑。結果，這玩笑開大了。黃景天很想告訴女兒那龍鞭的真實。但是，終於沒有。而且他也沒有看到過女兒拿有龍鞭。也許消失在那場宮中大火。

「我會讓大宋皇帝善待你們皇上的。」黃景天傷感地說。

劉倀和他的部分太監，他的大臣被解往宋國京都。曾經出使過漢國的那位使者，在皇上為劉倀建造的宅第中接待劉倀。先上茶。劉倀剛喝了一口就問味道如何。劉倀說好。就問知道是什麼茶嗎？劉倀搖頭。對方就告訴他說這茶的名字嘛，叫大北宋。

就在這天的夜晚劉倀和樊胡子同了房。而且劉倀感覺他比任何時候都強健。

後來宋國皇帝問起焚燒宮室的事，劉倀把責任推到了龔澄樞和李託的身上。二人被宋國皇帝處死。

關於李承渥的船隊有幾種說法，一說去了日本，一說去了朝鮮，一說去了南方的一個島嶼建立了一個小國。至於波斯嘛，沒有去過的說法。其實你想想看，冷靜下來的狗兒肯定害怕再一次失去漂亮妹。他會想到回到波斯之後，他到底能不能和波斯女生活在一起。也許，有一天我會給你們講他們後來的故事。也許。

太監王國：
一個閹出來的王國，一場說不出的汙濁

作　　者：北極蒼狼
發 行 人：黃振庭
出 版 者：複刻文化事業有限公司
發 行 者：複刻文化事業有限公司
E-mail：sonbookservice@gmail.com
粉 絲 頁：https://www.facebook.com/sonbookss/
網　　址：https://sonbook.net/
地　　址：台北市中正區重慶南路一段61號8樓
8F., No.61, Sec. 1, Chongqing S. Rd., Zhongzheng Dist., Taipei City 100, Taiwan
電　　話：(02)2370-3310
傳　　真：(02)2388-1990
印　　刷：京峯數位服務有限公司
律師顧問：廣華律師事務所 張珮琦律師

定　　價：375 元
發行日期：2024 年 07 月第一版
◎本書以 POD 印製
Design Assets from Freepik.com

國家圖書館出版品預行編目資料

太監王國：一個閹出來的王國，一場說不出的汙濁 / 北極蒼狼 著 . -- 第一版 . -- 臺北市：複刻文化事業有限公司 , 2024.07
面；　公分
POD 版
ISBN 978-626-7514-01-6(平裝)
857.7　113009197

電子書購買

爽讀 APP

臉書